文學新象 288

THE GUEST LIST

賓客名單

LUCY FOLEY

露西・佛利

郭庭瑄——譯

高寶書版集團

獻給凱特（Kate）和羅比（Robbie），總是給我滿滿的支持，是世界上最棒的手足……
幸好，跟本書裡的那些完全不一樣！

現在 ◆ 婚禮當晚

燈光驟然熄滅。

一切瞬間陷入黑暗。樂團停止演奏。婚禮帳篷裡的賓客紛紛尖叫，緊抓著彼此。桌上燭光搖曳，黑影在帆布牆上胡亂飛舞，讓場面變得更加混亂。完全看不到誰在哪裡，也聽不見誰在說什麼。狂風嘶啞怒吼，壓過了賓客的聲音。

暴風雨在外頭恣意肆虐，繞著他們尖聲呼嘯，不停猛打帳篷。每一次攻擊，金屬棚架都會發出響亮的呻吟，整座帳篷也跟著顫抖彎曲。許多賓客驚恐地瑟縮成一團。用綁帶繫起來的簾幕霎時鬆脫，在入口處啪嗟啪嗟地拍動。門口的煤油火炬像是吐著焰舌在暗自竊笑。

這場暴風雨感覺是衝著他們來的，好像把所有憤怒都留給了他們。

這不是第一次跳電。可是上次才不到幾分鐘電就來了，帳篷瞬間恢復明亮。大家繼續跳舞、繼續喝酒、繼續嗑藥、繼續亂搞、繼續吃飯、繼續歡笑……完全忘了剛才跳電的事。

這次呢？過多久了？在黑暗中很難判斷時間。兩、三分鐘？還是十五？二十分鐘？

他們開始害怕起來。這片黑暗不知怎的讓人有種不祥的預感，好像是故意的。好像在它的掩護下，任何事都有可能發生。

終於，燈泡再度亮起。賓客忍不住大聲歡呼。突如其來的光線讓他們有點尷尬，因為很多人都蹲伏在地，擺出準備躲開攻擊的姿勢。大家乾笑了幾聲掩飾過去，努力說服自己並不害怕。

婚禮帳篷旁緊挨著三座活動帳篷，照理說，裡面應該洋溢著輕鬆愉快的慶祝氣息，但現在看來比較像滿目瘡痍的末日光景。主用餐區的薄木地板濺滿點點酒漬，乾淨的白色亞麻布染上大片緋紅。到處都能看到一瓶又一瓶的香檳，證明今晚的確是充滿敬酒與慶祝活動的一夜。一雙銀色涼鞋孤零零地躺在那裡，從桌布後方向外窺探。

舞池帳篷裡的愛爾蘭樂團重新拾起樂器，開始演奏活潑的小曲，試圖找回慶賀歡快的氛圍。許多賓客匆匆走向舞池，急著想放鬆一下。若仔細觀察他們所踏之處，可能會看到一些痕跡。有個人赤腳踩過碎玻璃，在地板上留下幾個血腳印。血漬慢慢乾涸，變成鐵鏽色。沒有人發現。

其他賓客漫無目的地走來走去，聚集在婚禮帳篷角落，身影猶如殘存的香菸煙霧朦朧不清。他們不想留下來，也不想在風雨猖狂之際走出帳篷。沒有人能離開這座島，至少現在還沒有。風不停，船就來不了。

婚宴場地中央矗立著一個巨大的結婚蛋糕。這個蛋糕大多時候看起來完美無缺，一串糖葉在燈光下閃爍著晶亮。跳電前幾分鐘，賓客才圍在四周看著它在儀式上被開腸剖肚，切口中露出深紅色的海綿蛋糕。

就在這個時候，外頭傳來另一種聲音。聽起來跟風很像，可是音調和音量卻不斷飆升，直到不可能聽錯為止。

賓客全都愣在原地，你看我，我看你。一轉眼，恐懼再度降臨，比剛才那片深沉的黑暗更可怕。他們很清楚自己聽到了什麼。那是尖叫，一聲恐怖的尖叫。

婚禮前一天

伊娃／婚禮企劃師

婚禮派對準備得差不多了，接下來要進入下一個階段。晚上就是彩排晚宴，幾位受邀的賓客也會到場。嚴格來說，婚禮今晚正式開始。

餐前酒要喝的香檳已經冰鎮好了。我準備了八瓶伯蘭爵特級香檳，還有佐餐用的葡萄酒和幾箱健力士啤酒，這些都是新娘的吩咐。雖然輪不到我說話，但這些酒未免也太多了。不過大家都是成年人，我相信他們知道該怎麼約束自己。應該吧。那個伴郎似乎是個麻煩人物，說真的，所有新人自己找的婚禮招待都是。伴娘是新娘同母異父的妹妹，之前有看到她獨自一人在島上晃來晃去；她走路時有點駝背，而且速度很快，好像想超過什麼似的。

做這種工作有個特權，就是能知道所有內幕，看到別人無法看到的一切。每個八卦、每句閒話，凡是賓客用盡千方百計想打聽到的消息，我都一清二楚。身為一個婚禮企劃師，絕對**不能**漏掉任何東西。你必須留心每個細節，注意所有在檯面下打轉的小漩渦。一不留神，細細的水流可能會變成洶湧的洪濤，把你精心計畫的一切摧毀殆盡。另外我還學到了一件事——有時最微弱的涓流其實蘊藏著最強大的力量。

我來到城堡莊園樓下，在房間裡忙進忙出，點燃壁爐裡的泥煤，讓炭塊好好悶燒，為今晚做準備。我和佛萊迪就像好幾百年前的人一樣在泥煤田上鏟切、曬乾泥塊，自己製作泥煤。泥煤焚燒的煙燻味充滿大地氣息，能為婚禮增添一點在地風情。賓客們一定會喜歡。雖然現在是仲夏，但海島日夜溫差大，晚上會變涼。城堡莊園的古石牆不但留不住溫度，還會把暖意隔絕在外。

今天的天氣意外暖和，至少從島上的標準來看是這樣，不過明天好像就要變天了。我聽見廣播裡的天氣預報最後提到強風，我們這裡首當其衝；海上的暴風雨只要一登陸愛爾蘭本島，強度就會減弱許多，好像力氣全用光了一樣。外頭依舊晴空萬里，可是今天下午走廊那支老氣壓計的指針從「晴朗」轉為「多變」。我不想讓新娘看到，所以把氣壓計拿下來了。我不太確定她是不是那種會驚慌失措的人，感覺她比較像只要生氣就會怪東怪西，把問題推到別人頭上。我很清楚誰會站在第一線承受炮火。

「佛萊迪，」我對著廚房大喊。「晚餐快好了嗎？」

「對，」他高聲回答。「一切都在掌控之中。」

今晚我們準備了傳統的康尼馬拉漁夫海鮮巧達濃湯，裡面有煙燻魚肉和大量鮮奶油。我第一次來小島時就吃過了，當時這裡還有人住。今天晚上我們會端出改良過的版本，比一般的食譜更精緻，因為我們接待的是一群高雅又講究的人。應該說，我想他們自認是這樣的人。到時再來看看到時幾杯黃湯下肚會發生什麼事。

「那我們得開始準備明天的開胃小點了。」我翻著腦海裡的清單，再度大喊。

「沒問題，交給我吧。」

「還有蛋糕，要預留足夠的時間組裝才行。」

這個結婚蛋糕很美，也應該要這麼美。我知道價格有多貴。新娘看到報價，眼睛都不眨一下。我想她已經習慣這種擁有一切，生活什麼都要最好的。四層深紅色絲絨海綿蛋糕，外面覆蓋著潔白無瑕的糖霜，翠綠色的糖製葉片點綴其上，呼應禮拜堂和婚禮帳篷中的枝葉裝飾。蛋糕本身是按新娘要求的規格訂製，極為纖細脆弱，從都柏林一家非常高級的蛋糕工作室一路來到這裡。把蛋糕一層一層運過海送到島上是個浩大的工程。當然，明天蛋糕就會毀掉。但一切都是為了那一刻，為了一場婚禮。不管大家怎麼說，婚姻根本不是重點，婚禮才是。

看，我的工作就是用心為別人籌策幸福。這就是我成為婚禮企劃師的原因。人生亂七八糟，毫無秩序可言，這點每個人都明白。我還很小的時候就知道，生活中會發生很多可怕的事。但無論發生什麼事，生命不過是一連串小日子，你只能控制當下這一天，安排眼前的二十四小時，無法超過這個上限。婚禮就像一個小巧玲瓏的時間包裹，我可以在裡面創造出完美無缺、值得珍惜一生的回憶，一顆從斷掉的項鍊上拿下來的珍珠。

「妳還好嗎？」佛萊迪穿著髒兮兮的圍裙從廚房走出來。

「老實說有點緊張。」我聳聳肩。

「寶貝，妳行的。想想看，妳策劃過多少場婚禮了。」

「可是這次不一樣，因為新人是——」我真沒想到自己能成功說服威爾．史萊特和茱莉亞．基根在這裡舉行婚禮，簡直是破天荒的事。我之前在都柏林擔任活動企劃師，一心想重新打造這裡，修復島上這座搖搖欲墜、接近半毀的城堡式建築，創造出一個擁有十間臥房、餐廳、廚房和交誼廳的優雅莊園。我和佛萊迪就住在這裡。平常只有我們兩個，所以只會用到一小部分的空間。

「噓，別說了。」佛萊迪走過來抱住我。一開始我整個人僵在原地，因為我滿腦子都在想還有哪些事要完成，把待辦事項搞得像沒時間做的娛樂活動一樣。然後我放鬆身體，沉進佛萊迪懷裡，感受他那熟悉又撫慰人心的溫暖。佛萊迪很好抱。他就是那種讓人很想抱他的人。還有，他喜歡自己做的菜，這是他的工作。我們搬來這裡之前，他在都柏林開了一家餐廳。

「一切都會很順利，」他說。「我保證。這場婚禮一定會很完美。」他親親我的頭頂。我在這一行打滾多年，經驗非常豐富，但這大概是我第一次投入這麼多資源、時間和心力來籌辦一場婚禮。而且新娘很特別，平心而論，這可能和她的專業領域有關。她在出版界工作，是雜誌創辦人。換作別人，可能會被她的要求搞得筋疲力盡。不過我倒是很享受。我喜歡挑戰。

好了，我的事已經講得夠多了。畢竟這對幸福的戀人才是本週末的焦點。聽說新郎和新娘交往的時間不長。由於我們的臥室和其他房間一樣在城堡莊園裡，所以昨晚有聽到他們人還真奇特，明明是愉悅的狀態，但聽起來好像很痛一樣。他們似乎非常相愛，不過憤世嫉俗的人可能會說：喔，所以他們才沒辦法把手從對方身上移開是吧？說是慾火焚身還差不多。

我和佛萊迪在一起二十年，一路走來都很美好。話雖如此，我到現在還是有些事情瞞著他，我相信他也一樣。我忍不住想，不曉得那對新人對彼此了解多少。他們是不是真的知道對方所有不可告人的祕密。

漢娜／查理的女伴

前方的浪愈來愈大，浪尖挾著白色的泡沫和水花。在陸地上會覺得今天是個美麗的夏日，沒想到海上卻狂風大作、波濤洶湧。幾分鐘前，我們離開了安全的本島港口，當時海水的顏色似乎變深了，海浪也上升了幾十公分。

這是婚禮前一天晚上，我們正搭船前往小島。因為我們是「特別來賓」，所以今晚直接住在那裡。我非常期待，至少我是這麼**覺得**。反正我現在剛好需要一點能讓我分心的事。

「抓好啦！」後方的船長室傳來一聲呼喊。那個船長名叫馬蒂。我們還來不及回神，小船就飛過浪頭，衝向另一道巨浪。海水在空中畫了一個大大的弧線，朝我們噴過來。

「天哪！」查理大叫。我發現他半邊身體都濕透了。我只奇蹟似的濺到一點水。

「你們那裡是不是有點濕啊？」馬蒂喊道。

我笑了起來，但笑得有點勉強，因為真的很可怕。小船一下子來回晃盪，一下子左右搖擺，我的胃也跟著翻攪。

「嘔……」一陣噁心感突然湧上喉頭。我想到我們上船前吃的英式鬆餅下午茶，覺得好想吐。

查理看著我，把手放在我的膝蓋上輕捏幾下。「糟糕。開始暈了？」我每次坐船都暈得很慘。暈車、暈船、暈機，任何交通工具都能暈，真的。尤其懷孕的時候最嚴重。

「嗯。我有吃幾顆暈船藥，可是好像沒什麼效果。」

「好，」查理飛快地說。「我來唸那座島的資訊給妳聽，分散妳的注意力。」他開始滑手機，下載了一本旅遊指南。真不愧是我老公，總是一副老師的模樣。就在這個時候，船身又開始搖晃，手機差點從他手裡飛出去。他咒罵了一聲，連忙用雙手緊握住手機。我們可沒錢再買一支新的。

「資料好少……」他點開下載完成的旅遊指南，語氣帶有一絲歉意。「喔，康尼馬拉的介紹倒是很多，但島嶼本身……我想應該是很小的島……」他喃喃自語，目不轉睛地盯著螢幕，好像希望文字自己跳出來。「哦，這裡，找到了，」他清清喉嚨，開始用一種我覺得可能是他講課時的聲音唸道。「安普拉島，又名墨鴉島，南北縱長約三公里，東西寬度則小於三公里。島嶼的主要地質為花崗岩，巍峨地矗立於大西洋海域，距離康尼馬拉海岸線只有幾公里。島上有一片遼闊的泥煤田，泥煤在當地又稱為「泥炭」。欣賞島嶼最好、或者說唯一的方式就是搭乘船舶出海。愛爾蘭本島與安普拉島之間的海峽變幻莫測，有時風浪會特別大——」

「這倒是真的。」我抓著船緣低聲抱怨。船身隨著波濤不斷起伏，衝破另一道浪，接著猛地落下，濺起大片水花。我的胃又翻了一圈。

「我能告訴你們的才多咧！」船長室裡的馬蒂大喊。我沒想到他在船艙裡也聽得見我們講話。「關於安普拉島，旅遊指南上根本啥都沒寫！」

我和查理拖著腳步移動到船艙附近，好聽清楚他在講什麼。馬蒂說話帶有一種濃重又可愛的口音。「最早在這裡定居的是一個宗教教派，」他說。「因為他們受到部分本島人民的迫害。」

「喔，對，」查理看著手上的旅遊指南說。「我好像有看到一些——」

「那個東西不可能告訴你一切啦，」馬蒂皺起眉頭，顯然不喜歡被打斷。「哎，我在這裡住了一輩子，我的家族好幾百年前就來了。我知道的比妳那個上網查資料的男人還多。」

「抱歉。」查理紅著臉說。

「總之，」馬蒂再度開口。「大約二十年前，考古學家挖掘出他們的遺骸。他們被埋在泥煤田裡，肩並肩擠在一起，」我覺得馬蒂好像講得很開心。「據說保存完好，因為地底沒有空氣。那是一場大屠殺。他們都被砍死了。」

「這樣啊，」查理瞄了我一眼說。「我不知道——」

來不及了，我的腦海中立刻浮現埋了很久、從黑色土壤裡挖出來的屍體。我盡量不去想，可是畫面就像跳針的影片一樣不斷重複播放。越過下一道浪時，一陣噁心感猛然來襲，徹底轉移了我的注意力，算是另一種解脫吧。

「那裡現在是不是沒人住了？」查理用輕快的口吻問道，想換個話題。「除了新的島主之外？」

「沒，」馬蒂說。「沒人，只有鬼魂。」

查理點點螢幕。「上面說，九〇年代前，島上一直有人居住，後來僅剩的幾位居民決定回到本島，過著有自來水和電力的現代生活。」

「哦，上面這樣說啊？」馬蒂似乎覺得很好笑。

「他們為什麼要離開？」我試著加入談話。「還有別的原因嗎？」

馬蒂張嘴打算回答，突然臉色一變。「小心！」他放聲大吼。我和查理立刻抓緊欄杆，才不到幾秒，我就覺得自己雙腳離地，似乎船上所有東西都被拋飛。我們直直衝向大浪，越過浪頭，猛力撞擊海面。天哪。

該找個定點盯著看來應付暈船了。我試著把目光集中在小島上。從本島出發後，小島就一直落在我們的視線範圍，可以看到地平線上有個略帶藍色的小點，形狀像扁平的鐵砧。我知道茱莉亞一定會選一個很美的地方舉行婚禮，但我還是忍不住覺得遠方那個深色輪廓彷彿弓著背、怒目瞪視著海域，與快樂的大喜之日形成強烈對比。

「很漂亮，對吧？」查理說。

「嗯，」我不置可否。「希望這幾天那裡有電和自來水。到了之後我需要好好泡個澡。這趟太折騰了。」

查理咧嘴大笑。「我很了解茱莉亞，就算那個地方之前沒水管、沒電線，現在也早就裝好了。妳也知道她是個什麼樣的人。她做事很有效率。」

我知道查理不是故意的，但感覺他好像在拿我和茱莉亞比。我絕對**不是**世界上最有效率的人。我好像不管走到哪裡都會弄得亂七八糟。自從有了孩子後，我們家就變成一個大型垃圾場。如果家裡難得有客人，我就會把東西全都塞進櫃子裡、關上門，眼不見為淨，感覺整棟房子都在憋氣，努力不讓雜物爆出來。茱莉亞的家是一棟優雅的維多利亞式豪宅，位於倫敦伊斯靈頓區，我們第一次去她家吃飯的時候，發現那裡美得像雜誌照片，就像**她**創辦的《下載》線上雜誌會介紹的那種房子。我覺得自己格格不入，不僅穿著平價時裝，髮根也大概有三公分沒補染。我一直在想，說不定茱莉亞會想把我收起來藏到別的地方。我甚至還刻意克制自己的曼徹斯特腔，讓講話的口音不要那麼明顯。

我們兩個有如天壤之別，我和茱莉亞。查理生命中最重要的兩個女人。我靠在欄杆上，將海洋的氣息深深吸進肺裡。

「我看到一篇文章，」查理說。「介紹小島的。上面說那裡的沙灘又細又白，在愛爾蘭這一帶享譽盛名。因為沙是白的，所以海灣是美麗的藍綠色。」

「哦，」我說。「聽起來比泥煤田漂亮多了。」

「沒錯。或許我們可以找時間去游泳。」他微笑著對我說。

我望著海水，打了一個寒顫。那看起來比較像冰冷的藍灰色，不是藍綠色。可是我有去過布萊頓海灘游泳，那邊可是英吉利海峽耶，不是嗎？不過那邊的水域感覺起來比眼前這片狂暴殘酷的大海溫和多了。

「我們可以趁這個週末好好散散心。」查理又說。

「嗯，」我回答。「但願如此。」這大概是我們長久以來最接近度假的一次，而且我現在真的很需要放鬆。「我不懂茱莉亞幹嘛隨便挑一個愛爾蘭海岸附近的小島結婚，」我補上一句。感覺就像**她**刻意選了這個特別的地方，特別到賓客可能會在赴宴途中淹死。「她明明想辦在哪裡都可以，又不是付不起。」

查理皺皺眉。他不喜歡談錢的事，每次講到錢他都會覺得很難堪。這是我愛他的原因之一。不過有時候，只是有時候，我會忍不住想，不知道稍微有錢一點點是什麼感覺。我們很煩惱要送茱莉亞什麼結婚禮物，還為此吵了一架。一般我們的預算最多是五十英鎊，但查理堅持要送更貴的，因為他和茱莉亞是老朋友，加上新人開出來的禮物清單都是利柏提高級精品百貨的東西，最後我們達成協議，花一百五十英鎊買了一只外觀非常普通的陶瓷碗。清單上還有個**香氛蠟燭**要價兩百英鎊。

「妳也知道茱莉亞的個性，」查理說話的同時，船身又往下撲向海面，撞上某個比水還硬的東西，接著再度彈起，左右搖晃好一陣子。「她喜歡跟別人不一樣，可能因為她爸是愛爾蘭人吧。」

「我以為她跟她爸爸處不好？」

「比妳想得更複雜。她爸常常不在家，又有點混帳，但我覺得她內心其實很崇拜他，所以之前才會要我教她航海。她爸有一艘遊艇，她想成為父親的驕傲。」

很難想像茱莉亞也會有屈居下風、想讓別人驕傲的時候。我知道她父親是赫赫有名的房地產開發商，而且白手起家。我是火車司機和護理師的女兒，從小到大都很缺錢，所以對那些日進斗金的人充滿好奇，甚至有點懷疑。對我來說，他們就像另一個物種，一種毛皮光滑又危險的大型貓科動物。

「搞不好是威爾選的，」我說。「很像他，喜歡戶外冒險。」一想到可以親眼看見這麼有名的明星，我的胃就興奮地跳了一下。無法想像茱莉亞的未婚夫是真的活生生存在於現實世界的人。

我一直偷偷在追威爾的節目。雖然這樣說有點主觀，但我覺得這個實境秀還滿好看的。我腦海中不斷浮現茱莉亞和這個男人在一起的畫面……撫摸他、親吻他，和他同床共枕。現在還要跟他**結婚**了。

這個節目叫《厄夜求生》，基本上就是半夜把威爾綁起來、矇上眼睛，丟在荒郊野外，像是森林或北極凍原之類，除了身上的衣物和皮帶上可能會掛著一把小刀外，他手邊什麼都沒有。他必須想辦法掙脫綑綁，運用機智和技能摸索方向，獨自前往特定的集合點。過程中有很多戲劇化的情節，例如有一集他必須摸黑穿越瀑布，還有一集是他被狼群跟蹤。有時我會突然想到攝影小組其實就在那裡看著他、拍攝他的一舉一動，要是真的出了什麼事，他們肯定會跳出來幫忙嘛！不過話說回來，節目氣氛確實營造得很好，能讓觀眾身歷其境，感受到那種危險。

聽到我提起威爾，查理臉色一沉。「我還是不懂她為什麼跟他交往沒多久就閃婚，」他說。「我猜茱莉亞就是這樣，一旦下定決心就火速行動。不過，漢娜，記住我說的話，那個傢伙一定隱瞞了什麼。他都是裝出來的，他的真面目絕對不是那樣。」

這就是為什麼我只能偷偷看那個節目。我知道查理不喜歡。有時我會覺得他對威爾的厭惡有點像嫉妒。希望**不是**。如果是的話不就代表……

但也可能跟威爾的單身派對有關。查理有去，可是這個決定似乎大錯特錯，因為他是茱莉亞的朋友。他們去瑞典度週末，回家後他就一直悶悶不樂。只要我稍微提到這件事，他的反應都很怪，口氣也很生硬，我就聳聳肩覺得算了。反正他平安回來，也沒少塊肉不是嗎？

大海掀起狂濤巨浪，似乎變得更加洶湧。我們搭的這艘老舊漁船如騎牛機般東搖西晃，好像要把我們甩進海裡一樣。「再開下去真的安全嗎？」我大聲問馬蒂。

「安啦！」他在浪花的撞擊聲和呼嘯的風聲中喊道。「今天的海況算不錯了。安普拉島快到啦！」

我感覺到額頭上黏著一綹綹濡濕的髮絲，其餘的頭髮則亂七八糟地糾結成一團，纏在我頭上。抵達後，茱莉亞、威爾和其他人就會看到我狼狽的模樣……我連想都不敢想。

「鸕鶿！」查理指著天空大叫。我知道他是想轉移我的注意力，減輕我的反胃感。我覺得自己好像一個被帶去給醫生打針的孩子。我往他指的方向看過去，只見一顆毛皮光亮的黑色鳥頭從海浪間冒出來，好像迷你潛水艇的潛望鏡。牠飛快地探入水底，一道黑色條紋瞬間閃過。想想看，在這種惡劣的環境下牠竟然還能這麼自在。

「我記得剛才那篇文章有提到鸕鶿，」查理又拿起手機。「啊，這裡。不用說，這一帶的海岸線有很多鸕鶿，」他開始用老師的聲音唸道。「『鸕鶿是當地民間傳說中的邪鳥，』天啊！『歷史上，這種鳥一直被描繪成貪婪、厄運與邪惡的象徵。』」我們倆看著鸕鶿再次從水中現身，尖利的鳥喙叼著一條小魚，緊接著銀光一閃，牠就張開嘴巴把整條魚吞下肚了。

我的胃一陣翻攪，感覺吞下小魚的好像是我。滑溜溜的魚飛快落下食道，在我肚子裡游來游去。船開始往另一個方向傾斜，我踉踉蹌蹌地走到船邊，把下午茶吐得一乾二淨。

茱莉亞／新娘

我站在房間的鏡子前，這是城堡莊園十間臥室裡最大、最優雅的一間，只要微微轉頭，就能透過窗戶眺望海景。今天天氣很好，暖陽灑在海面上波光粼粼，眩目到難以直視。明天最好也是這種天氣。

我們的房間位於莊園西側，而這座小島是這帶海岸最西邊的島，也就是說，我和將近七千公里外的美國之間除了浩瀚的海洋外，沒有其他人事物。我喜歡這種戲劇化的感覺。城堡莊園本身是一座十五世紀的古建築，修復得很美。石地板上的古董地毯、高貴的爪足浴缸、以泥煤悶燃的壁爐，一切皆遊走在奢華與永恆、宏偉與舒適之間，大到可以容納所有賓客，小到讓人覺得溫暖親切。太完美了。一切都會很完美。

茱莉亞，不要想那張紙條。

我不會想那張紙條。

可惡。**媽的**。不知道為什麼那張紙條讓我在意得要命。我向來不是那種愛發愁的人，例如會在凌晨三點醒來焦躁不安之類，直到最近才這樣。

三週前，我在信箱裡發現那張紙條，叫我不要嫁給威爾，把婚禮取消。

不知怎的，這些文字有如一股黑暗力量攫住了我，無法擺脫。只要想到它，我的胃就會有種酸酸的感覺。一種恐懼感。

太扯了，這種事我通常不會放在心上。

我轉向鏡子，看著穿上這件禮服的我。這件婚紗。我認為婚禮前一晚最後一次試穿、再次檢查是很重要的步驟。雖然我上週才試衣，但我不想大意，一定要做好萬全準備。如我所料，衣服非常完美。奶油色的真絲綢緞看起來就像自然地傾瀉在我身上，裡面的緊身馬甲塑造出凹凸有致的典型沙漏狀身材。沒有蕾絲或其他俗豔的花邊，那不是我的喜好。絲綢的纖維絨毛很細，只能戴上特製的白手套來處理，當然，我現在就戴著。婚紗要價不斐，但很值得。我對時尚沒什麼興趣，但我尊重服裝的力量，正確的布料能創造出正確的視覺感受。我馬上就知道這件婚紗能讓我看起來像個女王。

婚禮結束後，這件婚紗可能會變得很髒，連我都無力回天。不過我會把改短裙擺到及膝的長度，再染上深一點的顏色還能再穿。我這個人最實際了。不管做什麼，我總是、而且每一次都有計畫；我從小就是這樣。

我走到牆邊，看著釘在上面的座位表。威爾說我好像把戰略地圖掛在牆上的將軍。可是這很重要，不是嗎?基本上，座位可以左右賓客對婚禮的感受，可能很喜歡，也可能很討厭。今晚我會把座位安排到盡善盡美。一切都按照我的計畫走。我就是這樣在短短幾年內把《下載》從一個小小部落格變成一本發展成熟、擁有三十名員工的線上雜誌。

大多數賓客都是明天過來參加婚禮，結束後再回本島的飯店休息。我覺得把邀請函上常見的「專車接送」改成「午夜船舶」很有巧思。不過最重要的賓客今晚就會入住城堡莊園，明天也會和我們一起待在小島上。這張**賓客名單**很私人也很特別。威爾找了很多朋友來當他的招待，所以他得從中選出最喜歡的人。對我來說就沒那麼難，因為我只有一個伴娘，就是我同母異父的妹妹奧莉薇亞。我的女性友人不多，我沒時間喝咖啡聊是非。女人三五成群地聚在一起，總會讓我想起學校裡那些排擠我又討人厭的女生小圈圈。我很意外居然有這麼多女孩來參加我的單身派對（不過大部分都是我的員工和威爾朋友的女友），只是她們準備的驚喜比較像驚嚇就是了。我最好的朋友是男性，他叫查理。事實上，他這個週末會當我的「伴郎」。

查理和漢娜已經在路上了，他們是今晚最後一批賓客。見到查理的感覺一定很棒。我們好像很久沒兩個人單獨出來玩了，每次聚會他總是帶著孩子。以前我們常常見面，就算他和漢娜在一起後也一樣。他總會為我挪出時間。可是當上爸爸後，感覺他好像踏進了另外一個世界；在那裡，晚上十一點就叫深夜，而且非得絞盡腦汁安排才能暫時放下孩子自己出門。直到這時，我才開始想念從前獨自擁有他的日子。

「妳好美。」

「噢！」我嚇了一跳，發現鏡子裡映著熟悉的身影。是威爾。他靠在門口看著我。「威爾！」我嘶聲趕他。「我穿著婚紗耶！快點出去！你不能看到——」

他站在原地動也不動。「我先瞄一下都不行？」他邁開腳步朝我走來。「反正我已經看到了，木已成舟。妳看起來……**天哪**……我等不及要看妳穿這件婚紗走上紅毯了。」他走到我身後，抓住我赤裸的肩頭。

我應該要發飆才對。老實說**我很氣**。可是我能感覺到怒火勉強燃燒，變得愈來愈小。因為他正在撫摸我的身體，從肩膀慢慢滑到手臂。我感受到一陣渴望的顫抖，同時不斷提醒自己，我一點也不相信新郎在婚禮前看到婚紗會招來厄運。我從來不迷信這類禁忌。

「你不應該**在**這裡。」我惱怒地說，但聲音聽起來沒有很生氣。

「妳看我們，」鏡子裡的我們迎上彼此的目光，他伸出一根手指滑過我的臉頰。「我們很登對不是嗎？」

他說得沒錯，我們是很登對。我有一頭黑髮和白皙的肌膚；他有一頭金髮和古銅色身材。我們無論走到哪裡，都是最引人注目的一對。我不會假裝這沒什麼，光是想像我們倆在外界、在明天的賓客眼中會是什麼模樣，就讓我覺得很興奮。我想起學校裡那些曾經笑我是胖書呆的女孩（我是那種女大十八變的類型），笑啊，儘管笑，**看看現在是誰笑到最後**。

威爾輕咬我的肩膀。我的下腹頓時湧出一股慾望，像是鬆緊帶彈了一下。我快要抵抗不住了。

「快弄好了？」他在我身後看著座位表。

「我還沒想好要怎麼排。」我回答。

他靜靜檢查座位表。我感覺得到他溫暖的鼻息噴在我的頸側，順著鎖骨繚繞，也能聞到他身上的鬍後水，是雪松揉合苔蘚的木質香。「我們有邀請皮爾斯嗎？」他用溫和的口氣問道，「我忘了名單上有沒有他的名字。」

我努力忍住不翻白眼。邀請函的大小事都是**我**一手包辦。**我**整理出賓客名單，選了紙材和婚卡設計師，核對每一條地址，買好郵票，貼上最後一張。威爾因為要錄新的節目，所以經常不在，每隔一段時間，他就會丟出一個名字，一個他忘記提到的人。他有說要看一下名單，好確認我們沒漏掉什麼。我以為他真的有從頭仔細檢查到尾。皮爾斯是後來才加上去的。

「沒有，」我說。「但我有在格魯喬酒會上遇到他太太。她問起婚禮的事，不邀請他們好像不太好。我的意思是，幹嘛不邀呢？」皮爾斯是威爾的節目製作人，而且人很好，和威爾似乎也處得不錯。我想都沒想就把他們加進名單裡了。

「好吧，」威爾回答。「對啊，幹嘛不邀呢。」他的口氣有點酸。不曉得為什麼，這件事似乎讓他很困擾。

「嘿，親愛的，」我伸出一隻手勾住他的脖子。「我以為請他們來你會很高興。他們收到邀請時看起來很開心。」

「沒關係，」他認真地說。「只是有點意外，就這樣。」他摟住我的腰。「我一點也不介意。事實上，這是一個**很棒**的意外。我覺得邀請他們來很好。」

「那就好。對了，我想讓夫妻坐在一起。這樣可以嗎？」

「千古難題。」他挖苦地說。

「我知道啦……但大家就是很在意這種事啊。」

「嗯……如果妳和我是賓客，我倒很清楚自己想坐哪裡。」

「哪裡？」

「妳對面，我才可以這樣。」他伸手往下撩起絲綢裙擺，探進裙底。布料都被他弄皺了。

「威爾，」我連忙開口。「絲綢——」

他的手指拂過我內褲的蕾絲花邊。「威爾！」我有點惱火。「你到底在——」他的手指伸進內褲裡，開始撫弄著我。我不在乎什麼絲綢了。我仰起頭，靠著他的胸口。

這完全不像我。我不是那種只認識幾個月就跟對方訂婚……或是結婚的人。我知道有些人可能會認為我太輕率、太衝動，但我要說，真的不是，事實上恰恰相反。我只是很明白自己的想法、知道自己要什麼，然後付諸行動。

「我們現在就可以做，」威爾貼著我的脖子溫柔低語。「我們有的是時間，不是嗎？」我想回答「**不行**」，可是他的手指不斷游移，讓我的抗拒化為悠長的呻吟。

之前交往過的對象往往幾週後就會讓我感到厭倦，性生活很快就變得平淡無奇，好像在交作業一樣。遇見威爾後，我覺得自己好像每天都欲求不滿，雖然從比較根本的層次來看，我和他在一起比和其他情人在一起更滿足。不光是因為他長得帥而已。當然啦，客觀來說他是很帥沒錯，但這種貪得無厭遠不止於此。我察覺到自己想占有他的欲望。每次性愛都是一次嘗試，至今卻從未成功。某部分本質上的他總是在閃躲、逃避我的觸碰，悄悄隱沒到表象之下。

是因為他的名氣嗎？一旦成為名人，某種意義上就歸大眾所有？還是有別的原因？與他切身相關的事物？會不會是什麼諱莫如深的祕密，和不為人知的一面？

我忍不住想起那張紙條。**我不會想那張紙條**。

威爾的手指在我雙腿間不住地愛撫。「威爾，」我不太情願地說。「有人會進來啦。」

「那不是很刺激嗎？」他在我耳邊輕聲說。嗯，對，很刺激。威爾的確拓展了我的性愛視野。他讓我明白在公共場所做愛是什麼感覺。我們在晚上的公園做，在只有幾個觀眾的電影院後排做。每次想到這個我都很訝異，不敢相信自己居然會這樣。茱莉亞．基根才不會做什麼違法亂紀的事。

另外，他也是我唯一允許拍攝我裸體的男人。只有一次，而且還是上床的時候。當然，我是在我們訂婚後才同意的。我又不是白痴。總之威爾想拍，所以我們就拍了，雖然我個人不是**很喜歡**，因為在過去每一段關係中，我都是主導者，但這個行為讓我失去了掌控權，可是不知怎的，這種失去也令人著迷。我聽到他解開皮帶，光是這個聲音就讓我體內一顫，彷彿有股電流竄遍全身。他把我推向梳妝臺，動作有點粗暴。我抓住桌沿，感覺到他的硬挺頂在那裡，準備進入我的身體。

「哈囉？有人在裡面嗎？」房門咿呀一聲開了。

該死。

威爾立刻從我身上彈開。我聽見他匆匆抓起牛仔褲和皮帶，感覺到裙子滑落下來。我真的很不想轉身。

是強諾，威爾的伴郎。他一派慵懶地倚在門邊。他看到了多少？**該不會全都看到了吧？**我的臉頰開始發燙。我好氣自己、好氣他。我這輩子從來沒臉紅過。

「對不起，兩位，」強諾說。「我打斷你們了嗎？」他是在賊笑嗎？「呃——」他看到我穿著婚紗。「那不是……？那樣不是會倒楣嗎？」

我真想抓起什麼重物用力丟向他，對他尖聲大吼，要他滾出去。可是我不行，我得表現出最好的一面。「喔，拜託！」我說。希望他聽得出來我的語氣是「**我看起來像會相信這種事的白痴嗎？**」我揚起眉毛，雙手交叉在胸前。我可是揚眉遊戲的高手，我在職場上常用這招，每次都能達到絕妙的效果。看他敢不敢再多說一個字。儘管強諾虛張聲勢，擺出一副無所謂的模樣，我還是覺得他有點怕我。大家，一般來說，都很怕我。

「我們在討論座位表，」我告訴他。「被你打斷了。」

「呃，」他說。「看樣子是我太白目……」很好。看得出來他被我嚇到了。「我剛剛才發現我忘了帶一件很重要的東西。」

我的心開始怦怦狂跳。拜託不要是戒指。我就跟威爾說了，不到最後一刻，不要把戒指交給他。要是他忘了帶戒指，不管我做出什麼事都不能怪我。

「我的西裝，」強諾說。「我明明都弄好了，準備搭郵輪……然後，出發前最後一秒……唉，我也不曉得發生什麼事。我只能說，西裝一定是掛在我家門上。在英國本島。」

威爾跟著強諾走出房間。我把目光從他們身上移開，努力集中精神，以免說出什麼會讓自己後悔的話。我這個週末得控制好脾氣才行。大家都知道我脾氣很差，一旦發火就會變另一個人。我不太喜歡自己這樣；情況雖然有改善，但我還是沒辦法完全控制自己的情緒。新娘可不能臭著一張臉。

我不懂威爾為何會跟強諾變成好朋友？為什麼他到現在還沒把強諾踢出他的生活？他絕不是因為喜歡幽默的對話才會維持這段友誼。我想強諾這傢伙應該無害……至少我是這麼認為。可是話說回來，他們兩個簡直是不同世界的人。威爾這麼成功、這麼聰明、這麼有上進心，強諾則懶惰又邋遢，感覺就是人生失敗組。我們在愛爾蘭本島、去當地火車站接他的時候，他身上還有股大麻的臭味，看起來好像露宿街頭的街友。我以為他來小島前至少會刮個鬍子、剪個頭髮。要求伴郎看起來不要像原始人這應該不過分吧？晚點我再叫威爾拿刮鬍刀給他。

威爾對強諾太好了，甚至還安排他參加《厄夜求生》試鏡；最後當然是沒下文。我問威爾為什麼要繼續和他做朋友？他只簡單歸因於「過去」。「我們現在的確沒有太多交集，」他說。「但我們認識很久，也一起經歷過很多。」

其實威爾要無情可以很無情。初次見面時，我立刻察覺到這是我們兩人的共同點，坦白說，這大概是他吸引我的原因之一。另一個吸引我的是他魅力之下散發出來的野心，就跟他英俊的外表和迷人的笑容一樣奪目。

這就是我擔心的地方。為什麼僅因為一段過去，就要留住像強諾這樣的朋友？除非那段過去握有什麼把柄，讓他不得不這麼做。

強諾／伴郎

威爾拿著一手健力士啤酒，從活板門鑽出來。我們在城堡莊園的城垛上，透過石牆的縫隙往外看。城垛非常高，而且有些石塊已經鬆動了，要是對高度沒什麼概念，可能會被整得很慘。從這裡一路望過去，可以看到愛爾蘭本島。我覺得自己就像居高臨下的國王，迎著暖熱的陽光。

威爾拆開包裝，拿出一罐啤酒。「給你。」

「啊，好東西。謝啦。不好意思剛才打擾了。」我對他眨眨眼睛。「照理說不是應該要等到新婚之夜嗎？」

威爾挑挑眉，一臉無辜的樣子。「我不知道你在說什麼。我和茱莉亞在討論座位表啊。」

「哦，是嗎？現在大家改成這樣說啦？不過講真的，」我說。「西裝的事很抱歉。我老是忘東忘西。」我想讓他知道我很難過，想讓他知道我是認真想當他的好伴郎。真的，我想讓他有面子。

「小事，」威爾說。「我還有一套西裝，不曉得合不合，你可以拿去穿。」

「你確定茱莉亞不介意？她看起來不是很開心耶。」

「確定啦，」威爾揮揮手。「她過陣子就好了。」我猜他的意思大概是她有點不爽，但他會處理。

「好吧。謝啦，兄弟。」

他喝了一大口啤酒，靠在後方的石牆上，好像想起了什麼。「哦。對了，你還沒見過奧莉薇亞吧？茱莉亞同母異父的妹妹？她常常莫名奇妙消失。她有點——」他做了一個「秀逗」的手勢，嘴上說的卻是「脆弱」兩個字。

其實我早就見過奧莉薇亞了。她身材高挑，髮色黑亮，嘴唇非常豐滿，略帶憂鬱氣質，而且一雙腿長到誇張，好像肩膀以下就是腿似的。「真可惜，」我說。「因為……少來，別告訴我你沒注意到喔。」

「拜託，強諾，她才十九歲，」威爾說。「少噁了。還有，她剛好是我未婚妻的妹妹。」

「十九歲，那合法啊，」我故意這樣說想激怒他。「這不是傳統嗎？伴郎可以挑伴娘。現在只有一個伴娘，所以我沒太多選擇……」

威爾嘴巴歪扭，好像吃到什麼噁心的東西。「我認為這條規則在對方比你小十五歲的情況下完全不適用，你這個白痴。」他說。別看他現在表現得一本正經，其實他的眼睛總是離不開女人，而她們也總會看著他，用眼神回敬。這個幸運的傢伙。「絕對不能碰她，好嗎？用你遲鈍的豬腦想一想。」他用指節敲敲我的頭。

「遲鈍的豬腦」聽起來很刺耳。我或許不算聰明絕頂，但我也不喜歡被當成白痴。威爾清楚得很。以前在學校我就很討厭這樣。但我只是一笑置之。我知道他不是有意的。

「聽好，」他說。「我不能讓你在那邊晃來晃去，和我十九歲的小姨子調情。茱莉亞會殺了我。也會殺了你。」

「好啦好啦。」我說。

「還有一件事，」他壓低聲音說。「就是她……你知道，」他又做了一個**「秀逗」**的手勢。「一定是遺傳到茱莉亞的媽媽。謝天謝地，茱莉亞沒這些基因。反正離她遠一點就對了，知道嗎？」

「好好好，知道了……」我猛灌啤酒，打了一個響嗝。

「你最近有去攀岩嗎？」威爾問道，顯然是想轉移話題。

「沒啊，」我回答。「沒空，所以才有這個。」我拍拍肚子。「如果像你一樣攀岩有錢賺，那就有空了。」

有趣的是，我比威爾更熱衷於這類戶外活動，直到最近開始在湖區探險中心工作，才比較沒時間往外跑。

「也是啦，」威爾說。「說來好笑，這個工作其實不像表面上看起來那麼好玩，真的。」

「我才不信，」我說。「你的工作明明就很酷。」

「嗯……你也知道，節目嘛，很多都是障眼法，做做效果而已……」

我敢說他那些高難度動作一定都是請特技演員代勞。威爾向來不愛幹苦差事，不想髒了自己的手。儘管他聲稱自己為節目鍛鍊體能、做了很多特訓，我還是覺得他有用替身。

「然後那個妝髮，」他繼續說。「拍野外求生節目還得化妝顧髮型，笑死人了。」

「你明明就很愛，」我對他眨眨眼。「騙不了我的。」

威爾有點愛慕虛榮。當然啦，我講這句話只是好友間的吐槽，因為我很愛惹他生氣，覺得那樣很好玩。他是個帥氣的傢伙，他自己也知道。看得出來他今天身上的衣服甚至牛仔褲都是很貴的高檔貨。也許是茱莉亞的影響吧。她是個很時尚、很有品味的人。我可以想像她強拉著威爾走進精品店的模樣，但我想他大概也不介意就是了。

「好啦，」我拍拍他的肩膀。「準備好當人夫了嗎？」

他咧嘴一笑，點點頭。「當然。我也不曉得該怎麼說。我真的很愛茱莉亞。」

老實說，威爾告訴我他要結婚時，我非常訝異。我一直以為他是那種浪蕩不羈的花花公子。沒有女人抵擋得了這位黃金單身漢的魅力。他在單身派對上跟我聊到認識茱莉亞前的幾個約會對象。「我的意思是，某種程度上來說，這種感覺真的超棒。我用了交友軟體後認識好多不同的女人、和她們上床，連大學時代都沒這麼瘋狂。我大概每幾週就得驗一次自己有沒有中鏢。可是你知道嗎，有些女人真的很瘋、很黏人。我不想再花時間應付那些有的沒的。後來茱莉亞就出現了。她很……完美。不但很有自信，也知道自己要什麼。我們是同一種人。」

我很想開玩笑酸他，「**想必加上伊斯靈頓那棟豪宅後也一樣**」，但我沒說出口。她有個**有錢老爸**。我不敢拿這件事嘲諷他。人只要一講到錢就會變得很奇怪。若要說威爾一路走來最愛什麼，答案非錢莫屬，或許更勝女人也說不定。可能是因為他的童年經驗吧，不像其他同學擁有那麼多，生活也不比別人富足。我懂。他之所以能在那裡念書，是因為他爸爸是校長，而我是靠體育獎學金入學的。我們家跟上流社會完全沾不上邊。十一歲那年，有人注意到我在克羅伊登校際橄欖球聯賽的表現，就來找我爸談了。這就是崔佛蘭公學的作風。擁有一支好球隊對他們來說就是這麼重要。

「喂！上面風景如何啊？」下方突然傳來一聲叫喊。

「嘿，你們來啦！」威爾說。「快上來！人多才好玩！」

屁啦。我覺得只有我們兩個就很好了。

他們先後鑽出活板門。我一邊移動身體挪出位置，一邊向大家點頭打招呼。先是費米，再來是安格斯、鄧肯和彼得。他們四個都是威爾的招待。

「媽的，這裡也太高了吧。」費米探出城垛邊緣往下望。

「哇！」鄧肯抓住安格斯的肩膀，假裝推他一下。「好險！」

安格斯尖聲大叫。我們都笑到不行。「別鬧了！」他氣沖沖地說，情緒逐漸恢復冷靜。「拜託，很危險欸。」他死命抓著岩磚，慢慢走到我們旁邊坐下。安格斯的個性軟弱怕事、有點窩囊，不太像我們這群人的調調，不過有次開學他搭他爸的直升機來學校，人氣瞬間飆升不少。

我打量一下啤酒，威爾拿了幾罐遞給大家。

「謝啦。」費米看著啤酒說。「嘿，還記得羅馬的事嗎？」

「安格斯，我想你得喝點酒才能忘記那段過去。」彼得朝扔在一旁的空啤酒罐點點頭。

「對，但不能喝**太多**，」鄧肯搭腔。「要是你喝到不在意就不好玩了。」

「閉嘴啦。」安格斯沒好氣地說。雖然他漲紅了臉，看起來還是很蒼白。我覺得他好像竭盡所能地強迫自己不要往下看。

「這個週末我準備了一些好東西，」彼得小聲說。「會讓你覺得自己能跳下去在空中飛翔。」

「唉，江山易改，本性難移啊，彼得，」費米說。「又去翻你媽的藥櫃。我記得你每次外宿回來背包都會喀啦喀啦地響。」

「對啊，」安格斯附和道。「我們欠她一句『謝謝』。」

「**我**還要謝她別的，」鄧肯說。「彼得，我永遠不會忘記你媽是個性感熟女。」

「你明天最好拿出來分享，散播歡樂散播愛。」費米對彼得說。

「你知道的，」彼得對他眨眼睛。「我最照顧兄弟了。」

「還是現在先來一點？」我問道。我突然覺得自己需要一點刺激和快感來模糊現實與虛幻間的界線。之前抽的大麻效果已經退了。

「我欣賞你的態度，強諾，」彼得說。「不過你得放慢腳步，調整一下節奏。」

「你們明天最好規矩點，」威爾半認真半開玩笑地說。「我不希望我的伴郎和招待丟我的臉。」

「我們一定會乖乖的，老兄，」彼得伸出一隻手摟住他的肩膀。「只是想讓我們親愛的威爾有個難忘的婚禮，留下值得紀念的回憶。」

威爾向來是一切的中心，也是團體的精神支柱，我們所有人都繞著他轉。他不僅運動表現優異，成績也很好——當然不時有點額外的小幫助啦。大家都很喜歡他。如果不像我這麼了解他，可能會覺得他的人生很輕鬆，不用努力，也毫不費力。

我們六人坐在陽光下喝酒，享受片刻寧靜。

「好像回到在崔佛蘭念書那時候，」安格斯回憶道。他老是這樣，很愛話當年。「還記得我們以前常偷帶啤酒進學校，爬到體育館屋頂上喝嗎？」

「記得啊，」鄧肯說。「我也記得你後來好像拉在褲子上。」

「**滾開啦。**」安格斯瞪了他一眼。

「其實是強諾帶的，」費米說。「從鎮上那家酒類專賣店買來的。」

「沒錯，」鄧肯說。「因為他十五歲就長得又高又醜毛又多，對吧老兄？」他俯身向前，用拳頭揍一下我的肩膀。

「而且我們喝的還是溫啤酒，」安格斯又說。「因為沒冰塊也沒冰箱。那大概是我這輩子喝過最好喝的酒。就算我們現在愛怎麼喝都行，天天喝到茫也沒人管，我還是這麼覺得。」

「你說像幾個月前那樣喔？」鄧肯說。「在皇家汽車俱樂部的時候？」

「你們什麼時候去的？」我問道。

「啊，抱歉，強諾，」威爾插話。「我想說你還要跑一趟過來太遠了，那時你好像在昆布里亞吧。」

「喔，對，有道理。」我喃喃表示，心裡卻浮現他們在皇家汽車俱樂部享用美味午餐、啜飲陳年香檳的畫面。那個地方只有高級會員才能去。好吧。我喝了一大口啤酒。我真的需要來點大麻才行。

「因為很刺激吧，」費米說。「在學校偷喝酒。我們可能會被抓到啊。」

「天哪，我們一定要聊學校的事嗎？整天聽我爸把崔佛蘭掛在嘴邊還不夠慘喔？」威爾笑著說，但我看得出來他臉色有些發白，好像被啤酒嗆到一樣。我為威爾有那樣的父親感到難過。難怪他會覺得自己必須證明自我。我知道他寧願塵封那段時光，忘得一乾二淨。我也是。

「當時每天在學校都很痛苦，」安格斯說。「可是現在回想起來——不曉得是我腦子有問題還怎樣——我覺得從某種意義上來說，那些年是我生命中最重要的片段。當然我是絕對不會把自己的小孩送到那裡啦——沒有要冒犯你爸的意思，威爾——但好像也沒那麼糟，不是嗎？」

「不知道耶，」費米懷疑地說。「老師很愛找我麻煩，一群種族歧視的白痴。」雖然他一副無所謂的樣子，但我知道，身為學校裡少數黑人的他，有時真的很不容易。

「我覺得很棒，」鄧肯說。發現我們全都盯著他看，他立刻補上一句：「真的！現在回頭看，我才意識到那些年有多重要。我完全不後悔。因為崔佛蘭公學，我們才會認識、變成好朋友啊。」

「不管怎樣，」威爾開口。「重要的是現在。我們現在都過得很好，不是嗎？」

他當然過得很好，其他人也是。費米是外科醫生，安格斯在他爸的開發公司上班，鄧肯是什麼創業投資人之類（不太懂那在幹嘛，管它的），彼得則在廣告界工作，這行大概沒辦法幫他戒掉吸食古柯鹼的習慣。

「強諾，你呢？最近都在忙什麼？」彼得轉過來問我。「你在當攀岩教練，對不對？」

「嗯，在探險中心，」我點點頭。「不只是攀岩而已，還有野外求生技能、搭建營地——」

「是喔，」鄧肯打斷我的話。「對了，我想辦個團隊合作日，打算跟你討論一下。算我友情價？」

「沒問題，」我嘴上這麼說，心想，你這麼有錢還好意思砍價？「不過我之後就不做了。」

「什麼意思？」

「沒有啦，我準備投入威士忌產業。很快就會推出了。大概六個月後吧。」

「所以你通路都談好了？」安格斯聽起來有點不爽。我猜這大概不太符合高壯蠢笨的強諾在他心目中的形象。我居然拔得頭籌、占了上風，還不用坐無聊的辦公室。

「對，」我點頭說。「都談好了。」

「維特羅斯和森寶利這兩家連鎖超市也有？」鄧肯問道。

「嗯，還有其他經銷商。」

「市場競爭很激烈耶。」安格斯說。

「對啊，」我同意他的看法。「很多知名老牌酒廠，還有名人推出的明星品牌，連終極格鬥冠軍賽選手康納．麥奎格都有自己的酒。但我們想追求更高的層次，一種……不知道，就是體現工匠技藝、手工釀造的感覺。就像那些新的琴酒品牌一樣。」

「我們很幸運，明天婚宴上就喝得到，」威爾說。「強諾帶了一整箱來。我們今晚也來試一下。你說叫什麼名字？我記得很讚。」

「地獄使者。」我回答。這個名稱和那些過時的老牌子不一樣，所以我非常滿意，也很自豪。威爾忘記讓我有點不高興，我明明昨天才把酒給他，瓶身的標籤寫得很清楚。不過話說回來，那傢伙明天就要結婚了，心裡想必有別的事要煩。

「真沒想到！」費米說。「我們六個，都變成體面的大人了。而且還是那個鬼地方畢業的。再次強調，威爾，沒有要冒犯你爸的意思，但那間學校應該屬於另一個世紀才對。我們很幸運可以活著出來。我記得每個學期都有四個男孩離開。」

我不可能離開。我的家人知道我拿到橄欖球獎學金時都好興奮，不敢相信我居然要去讀**貴族寄宿**學校。我一定能得到很多發展的機會。至少他們是這麼想的。

「對，」彼得說。「不是有個男生因為大冒險輸了所以跑去理科教室喝乙醇，結果被緊急送醫嗎？而且每年都有人精神崩潰——」

「對對對，」鄧肯興奮地說。「還有那個瘦巴巴的男生，就是死掉的那個。弱肉強食，適者生存！」他露出大大的笑容環視著我們。「壞小子當道對吧，兄弟們？這個週末，六人組強勢回歸！」

「對啦，不過看看這個，」費米彎下腰，指著頭頂一塊毛髮稀疏的地方說。「我們現在老了，變無聊了，不是嗎？」

「我可不這麼認為！」鄧肯反駁。「我覺得如果有需要，我們還是可以把場面搞大。」

「我的婚禮不需要喔。」威爾笑著說。

「你的婚禮特別需要。」鄧肯說。

「我還以為你會是第一個結婚的，老兄，」費米對威爾說。「你異性緣這麼好。」

「我還以為你永遠不會結婚，」安格斯就像往常一樣猛拍馬屁。「你異性緣太好了。為什麼要定下來？」

「還記得你上的那個女孩嗎？」彼得插嘴問道。「讀地方綜合中學那個？你不是有一張她上空的拍立得照片？那個身材真的是……天哪。」

「打手槍很好用，」安格斯說。「我有時還會想起那張照片。」

「對啊，」鄧肯說。「因為沒有人想跟你打炮。」

威爾眨眨眼睛。「不管怎樣，看到大家再次聚首，就算我們——像迷人的費米說的又老又無聊，還是值得舉杯慶祝。」

「說得好。」鄧肯舉起啤酒罐說。

「乾杯。」彼得附和道。

「敬倖存者。」威爾說。

「敬倖存者！」我們跟著大喊。我望著其他人，有那麼一瞬間，他們變得不太一樣，看起來更年輕，彷彿鍍上一層金色陽光。從這個角度看不到費米的禿頭和安格斯的啤酒肚，彼得也不像只在晚上出門的夜貓子，就連狀態好到不能再好的威爾都變得更帥、更耀眼。我突然覺得我們回到了學生時代，坐在體育館屋頂上，什麼壞事都沒發生。我願意不惜一切代價回到那一刻。

「好啦，」威爾邊說邊把罐底殘餘的啤酒倒出來。「我該下樓了。查理和漢娜快到了。茱莉亞想在碼頭辦個歡迎派對。」

我想等大家都到齊後，週末就正式開始。我好希望時間能暫時倒轉，只有我和威爾兩人坐在這裡，吹著微風，像其他人來之前那樣。我最近很少見到威爾。他是這個世界上最了解我的人，真的。我也是這個世界上最了解他的人。

奧莉薇亞／伴娘

顯然我的臥室以前是傭人房。我很快就發現我的房間位於茱莉亞和威爾房間下方。昨晚我**什麼都聽到了**。我試著忽略那些聲音，可是我愈努力，聽得就愈清楚；每一個細微的躁動，每一聲呻吟和喘息，幾乎就像他們**刻意**想被人聽到一樣。

他們今天早上也做了，不過至少當下我可以出去走走、遠離莊園。雖然有規定天黑後不要在島上遊蕩，但若今晚再發生一樣的事，我絕對會奪門而出。我寧願冒險踏進泥煤田或是在懸崖邊散步。

我把手機調成飛航模式，接著又關機，看看螢幕上的「無訊號」圖示會不會消失。完全沒反應，爛透了。我想應該沒有人傳訊息給我吧。我現在跟朋友幾乎完全斷聯，但我們並不是吵架鬧翻、大家老死不相往來，比較像是我大學輟學，離開了他們的世界。起先他們還會傳訊息給我：

寶貝，希望妳沒事。

我是麗芙，想聊聊的話打給我。

改天來約，好嗎？

我們好想妳！❤

發生什麼事了？？？？

我突然覺得無法呼吸。我把手伸向床頭櫃。薄薄的剃刀就躺在那裡，那麼小，卻那麼鋒利。我脫下牛仔褲，將剃刀邊緣壓在大腿內側靠近內褲的地方，慢慢劃下去，讓刀鋒吃進肉裡，直到血珠滲出來。鮮血在透著青筋的蒼白肌膚襯托下看起來泛著深紅。這次割的傷口還算淺，我以前割過更深的。刺痛感讓一切全都聚焦在一處，在劃進血肉的刀片上。這一刻，其他的人事物徹底消失，不復存在。

我的呼吸逐漸放鬆。不然再割一——

一陣敲門聲傳來。我放下剃刀，笨手笨腳地穿上牛仔褲。「誰啊？」我大聲問道。

「是我。」茱莉亞回答。我都還沒說可以進來，她就直接把門推開。很有茱莉亞的風格。幸好我反應快。「我要看看妳穿伴娘禮服的樣子，」她說。「查理和漢娜來之前我們還有一點時間。強諾忘了帶他那套**該死**的西裝，我想確認伴郎伴娘至少有一個看起來不錯。」

「我已經試穿過了，」我說。「很合身。」才怪。我不知道衣服到底合不合身。我本來應該要去婚紗店試穿，只是每次茱莉亞叫我去，我都找藉口推託。她下了最後通牒，說除非我試穿、馬上告訴她合身，否則她不會放棄。我真的不想穿，也沒辦法硬逼自己穿，只能直接騙她很合身。她買下禮服，送來我這。自此之後，禮服就一直收在大硬紙盒裡，完全沒拿出來。

「**妳**可能試穿過了，但我想看一下，」茱莉亞突然對我微笑，彷彿她剛想起來應該要這麼做。「妳想的話可以來我們房間試穿。」她說這句話的語氣就好像她給了我什麼了不起的特權一樣。

「不用了，謝謝，」我說。「我比較想待在這裡——」

「來啦，」她說。「那裡有一面漂亮的大鏡子哦。」我意識到她給我的其實是命令，不是選項。我走向衣櫃，拿出那個大大的淡藍綠色紙盒。茱莉亞抿起嘴唇。我知道她生氣了，因為我沒把衣服拿出來掛好。

成長過程中，有時我會覺得茱莉亞就像第二個媽媽，應該說，她和其他媽媽一樣嚴格霸道。我們的媽媽完全不是這樣，但茱莉亞是。

我跟著她來到他們的臥房。儘管茱莉亞超愛乾淨，房間裡也有扇窗戶敞開，讓新鮮空氣進來，這裡依舊殘存著一股肉體的氣味和男性鬍後水餘香，還有……我想（**我不想去想**）應該是性愛的氣息。這是屬於他們兩人的私密空間，我覺得自己好像不該來這裡。

茱莉亞關上門，轉身看著我，雙手交叉在胸前。「穿吧。」她說。

我覺得自己沒得選擇。茱莉亞很擅長讓人有這種感覺。我把衣服脫到只剩內衣褲，雙腿緊緊併攏，以防大腿內側的傷口還在流血。要是茱莉亞發現，我就說我生理期來好了。徐徐的微風從窗戶吹進來，在我皮膚上留下一道雞皮疙瘩。我能感覺到茱莉亞盯著我看，真希望她能給我一點隱私。「妳瘦了。」她用挑剔的眼神上下打量我，語氣好像在關心，聽起來卻不太真誠。大概是嫉妒吧。有一次她喝醉後話匣子大開，不停抱怨以前在學校被同學嘲笑、說她是「小胖妹」的事。她一直對我的體重很有意見，好像她不知道我從小就很瘦一樣。但即便是瘦子也可能會討厭自己的身材，對自己的身體感到失望，覺得它似乎藏了什麼祕密不讓你知道。

不過茱莉亞說得沒錯。我是瘦了。我現在只能穿最小號的牛仔褲，而且還是很鬆，動不動就從我的臀部滑下來。我並沒有刻意減肥還幹嘛，只是沒吃東西時的那種空虛感……很符合我內心的感受。我不覺得有什麼問題。

茱莉亞把伴娘禮服從盒子裡拿出來。「奧莉薇亞！」她惱怒地說。「衣服一直裝在裡面嗎？妳看這些折痕！這絲綢這麼精緻……我還以為妳會好好照顧這件禮服。」她聽起來好像在跟小孩子說話。我猜她的確這麼認為。但我已經不是小孩了。

「對不起，」我說。「我忘了。」**才怪**。

「唉。好險我有帶熨斗。不過要把這些皺摺弄平得花不少時間。妳晚點再弄。現在先試穿看看。」

她要我像個小孩一樣伸出雙臂，把禮服從我頭上套下來。我瞥見她手腕內側有一道將近三公分的亮粉紅色疤痕。我想應該是燙傷，看起來很痛。我忍不住想，不曉得這個傷口是怎麼來的。茱莉亞是個很謹慎、很小心的人，絕對不會笨到燙傷自己。可是我還來不及細看，她就抓著我的上臂，把我帶到鏡子前，好讓我們兩個都能看看穿著伴娘禮服的我。禮服是裸粉色，我永遠不會穿這種顏色，因為只會讓我看起來更蒼白。這個顏色幾乎和茱莉亞上週要我在倫敦做的時尚奢華美甲一樣。茱莉亞很不滿意我的指甲狀況，要美甲師「盡妳所能處理好」。現在我只要看到我的手就想笑。仔細拋磨、修得一絲不苟的指甲就在被我咬到流血的表皮旁閃爍著公主般的粉紅色微光。

茱莉亞退後一步，雙手交叉在胸前，瞇起眼睛。「太鬆了。天哪，我很確定這是店裡最小的尺寸了。**我的天啊**，奧莉薇亞，真希望妳早點告訴我禮服不合身，這樣就能修改了。可是……」她皺著眉頭，繞著我慢慢走一圈。一陣微風從門口吹進來，冷得我全身發抖。「不知道耶，鬆鬆的看起來也還好。算是一種**風格**吧，我想。」

我仔細端詳鏡中的自己。禮服本身的剪裁還不錯，不會太難看，斜肩設計，很有九〇年代的味道，換個顏色我可能會穿。茱莉亞說得對，看起來還行。只是布料很透，我的黑色內褲和乳頭一覽無遺。

「別擔心，」茱莉亞彷彿看穿我的思緒。「我幫妳準備了隱形胸罩，還買了一條膚色丁字褲。我就知道妳不會帶。」

太好了。這樣還真他媽的沒那麼赤裸了呢。

茱莉亞在我身後，我們一起站在鏡子前看著我的倒影，感覺好奇怪。我和她有些非常明顯的差異。例如我們的身形完全不同；我的鼻子更細，和媽媽的鼻子一樣，而茱莉亞的頭髮比較漂亮，豐盈又有光澤。不過像現在這樣站在一起，我才發現我們相似的地方比別人以為得更多。我們的臉型根本就是同一個模子刻出來的，像媽媽。完全看得出來我們是姊妹，或很像姊妹。

不曉得茱莉亞是不是也注意到我們的相似之處。她的表情變得很怪，臉色也不太對勁。

「哦，奧莉薇亞，」她突然開口，然後——我還來不及感覺，就看到鏡子裡的她伸出手，牽起我的手。我整個人愣住了。這完全不像茱莉亞，她不喜歡肢體接觸，也不喜歡表露情感。「那個，」她說。「我知道我們有時處得不太好，但我**真的**很高興有妳當我的伴娘。妳知道的，對吧？」

「我知道。」我回答，聲音有點沙啞。

茱莉亞捏捏我的手，這個動作對她來說和一個大擁抱差不多。「媽媽說妳跟那傢伙分手了？奧莉薇亞，妳知道嗎？在妳這個年紀，可能會覺得失戀就像世界末日一樣。等到將來妳遇見一個**很合拍**的人，就會明白其中的差別了。就像威爾和我——」

「我很好，」我打斷她。「沒事。」**才怪**。我一點也不想跟別人聊這件事，尤其是茱莉亞。要是我說我想不起來自己為什麼要費心化妝、穿漂亮內衣、買新衣服或是剪頭髮，好像做出這些事的是別人一樣，她一定不會懂。

我體內突然湧起一種古怪的感覺，有點頭暈想吐。我重心不穩，晃了一下，茱莉亞立刻伸出雙手緊抓住我的上臂。

「我沒事。」她還來不及問我怎麼了，我就搶先開口。我彎下腰，想脫掉她替我挑的那雙過於花俏的灰色絲質尖頭高跟鞋。繫帶上有珠寶扣，我的手又變得很笨拙，花了好一陣子才解開；接著我舉起雙手，硬是把禮服從頭上拽下來，用力到茱莉亞倒抽一口氣，好像以為衣服會被我扯破。我不顧她的反應，逕自脫下禮服。

「奧莉薇亞！」茱莉亞大叫。「妳**到底**怎麼了？」

「對不起。」我說。可是我發不出聲音，只能用嘴型表示。

「聽著，就這幾天，」她說。「我希望妳努力一點，試試看**好嗎**？這是我的婚禮，奧莉薇亞。我費盡心思想打造一場完美的婚宴。我買了這件禮服給妳，我想要妳穿上它，因為我希望妳在現場，當我的伴娘。這對我很重要，對妳應該也有特別的意義，不是嗎？」

「嗯。對，當然。」我點點頭。她似乎在等我說下去，所以我又補了一句：「我沒事。我不知道剛才……剛才是怎麼了。現在沒事了。」

才怪。

茱莉亞／新娘

我推開門，走進媽媽房間。朦朧的煙霧迎面而來，是嬌蘭一千零一夜淡香精的味道，好像還混雜著菸味。她最好不要給我在這裡抽菸。媽媽穿著絲質和服式浴袍坐在鏡子前，忙著用她招牌的胭脂紅勾勒唇型。「天哪，妳那是什麼表情？好像想殺人一樣。怎麼啦，親愛的？」

親愛的。

這三個字怪殘忍的。

我努力保持冷靜、理性的語調。我今天要當那個最好的自己。「明天奧莉薇亞應該不會有問題吧？」

媽媽發出一聲厭倦的嘆息。拿起手邊的飲料啜了一口。看起來像馬丁尼。太好了，所以她已經在喝烈酒了。

「我特地選她當我的伴娘，」我說。「我本來大可從另外二十個人裡面挑的，」這個說法是有點誇張。「可是她一副興致缺缺的樣子，好像覺得這件事很無聊。我對她幾乎沒什麼要求。而且她連單身派對都沒來，別墅裡明明就有空房間給她住。真的很莫名其妙——」

「其實我可以去，親愛的。」

我睜大眼睛望著她。我完全沒想到她會想來參加單身派對。拜託，我**絕不可能**邀請我媽來，不然一定會變成她的瘋狂個人秀。

「總之，這些都不重要，」我說。「都已經過去了。不過她起碼也**裝**一下，替我開心不行嗎？」

「她這陣子過得很煎熬。」媽媽說。

「因為她男友跟她分手還什麼的嗎？根據我在 Instagram 上看到的，他們只交往了幾個月而已。還真是天長地久的浪漫喔！」其實我是出於好意，但言談間仍不知不覺顯露任性和暴躁的脾氣。

媽媽專心描繪唇形，仔細勾出更精確的輪廓。「可是，親愛的，」她畫完唇線後說。「妳想想，妳和妳的白馬王子威爾不也沒在一起很久嗎？」

「那不一樣，」我惱怒地說。「奧莉薇亞才十九歲，還是個少女。青少年哪懂得什麼是愛，不過是體內荷爾蒙飆升罷了。我在她這個年紀時也以為自己墜入愛河啊！」

我想起十八歲的查理。黝深的小麥色皮膚，寬鬆的短褲下緣不時露出白色色差。我突然發覺母親從來不知道、也不想知道當年青春期的我有什麼心事。她只是忙著談戀愛。謝天謝地，我想應該沒有青少年想把這些事攤在爸媽面前接受審查。但我還是忍不住覺得這點在在證明了她和奧莉薇亞的感情比較好，和我就沒那麼親近。

「妳要記住，」她說。「妳父親離開的時候，我也差不多那個年紀，身邊還有個剛出生的孩子——」

「媽，我知道。」我盡可能耐著性子說。這個故事我已經聽過好幾百次了。我的出生扼殺了她注定、可能、**大概**會非常成功的職業生涯。

「妳知道那是什麼感覺嗎？」她問道。唉，又來了。又是那套老劇本。「打拚事業的同時還要養育新生兒？努力賺錢謀生，想有所成就？就為了圖個溫飽？」

我心想，**如果妳真的想圖個溫飽，就不會只找演藝工作，因為那不是什麼明智的方法。我們也不必把妳微薄的收入花在房子上，硬是要住離沙夫茨伯里大道不遠、靠近倫敦市中心的公寓，結果卻連飯都吃不起。是妳自己在十幾歲時做了一些錯誤的決定，不小心懷孕。不是我的錯。**

這些話我一句也沒說出口，一如往常。「我們是在講奧莉薇亞的事。」我提醒她。

「好吧。姑且說奧莉薇亞經歷的不止是一次糟糕的分手。」媽媽一邊說，一邊檢查光澤閃耀的指甲。她擦的指甲油也是胭脂紅，手指看起來宛如浸過鮮血一樣。

我想也是。她可是奧莉薇亞，當然很特別，很與眾不同。**小心，茱莉亞。別這麼刻薄**。要表現出最好的一面。「不然呢？」我繼續追問。「還有什麼事？」

「那是她的私事，輪不到我來說。」媽媽的回答出乎意料地謹慎。「況且，」她再度開口。「奧莉薇亞跟我一樣是那種高敏感、容易與他人共感共情的人。我們沒辦法像有些人那樣簡單地……壓抑自己的情緒，戴上堅強的面具。」

我知道某種程度上來說**確實如此**。奧莉薇亞對事物有很深的感受，太深了，深到會把事情刻在心上。她是個愛做夢的人。她在學校常不小心撞到東西或玩到受傷，帶著瘀青和破皮回家。她很容易焦慮，老是想太多，糾結於枝微末節的小事。她很「脆弱」。但她也被寵壞了。

我覺得媽媽講到「有些人」時似乎有點批評的意味。就算我們其他人沒有直接表達內心的情感，就算我們知道該如何管理情緒——不代表我們沒有感覺。

呼吸，茱莉亞，深呼吸。

我想起剛才對奧莉薇亞說我很高興有她當我的伴娘，她只是用奇怪的眼神望著我。看著她試穿禮服，脫下衣褲，露出纖細、沒有肥胖紋的身體，我心裡突然一陣刺痛。我知道她能感覺到我的目光。她實在是太瘦、太蒼白了。但無可否認的是，她真的很漂亮，很像九〇年代那些「海洛因時尚」模特兒，有種骨感的病態美，讓我想到凱特．摩絲懶洋洋地躺在床上，後方還掛著一串優雅的小燈那樣。我看著她，覺得自己被夾在兩種情緒之間，我好像每次講到奧莉薇亞都會有這種感覺。一種深沉的、幾乎算是痛苦的溫柔，還有一種可恥的、祕密的羨妒。

從小到大，我對她的態度都不太熱絡。現在她年紀漸長，心思也成熟了一點，最近——特別是訂婚派對後，她對我明顯冷淡許多。可是她小時候常黏著我，像隻可愛的小狗跟前跟後。我已經習慣了她單方面付出的情感，同時也很嫉妒她。

媽媽在椅子上轉過身，表情突然變得很嚴肅，完全不像平常的模樣。「聽著，茱莉亞，奧莉薇亞這段時間真的很難熬，而且情況比妳想得更糟。那可憐的孩子經歷了很多事。」

可憐的孩子。感覺得出來。我的胸口因為妒忌泛起陣陣刺痛，覺得好羞愧。我原以為自己對這些話已經免疫了，看樣子並沒有。

我深呼吸，提醒自己就要結婚了。如果我和威爾有了孩子，他們的童年一定會和我的截然不同。我小的時候，媽媽的男友一個換過一個，每個都是號稱「快要大紅」的演員；每次跟著她到蘇活區參加派對，都會有人幫我找地方讓我睡在一堆大衣上，因為當時我才六歲，其他小朋友早在好幾個小時前就鑽進被窩了。

媽媽轉身面對鏡子，瞇著眼睛看著鏡中的自己，頭髮這邊推推、那邊攏攏，繞起來盤在腦後。「客人來了，得打扮得好看一點，」她說。「威爾的朋友不是都**很帥**嗎？」

哦，天哪。

奧莉薇亞不明白自己有多幸運，小時候過得多好。她的生活一切正常。她的爸爸羅伯還在時，媽媽總是一副好母親的形象，不但親自準備三餐、堅持八點睡覺，還布置了一個擺滿玩具的遊戲室。最後媽媽還是厭倦了扮演慈母、假裝家庭幸福的日子，不過那是在奧莉薇亞度過一個完整又快樂的童年之後，在我**開始**討厭她、覺得她什麼都有之後。只是她連自己擁有什麼都不知道。

我有股想砸東西的衝動。我拿起梳妝臺上的法國皇室百年香氛蠟燭，掂掂重量，想像看著蠟燭裂成碎片的感覺。我已經改掉這個習慣，學會控制自己的脾氣了。我不希望威爾看見這樣的我。可是我發現只要面對家人，我就會退步，任由過去的傷害、嫉恨和偏狹拉著我回到從前，變成那個十幾歲、想逃家的茱莉亞。我一定要戰勝這一切。我已經踏上屬於自己的路，獨力打造出一個安穩強大的國度。這個週末本身就是一場宣言。我的勝利進行曲。

窗外傳來船隻引擎排水的聲音，一定是查理來了。查理會讓我心情好過一點。

我把蠟燭放回梳妝臺上。

漢娜／查理的女伴

我們終於抵達島嶼海灣，駛進平靜的水域。我已經吐了三次，而且全身濕透，冷到骨子裡，有如一條被擰乾的舊抹布，全身的力氣都被抽光了，只能把查理當成人形救生艇緊抓著不放。我不知道該怎麼下船，因為我的腿軟到像沒骨頭一樣。不曉得查理和現在這樣的我在一起會不會覺得很難堪？他每次在茱莉亞身邊都會展現幽默風趣的一面。我媽會說那叫「擺架子」。

「哇，妳看，」查理說。「看到那邊的沙灘沒？沙子真的是白色的！」我看見海水沖上淺灘，化為驚人的青藍，閃爍著點點波光。小島一端被高聳陡峭的懸崖和巨大的岩堆削得崎嶇嶙峋，和島上其他地方相比宛若另外一個世界；另一端突出的岬角則棲踞著一座小得不可思議的城堡，底下就是錯落的岩層與洶湧的波濤。

「你看那座城堡。」我說。

「好像叫城堡莊園吧，」查理說。「茱莉亞是這麼說的。」

「優雅的人果然會取特別優雅的名字。」

查理忽略這句話。「我們就是要住那裡。應該會很好玩。感覺很適合用來分散注意力，不是嗎？我知道這個月總是特別難受。」

「嗯。」我點點頭。

查理捏捏我的手。我們兩人都沒說話。

「還有，妳知道，」他突然開口打破沉默。「少了孩子在身邊也是一種改變。我們可以做些大人做的事。」

我瞄了他一眼。他的語氣似乎藏有一絲渴望。我們近來的確忙著照顧兩個小傢伙，很少有自己的時間。有時我甚至覺得查理有點嫉妒，因為我給孩子很多的愛和關注。

「還記得剛開始那些日子嗎？」一個小時前，我們開車穿過美麗的康尼馬拉郊區。查理一邊說，一邊欣賞窗外的紅石楠和幽暗的山峰。「我們週末常帶著帳篷搭火車去野外露營？天啊，感覺好像幾百年前的事了。」

以前我們經常整個週末都在滾床單，只有吃飯或散步才會出門，而且那時手邊似乎總是有些閒錢。嗯，我們現在的生活從另一個角度來看很豐富沒錯，不過我懂查理的意思。我們是朋友群中第一個有小孩的。我先懷了班，然後才結婚。我對於過去的選擇完全不後悔，但難免會想，不曉得我們是不是錯過了幾年充滿樂趣、無憂無慮的時光。有時我覺得自己好像失去了另一個自我。那個喜歡跳舞，總是留下來再喝一杯的女孩。有時我真的很想念她。

查理說得對。我們需要空出一個週末好好喘息。這是我們多年來第一次真正逃離現實生活，真希望我們能做別的事，不是來參加他朋友風光盛大的海島婚禮。而且茱莉亞實在有點可怕。

我努力不去想我們最近一次做愛是什麼時候，我知道答案只會令人沮喪。總之有好一陣子就是了。為了這個週末，我還去做比基尼線蜜蠟除毛，上次做是在……天啊，好久以前了，如果 DIY 除毛貼片不算的話。我買了好幾盒幾乎都沒用，只是放在浴室櫃子裡。自從有了孩子，我和查理的關係變得比較像同事，或是不穩定的新創小公司合夥人，必須全心全意專注在事業上那種，不像情人。情人。我們上次這樣看待彼此是什麼時候？

「天啊，你看他們的婚禮帳篷！」我把思緒轉移到別的地方。「未免太大了吧。」婚禮帳篷大到像一座帳篷型城市，而非單一建築。會把帳篷搞得**這麼**豪華的也只有茱莉亞了。

我覺得，如果可能的話啦，島上其他地方看起來似乎充滿敵意，甚至比遠眺時還悍戾。真不敢相信我們接下來幾天要住在這個險惡冷峻的地方。隨著離小島愈來愈近，我看見城堡莊園後方有幾間小小暗暗的房子，婚禮帳篷再過去有座拔起的山丘，上面豎著一排如鬃毛般的黑影。起先我還以為是人，一群等待我們抵達的人，只是看起來很詭異，居然一動也不動。等船駛近時我才發現，那些直立的奇怪輪廓似乎是墓碑。看起來圓圓胖胖、像巨型球莖的其實是十字架，凱爾特十字架，十字中央有一圈圓環那種。

「他們在那裡！」查理揮揮手。

我看到碼頭上那簇人影在揮手。我用手梳梳頭髮，只是就我長期的經驗來看，這樣可能只會讓髮型更亂。真希望我能喝點水來沖掉嘴裡的酸味。

隨著碼頭愈來愈近，人影也愈來愈清楚。我看到茱莉亞了。就算距離這麼遠，我也看得出來她乾淨俐落、完美無瑕。她是唯一一個能在這種地方穿全身白又不會馬上弄髒衣服的人。茱莉亞和威爾旁邊站著兩個女人，我猜是茱莉亞的家人。閃著光澤的柔順黑髮洩漏了她們的身分。

「那是茱莉亞的媽媽。」查理指著那個比較年長的女人說。

「哇！」我忍不住驚呼。茱莉亞的母親跟我想的完全不一樣。她身穿黑色緊身牛仔褲，頂著亮麗的鮑伯短髮，頭上還架著一副小巧的貓眼款黑框眼鏡，看起來完全不像有三十多歲女兒的媽媽。

「嗯，她很年輕就生了茉莉亞，」查理好像知道我在想什麼。「那個是——天哪！那一定是奧莉薇亞。茉莉亞同母異父的妹妹。」

「她看起來長大了不少。」我說。她不但比媽媽和姊姊高，身材也不像茉莉亞那樣曲線分明、凹凸有致。她的長相異常迷人，確切來說是美麗，而且皮膚蒼白到無以復加，只有配上像她那樣的黑髮才會好看。她穿著牛仔褲的腿看起來就像兩條用木炭畫出來細細長長的線。天啊，我超希望自己有那雙腿。

「真不敢相信她已經長這麼大了。」查理壓低聲音說。我們現在離碼頭很近，他們可能會聽見我們的對話。他的語氣似乎有點慌張。

「她以前是不是暗戀過你啊？」我在腦海中翻著那些與茉莉亞記憶模糊的聊天片段，從中挖掘出這個事實。

「對，」查理懊悔地苦笑。「茉莉亞很愛拿這件事來取笑我，真的很尷尬。是很好笑沒錯，但也很尷尬。她以前常找藉口跟我聊天，用十三歲小孩會用的那種讓人不太舒服的挑逗方式在我面前走來走去。」

我望著碼頭上那個漂亮的女孩，心想，他現在想必沒那麼尷尬了。

這時，馬蒂開始走來走去，忙著把護舷放到船邊，準備好船繩。

「我來幫你——」查理走上前說。

馬蒂揮揮手表示不用。我覺得查理好像不太高興。

「把船繩丟過來！」威爾沿著碼頭大步走向我們。他在電視上看起來很帥，至於本尊嘛……嗯，帥到令人屏息。「我來幫你！」他對著馬蒂大喊。

馬蒂把船繩扔過去，威爾熟練地跳起來接住繩子，露出針織毛衣下的腹肌。不曉得是不是我想太多，但查理好像很生氣。他很懂船，年輕時還當過航海教練；可是講到**戶外活動**，似乎就是威爾的主場了。

「你們兩個，歡迎歡迎！」威爾露出燦爛的笑容，向我伸出手。「需要幫忙嗎？」其實不用，但我還是接受了。他撐住我的腋下，把我抱到碼頭上，感覺就像抱小孩一樣輕鬆。我聞到一股淡淡的男香，是苔蘚和松樹的氣味。我有點鬱悶，因為我知道自己聞起來像海藻和嘔吐物。

我才剛見到威爾，就已經能感受到他在現實生活中的魅力。那種吸引力。我曾邊看他的節目邊讀關於他的文章（在網路上瘋狂搜尋他的資訊是一定要的），撰文記者開玩笑說她基本上只是盯著螢幕看，因為她無法把目光從威爾身上移開。很多網友都氣炸了，說她在物化男性，要是寫這篇文章的是男人，絕對會被罵死。但我敢說節目的公關團隊一定很高興，搞不好還開香檳慶祝咧。

說真的，我懂那個記者的意思。網路上有很多威爾光著上身的照片，或是他奮力攀岩的畫面，看起來真的很撩人。除此之外，他對鏡頭說話的方式也很特別，讓人覺得很親密，彷彿自己就在他用樹枝樹皮搭建的臨時遮蔽處裡，躺在他身邊，在頭燈的光照下眨眼。荒野中只有你和他兩個人。一種友善的孤獨感。一種誘惑。

查理向威爾伸出手。「哎，幹嘛這麼客氣！」威爾完全無視，給了查理一個大擁抱。我看得出來查理的背很緊繃。

「威爾。」查理草草點頭，隨即退後。威爾這麼親切、這麼熱情。查理的反應也太沒禮貌了。

「查理！」茱莉亞迎上前，張開雙臂。「好久不見！天啊，我好想你。」

茱莉亞，查理生命中另外一個女人，他生命中最重要的女人——直到我出現為止。他們倆擁抱了好一陣子。

我們跟著威爾和茱莉亞走向城堡莊園。威爾說，城堡最初的用途其實是海防，直到上個世紀才被幾個有錢的愛爾蘭人改建成一幢可以放鬆幾天、招待親朋好友的度假別墅。不知道的人可能會以為城堡在中世紀時就是這樣。那邊有一座小炮塔，比較大的窗戶間還有許多小窗口，「那叫假箭孔。」查理說。他很喜歡研究城堡。

我們在路上看到一座禮拜堂，應該說是禮拜堂的遺跡，就隱身在城堡莊園後方。禮拜堂屋頂幾乎完全崩塌，只剩下牆壁和五根高大、過去可能支撐著尖塔的石柱直直地伸向天空。原本應該是窗戶的地方變成石牆上的窟窿，想必整片前牆都剝落了。「我們明天會在那裡舉行結婚儀式。」茱莉亞說。

「好美，」我說。「好浪漫。」我不停地稱讚，反正淨講些好聽的話就對了。這座禮拜堂確實有種頹廢荒蕪的美。我和查理是在地方市政機關登記結婚的，那裡只是一個狹小擁擠的房間，有點破舊，絕對稱不上美。當然，茱莉亞也在場，她穿著設計師品牌服裝，和周遭環境格格不入。整個過程感覺不到二十分鐘就結束了，我們出去時還跟下一對夫妻擦身而過。

話雖如此，我一點也不想在像這座禮拜堂一樣的地方結婚。沒錯，建築本身真的很美，但這種美肯定帶著悲劇色彩，甚至有點陰森。禮拜堂在天空的襯托下顯得格外醒目，彷彿一隻瘦長又扭曲的手指從地底伸出來，讓人心神不寧。

我一邊走，一邊觀察威爾和茱莉亞。我從來不覺得茱莉亞是喜歡肢體接觸的人，可是她的手一直在威爾身上游移，好像沒辦法不碰他一樣。從很多小地方都看得出來他們在做愛，而且是很火熱那種。她的手一下滑進他的牛仔褲後口袋，一下又伸到他的T恤下面，讓人看不下去。查理一定也注意到了，但我不想跟他聊這件事，這樣只會想到我們兩個多久沒上床而已。我們過去的性生活非常美好，充滿新鮮感，但現在我們常常覺得累，老是提不起勁。我在想，自從當了媽媽後，我對查理的感覺好像變了，我會煩惱他是不是對我沒性趣，畢竟我餵過母乳，胸部不再像從前一樣，小腹也多了難看的妊娠紋，變得很鬆弛。我知道自己不該問這些問題，因為我的身體創造了一個奇蹟，事實上應該是兩個才對。但對夫妻而言，持續渴望對方是很重要的，不是嗎？

我和查理交往以來，茱莉亞的戀情都不長久。我一直覺得她是沒時間認真談感情，因為她的心思全放在雜誌工作上。查理很愛預測她和新男友會交往多久，像是「最多三個月」或「要我說的話，他們早該分手了」之類，而且每次茱莉亞分手一定會打電話給他。一部分的我很想知道他看到她終於定下來有什麼感受，我想應該不是很高興吧。想到這裡，我對他們倆的懷疑差點浮上檯面。我趕緊甩開這些想法，把猜忌壓在心底。

我們來到城堡莊園附近。就在這個時候，上面突然爆出一陣大笑。我抬頭一看，只見一群人站在城垛上俯視我們，笑聲中挾著一絲嘲諷。我赫然發覺自己頂著一頭亂髮，穿著濕答答的衣服。他們一定是在笑我。

奧莉薇亞／伴娘

再次見到查理讓我想起自己以前老愛跟在他後面閒晃。其實也不過幾年前的事而已，當時我還是個孩子。想到過去的我，想到從前那個女孩，感覺有點難堪，也有點難過。

我想找個地方躲開他們。我沿著小路往前走，經過那些頹毀倒坍、變成廢墟的房子，這些房子是過去住在小島上的人留下的。茱莉亞告訴我，島民之所以放棄自己的家園，是因為他們想要有電和其他東西，覺得搬到愛爾蘭本島生活比較輕鬆。我懂。困在這裡真的會讓人精神崩潰。即便想辦法弄到船回本島，航程還是遠得要命。最近的，比方說H&M好了，也要開好幾百公里才到得了。我一直覺得我和媽媽住在偏遠的鄉間，來到這裡後，我真的很慶幸我們不是住在大西洋中央的海島上。所以……嗯，我完全懂島民為什麼要離開。不過看著這些廢棄的房屋、空蕩的窗戶，還有搖搖欲墜的牆垣，很難不去想這裡是不是發生過什麼可怕的事。

昨天我在沙灘上瞄到一個東西，大小比旁邊的岩石還大，看起來灰灰的，感覺比石頭更光滑、更柔軟。我上前仔細一看，才發現是一隻死掉的海豹。一隻海豹寶寶吧我想，因為牠很小隻。我躡手躡腳地靠近，結果嚇了一跳。屍體另一側，就是剛才看不到的那邊開了好大一個洞，染上一片暗紅，血肉內臟全都暴露在外。那個畫面深深烙印在我腦海裡，怎麼都洗不掉。自此之後，這個地方就讓我想到死亡。

我只花了幾分鐘就走到岩洞，城堡莊園的小島地圖有標出這裡，叫「耳語窟」。洞窟本身就像一條長長的、劃過地面的傷口，兩端都可以進出。洞口被高大的雜草遮住，不太容易察覺，一不小心就會掉進洞裡。昨天我經過時就差點摔下去。幸好沒摔斷脖子，否則應該會毀了茱莉亞完美的婚禮吧？想到這裡，我差點笑出來。

我爬下洞窟，沿著像臺階的岩石走。腦中嘈雜的噪音逐漸平息，呼吸也變得輕緩許多。洞裡有種奇怪的味道，聞起來像硫磺，或許還參雜著東西腐爛的臭味。可能是躺在地上黑黑長長、隨處可見的海藻，或是岩壁上一點一點的黃色地衣。

一片小小的卵石礫灘映入眼簾，遠方就是大海。我找了一塊岩石坐下來。石頭很潮濕，應該說整座小島都很潮濕。今天早上換衣服的時候，我可以感覺到濕氣巴在衣服上，好像洗過卻沒乾一樣，只要舔舔嘴唇，就能嘗到皮膚上的鹽味。

我想就這樣一直待在這裡，甚至待上一夜。我可以躲在這等到結婚儀式結束，等到一切畫下句點。想也知道，茱莉亞一定會大發雷霆，雖然……不對，說不定她會**假裝**生氣，實際上卻鬆了一口氣。我覺得她根本不希望我參加婚禮。我猜她很恨我，因為媽媽和我感情比較好，因為我有一個偶爾會跟我聯絡、想看看我的爸爸。我知道這樣講顯得我很難搞。茱莉亞有時的確對我很好，像去年夏天她就讓我住在她倫敦的公寓裡。可是只要一想起那些不愉快，我就難以釋懷。

我拿出手機。這裡收訊太爛，Instagram一直卡住無法更新，我滑滑頁面，只看得到最上方的照片。果然，是艾莉的最新貼文。感覺他們好像在嘲笑我。下面的留言：

你們！❤❤❤
天哪！太太太可愛了😍
媽媽＋爸爸
＃心情❤
所以我們可以正式公開囉？＊眨眼＊

還是好痛。胸口裡那股椎心的痛。看著大家得意的笑臉，一部分的我好想使盡全力將手機砸向岩壁。可是這麼做不能解決我的問題。問題還是好好地在這裡，跟我在一起。

這時，洞窟裡傳來窸窣的聲響。是腳步聲。嚇得我差點把手機掉在地上。「是誰？」我的聲音聽起來既微弱又害怕。希望不是那個伴郎強諾，我注意到他剛才一直在看我。

我站了起來，身體緊貼著岩壁，努力爬出洞窟。岩壁上覆蓋著成千上萬顆粗糙的藤壺，擦傷了我的指尖。最後我停下腳步，探頭環顧四周。

「我的天啊！」一個身影舉起手按著胸口，往後踉蹌了幾步。是查理的太太。「**呼！**妳嚇到我了。我沒想到有人在下面。」她講話的腔調很好聽，是北方口音。「妳是奧莉薇亞對吧？我是漢娜，查理的太太。」

「對，」我說。「我知道。嗨。」

「妳在這裡幹嘛？」她快速回頭瞄了一眼，好像在確認沒有人聽見我們說話。「想找個地方躲起來嗎？我也是。」

我開始對她有點好感了。

「哈，聽起來好像有點慘喔？」她繼續說。「我只是……只是覺得我不在會比較好，方便查理和茱莉亞聊天敘舊。妳也知道，他們認識這麼久，分享了很多過去，可是那段過去沒有我。」

她聽起來似乎有些厭煩。過去。我大概有百分之九十的把握敢說查理和茱莉亞過去肯定上過床。不曉得漢娜有沒有想過這件事。

她一屁股坐在岩架上，我也跟著坐下，畢竟是我先來的。真希望她能接收到我的暗示離開這裡，讓我一個人靜一靜。我從口袋裡掏出一包菸，抽出一根，等著看她會不會說什麼。可是她沒有。所以我決定進一步測試她，給她一根菸，連同打火機一起遞過去。

「我不該抽菸的，」她皺起臉，旋即嘆了口氣。「但有何不可?穩定一下情緒也好。妳看，我都在發抖了。」她舉起一隻手給我看。

她點了火，深深吸了一口，吐出一團煙霧。我看得出來她有點頭暈。「哇。才一口就暈菸。太久沒抽了。我懷孕後就戒了。不過以前跑夜店那段日子倒是抽了不少。」她看了我一眼。「好啦，我知道——妳一定在想那是好幾百年前的事了。感覺起來是有那麼久沒錯。」

我有點內疚，因為我還真的那麼想。不過仔細觀察，我發現她一邊耳朵穿了四個耳洞，手腕內側還露出一半刺青，一半藏在袖子裡。或許她還有另外一面。

她又深吸了一口。「天啊，感覺真好。我還以為戒掉後會覺得菸味很怪，或是再也不會想念菸草香，」她放聲大笑。「嗯，完全沒這回事。」她呼出四個完美的煙圈。

我不禁暗暗讚嘆，覺得她很厲害。卡倫曾試著呼出煙圈，卻始終沒有掌握到竅門。

「妳現在是大學生吧?」她問道。

「對。」我回答。

「哪個學校？」

「艾克斯特大學。」

「很好的學校耶。」

「嗯，應該吧。」我說。

「我沒有讀大學，」漢娜說。「我們家沒有人上過大學，」她咳了幾聲。「除了我妹妹愛麗絲之外。」

我不曉得該說什麼。我認識的人都有念大學，就連媽媽也讀過表演藝術學院。

「愛麗絲從小就很聰明，」漢娜繼續說。「而我很不聽話，不騙妳，像個野孩子一樣。我們讀的學校很爛，愛麗絲卻以優異的成績畢業，」她輕敲香菸，菸灰應聲落下。「對不起，我話太多了。我一直想到她。」

我注意到她臉色驟變，但也不好多問什麼，因為我們完全是陌生人。

「好啦，」漢娜再度開口。「妳喜歡艾克斯特嗎？」

「我沒讀了，」我回答。「自動退學。」我不知道自己為何這麼說。明明順著她的話假裝在學簡單多了。但我臨時改變主意，不想騙她。

「這樣啊，」漢娜皺起眉頭。「讀得不開心嗎？」

「不是，」我說。「嗯……我交了一個男友。他跟我提分手。」哇噻，聽起來真可悲。

「如果妳因為他而輟學，」漢娜說。「那他肯定是個大爛人。」

我想起去年發生的一切，腦袋開始發熱，變得一片空白。我無法好好思考，也無法理清頭緒。感覺沒有一件事說得通，尤其是現在，這種試著想把片段拚湊在一起的時候。除非全盤托出，否則根本沒辦法解釋。所以我聳聳肩說：「其實，他是我第一個認真交往的男友。」

不是在派對上看對眼就上床那種。但我沒說出口。

「而且妳很愛他。」漢娜接話。

她的語氣不是詢問，所以我覺得不需要回答。儘管如此，我還是點點頭，「對。」我啞著嗓子，聲音小得像蚊子叫。我不相信一見鍾情，直到遇見卡倫，迎新週站在酒吧另一邊，有一頭烏黑捲髮和漂亮藍眼睛的男孩。他看著我，嘴角慢慢揚起微笑，好像我們早就認識，好像我們注定要相遇，找到彼此。

是卡倫先跟我說他愛我，因為我太怕出醜了。最後我覺得自己也該有所表示，而且**非說不可**，那三個字就這樣突然從我嘴裡冒出來。分手的時候，他說他會永遠愛我。那根本是屁話。如果真心愛一個人，才不會做出傷害對方的事。

「我輟學不是因為失戀，」我飛快解釋。「是因為……」我吸了一口菸，手不停顫抖。「我想要是卡倫沒有跟我分手，就不會發生其他的事。」

「其他的事？」漢娜往前坐了一點，似乎很感興趣。

我沒有回答。我在想要怎麼說比較好，可是一直找不到適當的詞句。她沒有催我。我們倆靜靜坐在岩架上抽菸，沉默了好一陣子。

「糟糕！」漢娜突然驚呼。「是只有我這樣覺得，還是我們待太久，天色已經暗了？」

「我想太陽快要下山了。」我說。我們面對的不是西邊，所以看不到夕陽，只看得出天空染上一層粉紅色微光。

「天哪，我們該回城堡莊園了，」漢娜說。「查理最討厭人家遲到。老師的職業病。我想我可以再待十分鐘，不過——」她邊說邊弄熄菸頭。

「妳去吧，沒關係。不是什麼重要的事。」

「聽起來好像很重要。」她瞇起眼睛看我。

「不重要，」我連忙回答。「真的。」

真不敢相信我差點就把實情一五一十告訴她。那件事我一直藏在心底，連我朋友都不知道。好險，真的好險。要是講出去就收不回來了。全世界都會知道我幹了什麼好事。

伊娃／婚禮企劃師

七點。餐廳裡的晚宴桌已經準備好了，晚餐由佛萊迪負責，所以還有半小時空檔。我決定去墓園走走，換一下鮮花。明天我們會忙得不可開交。

我踏出屋外，夕陽逐漸西下，海面漾著明豔如火的暮光，將薄霧染成一片粉紅。朦朧的霧氣籠罩著泥沼，掩蓋了底下的祕密。這是我一天之中最喜歡的時刻。

新郎的招待坐在莊園城垛上。我離開時聽見他們的聲音從上方傳來，比先前更吵鬧、更含糊。想必是啤酒的傑作。

「……拉炮，砰一聲送他們離開。」

「嗯，我們**應該**要做點什麼。傳統那種……」

我有點想留下來看看他們是不是打算在我眼皮底下攪局，密謀惡搞婚禮。不過他們的對話聽起來無傷大雅。我也只剩這短短半小時能做自己的事了。

今天傍晚的小島在落日餘暉照耀下看起來好美，但永遠不會像我記憶中那麼美。我記得小時候常來這裡旅行，我們四個，我們全家，在這裡度過暑假時光。世界上沒有一個地方比得上那些幸福靜好的歲月。如今化為殘酷枷鎖的童年回憶感覺起來好燦爛、好完美。**那是對你的懷念**。

我來到墓園，微風在墓碑間穿梭呢喃，或許是在預告明天的天氣。起風時，蕭瑟的風聲似乎挾著數百年前女子悲唱輓歌的回音，捎來她們對逝者的思念。

由於島上可用的陸地面積不大，因此墳墓與墳墓間距離很近。泥沼開始一點一點蠶食外緣的乾地，吞噬了幾座墳塚，只剩最上方幾公分暴露在外。有些墓碑隨著時間位移、挨得更近，彷彿靠在一起分享什麼祕密。許多碑上清晰可見的名字都是康尼馬拉常見的姓氏，像是喬伊斯、佛利、凱利和康納利。

想想其實很奇怪，即使現在來了幾位賓客，島上的死者依舊多於生者。不過這種不平衡的情況明天就會改變了。

當地流傳許多關於這座小島的迷信和傳說。我和佛萊迪大約一年前買下城堡莊園，完全沒有其他競標者出價。外界始終對島民抱著懷疑的眼光，甚至將他們視為異類。

我知道在本島人眼中，我和佛萊迪是搞不清楚狀況的外人。我是來自都柏林、不懂鄉村生活的「城市佬」，佛萊迪則是英格蘭人，我們是一對什麼都不懂的夫妻，可能還有點不自量力。誰不曉得安普拉島有一段黑暗的歷史，鬧鬼鬧得兇？事實上，我比他們想的更了解這裡。就某種意義來說，這座島大概是我這輩子最熟悉的地方。我一點也不擔心島上有幽靈遊蕩。往事於我正如陰魂不散的鬼魅，無論我走到哪裡，都與之同行。

「我好想你，」我蹲下來輕聲說。墓碑茫然地凝視著我，靜默無聲。我用指尖觸摸碑石，好粗糙、好堅硬、好冰冷，遠遠比不上我腦海中生動鮮活的記憶，比不上臉頰的溫熱，還有柔軟蓬鬆的頭髮。「希望你能以我為傲。」每次蹲在這裡，我體內都會湧起一股熟悉又無力的憤怒，在心上烙下難受的印記。

我聽見天空中傳來一陣嘎嘎聲，好像在嘲笑我說的話。這個叫聲不管聽多少次，都讓我覺得毛骨悚然。我抬頭一看，只見一隻大鸕鶿棲息在禮拜堂廢墟的最高處，歪曲的黑色翅膀張開晾曬，猶如一把破傘。尖塔上的鸕鶿是不祥的預兆。這一帶的人都稱其為魔鬼之鳥、**黑巫婆**、死亡使者。希望新郎和新娘不知道……或者不是那種迷信的人。

我拍拍手，可是鸕鶿動也不動，反而慢慢轉頭。我看見輪廓分明的側影和尖利的鳥喙，意識到牠正用晶亮的圓眼珠斜睨著我，彷佛知道一些我不知道的事。

回到城堡莊園後，我端著一盤香檳杯走進餐廳，準備今晚的酒水。我打開門，看見有對夫婦坐在沙發上，過了好一會才發現是新娘和另外一個男人，就是和馬蒂一起搭船來的那對夫妻的先生。他們倆坐得很近，頭靠在一起低聲交談，沒有因為看到我進來就突然彈開，但確實挪動了位置，保持一點距離。她放下擱在他膝上的手。

「伊娃，」新娘大喊。「這位是查理。」

我看過賓客名單，記得他的名字。「我想這位就是明天的司儀吧？」我問道。

他咳了幾聲。「對，就是我。」

「你好。你的太太叫漢娜對不對？」

「對，」他說。「記性真好！」

「我們剛才在順流程，讓查理知道明天司儀要做什麼。」新娘說。

「這樣啊，太好了。」我很好奇她為什麼覺得有必要跟我解釋。他們坐在沙發上看起來很愜意，但我的工作不是批判客戶的道德觀，也不應帶有個人好惡，發表自己的看法。這不是婚禮企劃該做的事。如果一切順利，我和佛萊迪就該退居幕後，只有遇上問題才會跳到幕前處理。當然，妥善安排、不出任何紕漏是我的責任。我們應該要讓新郎、新娘和雙方至親好友覺得他們掌控全場，真的，他們才是主角。我們只是幫忙，確保整個週末順利進行。不過要做到這點，我得保持一定程度的主動，不能完全被動。這就是婚禮企劃師要面對的矛盾和壓力。我必須眼觀四面、耳聽八方，留意任何可能破壞婚禮的人事物，同時超前部署，永遠領先一步。

現在
婚禮當晚

尖叫的餘音就像被敲打的玻璃杯，在空中迴盪不絕。賓客嚇得目瞪口呆。大家紛紛從帳篷裡探出頭，望向風吼雷鳴的黑暗。燈光忽明忽滅，等等可能又要跳電了。

就在這個時候，一個女孩跌跌撞撞地跑進帳篷。她身穿白襯衫，看來是個女服務生。她的神情如野生動物般驚恐，一雙黑眼睛瞪得好大，頭髮亂成一團，就這樣站在那裡注視著大家，眼皮都沒眨一下。

有個女人朝她走去，不是賓客，是婚禮企劃師。「怎麼了？」她柔聲問道。「發生什麼事了？」

女服務生沒有回答。全場一片寂靜，似乎只有她的呼吸聲不斷起伏。粗沉沙啞，聽起來也很像動物。

婚禮企劃師往前幾步，試探性地把手放在她肩上。女服務生還是沒反應。所有賓客都愣在原地，彷彿腳生了根般動也不動。有些人依稀記得這名女服務生稍早還面帶微笑，親切地替他們上前菜、主菜和甜點。她收走髒盤，換新酒杯，熟練地為他們倒酒；每走一步，長長的紅色馬尾就輕快地擺動，身上的白襯衫乾淨又清爽。有些人回想起她如唱歌般的溫柔口音，問他們需不需要加水？還有什麼要服務的嗎？除此之外，她——用比較貼切的形容來說就是婚宴擺設的一部分，像上了油、運轉良好的機器零件一樣，和精心設計的別緻植栽與銀色燭臺上搖曳的火光相比實在不太起眼，也不值得注意。

「怎麼了？」婚禮企劃師再次用充滿同情的語氣詢問，只是這次多了一分堅定和權威。女服務生開始發抖，抖到彷彿全身痙攣。婚禮企劃師又把手搭在她肩上，想讓她冷靜下來。女服務生舉起一隻手摀著嘴，好像快吐了一樣。過沒多久，她終於開口。

「外面。」她的聲音好尖銳，完全不像人類。

許多賓客伸長脖子，等她說下去。

她發出微弱的呻吟。

「沒關係，」婚禮企劃師平靜地低聲安撫，輕輕搖動她的肩膀。「妳說，有我在。我想幫妳——我們都想幫妳。妳在這裡很安全。告訴我出什麼事了。」

「外面，**好多血**。」女服務生最後啞著嗓子，用刺耳的聲音說。「有一具屍體。」說完她便雙腿一軟，癱倒在地。

婚禮前一天

漢娜／查理的女伴

我拿了一張面紙抿抿嘴唇，按去多餘的口紅。這個地方感覺很適合擦口紅。我們的房間非常寬敞，比家裡的臥室大兩倍，而且每個細節都很到位：冰桶裡有一瓶昂貴的白酒和兩只玻璃杯；挑高天花板上的古董吊燈；擁有美麗海景的大窗戶。如果直直往下看，會看見海浪不斷拍打岩石，還有濡濕一小片的銀白色沙灘。我不能離窗戶太近，否則一定會暈眩。

傍晚的夕陽餘暉把整個房間染成玫瑰金色。我一邊梳妝準備，一邊啜飲大杯白酒。這支酒真的很棒。剛才和奧莉薇亞一起抽菸，現在又空著肚子，我已經覺得頭有點暈了。

在岩洞裡抽菸很有趣，讓我想起過去狂歡的日子。我決定這個週末要徹底擺脫束縛，大玩一場。這整個月我都心煩意亂，沉溺在悲傷裡，現在終於有機會好好放鬆一下。我努力擠進一件 & Other Stories 的黑色絲質洋裝。我生完小孩後就沒碰過這件洋裝了，每次穿上它，我的心情都會很好。我吹乾頭髮，梳得直滑柔順；雖然我的髮質接觸到外面潮濕的空氣就會變捲、糾結成一大團，很像髮型版的灰姑娘南瓜馬車，一到午夜立刻打回原形，但還是值得花點心思整理。我原以為查理會氣沖沖地在房裡等我，沒想到他幾分鐘前才回房間，所以我還有時間刷牙，洗去嘴裡的菸味，感覺有點像叛逆少女。其實我有點希望他在等我。我們本來可以一起在爪足浴缸裡泡澡的。

事實上，下船來到小島後，我就很少見到查理。他和茱莉亞整個傍晚都膩在一起，討論婚禮司儀的職責。「對不起，漢娜，」他回到房間後跟我道歉。「茱莉亞想把明天的流程跑一遍。希望不會讓妳有被拋棄的感覺……」

我從浴室出來時，他用驚豔的眼神快速打量我。「妳看起來——」他揚起眉毛。「**很辣。**」

「多謝。」我俏皮地扭扭身體，**覺得**自己很惹火。我想我已經有很長一段時間沒有好好打扮了。我想不起來他上次稱讚我是什麼時候，但我知道自己不該在意這種事。

我們和其他人一起在交誼廳喝酒。交誼廳和我們的臥室一樣：古董地磚，點著蠟燭的燭臺，牆上的玻璃櫃裡擺著閃閃發亮的大魚。我猜這隻魚應該是真的。不過魚標本到底要怎麼做啊？小小的矩形窗戶映著藍色暮光，外面的一切散發出一股朦朧、有點超脫塵俗的氣息。

茱莉亞和威爾沐浴在燭光裡，身邊圍繞著一群賓客。威爾似乎在分享一些奇聞軼事，其他人都豎起耳朵，仔細聽他說的每一句話。我注意到他和茱莉亞手牽著手，彷彿無時無刻都要碰觸對方，不然會受不了。他們倆非常登對，有種高不可攀的優雅。她穿著剪裁合身的奶油色連身褲，他則是白襯衫配黑長褲，古銅色皮膚顯得格外黝深。我一直認為自己打扮得不錯，可是和他們相比，我的自信開始動搖，覺得自己的衣著似乎不夠高級。對我來說，買 & Other Stories 的衣服是極度奢侈的行為，但茱莉亞想必不會逛這種平價時尚連鎖店吧。

我站得離威爾很近。最後會這樣不全是意外。我似乎深受他吸引。能近距離看見電視螢幕上的明星實在令人心醉神迷。熟悉感與陌生感同時存在。我和他真的好近，近到我的皮膚陣陣刺麻。我走過去時，隱約察覺到他的目光掠過我的臉，飛快地上下打量，旋即轉回去繼續說故事。所以我看起來應該還不錯。想到這裡，我體內突然竄起一股罪惡感。自從有了孩子後，可能是因為我都和小孩在一起的關係，我在男人面前就像隱形一樣，沒有人注意我。我這才明白自己過去都把男人的目光視為理所當然，才發現我喜歡引人注目。

「漢娜，」威爾轉向我，臉上掛著他招牌的陽光笑容。「妳看起來真美。」

「謝謝。」我喝了一大口香檳，覺得自己很有魅力，也有點魯莽。

「其實我在碼頭上就想問了——我們是不是在訂婚酒會上見過？」

「沒有耶，」我語帶歉意地說。「我們當時在布萊頓，沒辦法趕到，真的很可惜。」

「那我可能是在茱莉亞的照片上看過妳吧。妳看起來很眼熟。」

「大概吧。」我嘴上這麼說，心裡卻不這麼認為。茱莉亞有很多她和查理兩人的合照，我不覺得她會擺出一張有我在內的照片。但我很清楚威爾為什麼要這麼做，他想讓我覺得被歡迎、被接納，和他們是一夥的。我很感謝他的好意。「你知道嗎，」我再度開口。「我對你也有這種感覺。我以前好像在什麼地方見過你……喔，對，好像是在我家電視上？」

這個笑話超老套，但威爾還是很捧場地笑了。他的嗓音低沉渾厚，我覺得自己彷彿贏得了什麼獎品。「是我沒錯！」他舉起雙手，我又聞到一陣古龍水香，是苔蘚和松樹的氣味，來自高級百貨公司香水專櫃的森林木質調。他問起孩子，問起布萊頓，似乎聽我說話聽得很入迷。他是那種會讓你覺得自己比平常更機靈、更幽默、更有魅力的人。我很享受甜美的沁涼香檳，很享受這一刻。

「來吧，」威爾把手掌放在我背上，輕輕地引導我。掌心的溫熱穿透我的洋裝，滲進肌膚裡。「我介紹一些人給妳認識。這位是喬吉娜。」

喬吉娜身材纖瘦，一襲紫紅色絲質小禮服看起來非常時尚。她給了我一個冷淡的微笑，臉部肌肉似乎有點僵。我努力克制自己不要盯著她看。我好像還沒在現實生活中見過打肉毒桿菌的人。「妳有參加單身派對嗎？」她問道。「我不記得了。」

「我沒辦法去，」我回答。「要顧小孩……」這是其中一個原因，另外一個是單身派對辦在伊比薩島的瑜珈度假村，貴到我大概一輩子都付不起。

「沒去沒差，」一個身形高瘦、髮色深紅的男人突然插話。「不過是一群婊子喝著天使絮語粉紅酒邊聊八卦，把乳頭曬傷罷了。天哪，」他匆匆瞥了我一眼，俯身吻我的臉頰。「妳一定花了很多時間洗澡喔？」

「呃，謝謝。」儘管他帶著微笑表示善意，我還是不確定那句話算不算恭維。

這個人想必就是鄧肯，他是喬吉娜的先生，也是婚禮招待之一。招待共有四位，另外三個分別是彼得——頭髮往後梳成油頭，一副派對男孩的樣子；奧盧瓦費米，他們都叫他費米——身材高大的黑人，而且帥到不行；安格斯——外型很像英國首相強森，金髮碧眼，還有顆啤酒肚。有趣的是，他們四人看起來非常相似，穿著一模一樣：乾淨俐落的白襯衫、條紋領帶、亮晶晶的雕花鞋和量身訂製的西裝外套，絕對不是Next這種平價品牌。查理的衣服就是在Next買的。他為了這場婚禮特別花錢治裝，希望他不會覺得自己與眾不同。起碼他在伴郎強諾身邊看起來整潔又時髦。強諾雖然體格魁梧，卻讓我有種小朋友去學校失物招領處撿衣服來穿的感覺。

這群男人的外表很迷人，但我仍忘不了我們走向城堡莊園時從塔頂傳來的笑聲。就連當前這一刻，優雅的魅力底下也藏著陰險的暗流。得意的微笑、挑起的眉毛，感覺他們好像在偷偷取笑別人。說不定是在笑我。

我走過去跟奧莉薇亞聊天。她穿著銀灰色洋裝，有股飄逸的仙氣。我們先前在岩洞裡似乎處得不錯、產生了某種連結，可是現在她只用一、兩個字簡單應答，快速撇開眼神。有好幾次，我都越過她的肩膀和威爾四目相交。我不認為是我的錯，有時我會覺得他的眼神停駐在我身上好一陣子。雖然我不該出現這樣的情緒，可是真的有種興奮感，讓我想起——我知道這樣說很不恰當——但這讓我想起懷疑自己喜歡的人也喜歡你的那種感覺。

我陷入沉思。漢娜，回到現實；妳已婚，是兩個孩子的母親，妳的先生就在那裡，妳在跟茱莉亞的未婚夫聊天，茱莉亞是妳先生最好的朋友，站在人群中的她就像義大利性感女神莫妮卡．貝魯奇，衣著甚至更講究。**大概**是香檳喝太兇了，得收斂點才行。我一直在喝酒。一部分是因為面對他們這群人覺得緊張，一部分是嘗到自由的滋味。沒有保母在我面前讓我不自在，早上也不需要叫醒小孩。這種感覺好奇特。打扮得體和其他成年人聚在一起，酒水供應充足，沒有責任和義務。

「聞起來好香哦，」我說。「誰在做菜呀？」

「伊娃和佛萊迪，」茱莉亞回答。「他們是城堡莊園的主人。伊娃也是我們的婚禮企劃師。晚餐時我會介紹大家認識。明天的婚宴菜色就是由佛萊迪負責。」

「想必很好吃，」我說。「天啊，我好餓喔。」

「這也難怪，妳的胃空空的，」查理插話。「在船上都吐光了吧？」

「妳吐啦？」鄧肯用歡快的語氣問道。「餵魚喔？」

我冷冷瞪了查理一眼，感覺我今晚的努力都被他毀了。我覺得他是想要幽默，所以拿我笑話講。我發誓，他剛才講話的聲音和平常不一樣，一種裝腔作勢的調調。但我也知道，如果戳破他、要他給我一個解釋，他會假裝聽不懂我在說什麼。

「總之，」我開口。「可以擺脫冷凍雞塊真是太好了。我和孩子好像每天晚上都在吃雞塊。」

「布萊頓現在有好餐廳嗎？」茱莉亞問道。她每次都把布萊頓講得像鄉下一樣。

「哦，有啊，」我回答。「有——」

「只是我們從來不去那些餐廳。」查理說。

「才不是呢，」我說。「我們不是去了那家新的義大利……」

「早就不新了，」查理反駁。「大概是一年前的事了。」

他說得沒錯。我的記憶仍停留在那家義大利餐館。我想不起來我們最近一次出門吃飯是什麼時候。家裡手頭有點緊，除了日常飲食，還要加上保母費用。只是……真希望他剛才不要那麼說。

強諾想替查理加點香檳，查理立刻把手放在杯口擋住。「不用了，謝謝。」

「哎，好啦，老兄，」強諾說。「婚禮前一晚。大家放鬆一點。」

「喝啦！」鄧肯語帶責備地幫腔。「只是香檳而已，又不是古柯鹼。還是你要告訴我們你懷孕了？」

另一個招待在一旁竊笑。

「沒這回事，」查理一臉尷尬。「我今晚很放鬆啊。」我看得出來他非常困窘，很慶幸他沒在大家面前失態。

「好啦，查理，」強諾說。「分享一下，你們兩個怎麼認識的？」

我一開始還以為他在說查理和我，後來才意識到他的眼神在查理和茱莉亞之間飄移。好喔。

「好久以前的事了……」茱莉亞回答。她和查理不約而同地看著對方，揚起眉毛。

「我教她航海，」查理接話。「當時我住在康瓦耳，夏天就當航海教練。」

「我爸在那裡有一棟別墅，」茱莉亞接著說。「我想要是我學會開船，或許他就會帶我一起出海。不過事實證明，帶十六歲女兒沿著南部海岸航行，跟帶新女友去法國聖托佩躺在船頭曬日光浴不太一樣，」她的語氣比我想得更尖刻，似乎藏有許多不滿。「總而言之，查理是我的教練。」她轉頭望著他。「我以前**超**迷戀他。」

查理對她揚起嘴角。我跟著其他人一起笑，但我一點都不覺得好笑。我已經聽過這段故事了。他們倆就像唱雙簧。在地的男孩與高雅的女孩。雖然聽過很多遍，我的胃依舊隨著茱莉亞的話語扭絞在一起。

「你上大學前滿腦子都想著上床，能拐到愈多同年的女孩愈好，」茱莉亞對查理說，好像整場突然只剩他一個人。「不過你真的很吃得開。天生的小麥色皮膚和你當時的身材可能幫了不少——」

「對啊，」查理附和道。「大概是我這輩子的巔峰了。好像邊工作邊上健身房一樣，每天都要在水上鍛鍊身體。可惜教十五歲的孩子地理沒辦法讓人練出六塊肌。」

「快秀一下給我們看！」鄧肯俯身向前抓住查理的襯衫下擺，猛地掀起來，露出一點蒼白軟塌的肚子。查理連忙退後幾步，漲紅了臉，匆匆把襯衫紮好。

「而且他很成熟，」茱莉亞無視剛才的插曲，摸摸查理的手臂，好像他是她的所有物一樣。「雖然當時才十六、十八歲，感覺卻比實際年齡大得多，讓我有點害羞。」

「太扯了。」強諾喃喃低語。

「我也知道，你起初還認為我是個自命不凡的公主。」茱莉亞沒理強諾，逕自說下去。

「這倒是真的。」查理挑挑眉，恢復以往的從容與泰然。

「喂！」茱莉亞沾了一點杯裡的香檳彈到他臉上。

他們在**調情**。沒別的說法了。

「沒有啦，後來我發現妳其實很酷，」查理說。「有很棒的幽默感。」

「然後我們就一直保持聯絡。」茱莉亞說。

「那時手機也開始普及了。」查理補充。

「接下來一年換**你**害羞了，」茱莉亞回憶道。「我胸前總算沒那麼平坦。我還記得我走下碼頭時你愣了一下，多看了兩眼才認出來。」

我猛喝一大口香檳，提醒自己他們當時正值青春年少。我嫉妒的是一個不復存在的十七歲少女。

「對啊，妳還有男朋友什麼的，」查理說。「他對我很有意見。」

「對，」茱莉亞露出神祕的笑容。「我們很快就分手了。他很會吃醋。」

「那你們有上過床嗎？」強諾脫口一句。他就這樣輕輕鬆鬆提出我從來沒有、也無法直率表達的疑惑。

「他居然問了！」招待們樂不可支地大叫。「我的媽啊！」他們開心地湊過來，難掩興奮，談話圈變得愈來愈擠。或許這就是我突然呼吸困難的原因。

「強諾！」茱莉亞驚愕地說。「你是怎樣？這是我的婚禮耶！」不過她沒否認。

我不敢看查理。我不想知道答案。

就在這個時候，感謝老天，一聲響亮的「砰」打斷這段談話。原來是鄧肯開了他手上那瓶香檳。

「拜託，鄧肯，」費米說。「你想嚇死我是不是！」

「你們是怎麼認識的？」我問強諾，急著想轉移話題。

「喔，我們認識很久了。」強諾把手搭在威爾肩上說。這個舉動不知怎的把他和威爾區隔開來。威爾在他旁邊顯得更帥，兩人天差地遠。強諾的眼睛有點奇怪。我花了點時間想搞清楚究竟是怎麼回事。是太小嗎？還是眼距太近？

「對，」威爾回答。「我們是同學。」我很訝異。那些招待身上都有股貴族學院的氣質，強諾則有點粗獷不羈，也沒有那種咬字清晰的上流社會口音。

「我們都念崔佛蘭公學，」費米說。「就像那本小說，全班男生在荒島上互相殘殺，那本書叫……欸，天哪，叫什麼——」

「**《蒼蠅王》**。」查理的語氣流露出一絲優越感。**我讀的是公立學校，但懂得比你還多**。

「沒那麼慘啦，」威爾立刻跳出來解釋。「比較像……一群男生到處亂跑吧。」

「男生就是這樣嘛！」鄧肯插嘴。「對吧，強諾？」

「對，男生就是這樣。」強諾附和。

「我們從學生時代就一直是朋友，」威爾拍拍強諾的背。「我讀愛丁堡大學的時候，這傢伙還經常開他的老爺車來找我，對吧，強諾？」

「對啊，」強諾說。「我會帶他去山上攀岩和野外露營，免得他過太爽，或是把所有時間拿來約炮，」他裝出懊悔的表情。「對不起，茱莉亞。」

茱莉亞搖搖頭。

「漢娜，那個誰不是也念愛丁堡大學嗎？」查理問道。我整個人僵在原地。他怎麼可能會忘記那個人是誰？他意識到自己說錯話，臉色瞬間大變，神情萬般驚恐。

「你們有認識的人在那裡嗎？」威爾說。「誰啊？」

「她沒有待很久，」我很快敷衍過去。「嘿，威爾，我一直想問你，《厄夜求生》北極凍原那集，那裡到底有多冷啊？你真的差點凍傷嗎？」

「真的，」威爾回答。「這些指頭凍到完全沒感覺，」他舉起一隻手給我看。「有幾根手指的指紋不見了。」我瞇起眼睛。老實說我根本看不出差別，卻還是順著他的話講。「真的耶，我看到了，哇。」我聽起來像個無腦迷妹。

「我不知道妳有看這個節目，」查理問我。「妳什麼時候看的？我們從來沒一起看過。」

糟糕。我想起那些下午，孩子們在客廳看兒童頻道，我則在廚房裡一邊加熱晚餐，一邊用平板看威爾的實境秀。「無意冒犯，兄弟，我一直想找時間追你的節目。」查理轉向威爾。他在說謊。從他講話的方式就看得出來，他不是真心的，而且他也不打算裝。

「沒關係。」威爾溫和地說。

「哦，我沒有看一整季啦，只是……」我試著解釋。「看精采片段這樣。」

「我覺得這位小姐愈描愈黑了，」彼得抓住威爾的肩膀，咧嘴一笑。「威爾，你有粉絲欸！」

威爾一笑置之。我感覺脖子開始發燙，刺麻感一路蔓延到臉頰。我希望這裡的燈光夠昏暗，沒有人看得見我臉紅。

管它的。我需要更多香檳。我舉起杯子表示要加酒。

「至少你老婆懂玩，老兄。」鄧肯對查理說。費米正在替我倒酒，香檳愈升愈高，接近杯緣。「好了好了，」我在酒快要滿出來時說。「夠了。」

這時突然「叮鈴」一聲，幾滴香檳濺到我手腕上。我大吃一驚，發現有東西掉進我的酒杯裡。

「那是什麼？」我一頭霧水地看著杯子。

「看就知道啦，」鄧肯笑著說。「錢掉進去了，現在妳得整杯乾囉。」我看看他，又看看酒杯。果然，裝得滿滿的杯子底部有一枚小銅幣，莊嚴的女王側面頭像就沉在那裡。

「鄧肯！」喬吉娜咯咯輕笑。「你太壞了吧！」

我好像十八歲後就沒玩過這個喝酒遊戲了。一轉眼，大家的目光都落在我身上。我看著查理，希望他能站出來說我不用喝。可是他的表情好怪，似乎在懇求什麼，就像兒子班會給我的那種眼神：媽媽，拜託不要在朋友面前讓我丟臉。

我心想，這太扯了。我不用喝。我是個三十四歲的成年女性，我根本不認識這些人，我沒必要被他們玩弄在股掌之間，我才不會受他們逼迫——

「喝下去……」

「喝下去！」

天啊，他們開始起鬨了。

「救救女王！」

「她快淹死了！」

「**喝、喝、喝……**」

我的臉頰一陣熱辣。為了讓他們別再看我，為了讓他們停止鼓譟，我舉起酒杯，仰頭一飲而盡。從前我以為香檳很醇美，沒想到喝起來這麼可怕，又酸又辣，灼痛了我的喉嚨。我嗆到不斷咳嗽，香檳一個勁地往上衝，灌進我的鼻子。我感覺有些酒溢出了下唇，感覺雙眼盈滿了淚水。我覺得備受羞辱。好像大家無論如何都知道遊戲規則，除了我以外。

他們高聲歡呼。我想他們不是在為我叫好。他們是在恭喜自己，為自己慶祝。我就像在操場上被一群惡霸包圍的孩子。我瞄了查理一眼，他畏縮不前，彷彿在說抱歉。我頓時覺得好孤單，只能默默轉身，不讓別人看見我的臉。

下一秒，眼前目睹的畫面讓我不寒而慄。

有人佇立在窗外，於黑暗中靜靜觀察我們。那張臉貼在玻璃上，五官扭曲歪斜，宛如戴了醜陋的石像鬼面具，咧嘴揚起可怕的笑容，露出白森森的牙齒。我緊盯著窗戶，無法移開視線。那張臉用嘴形說了一個字。

嘩。

直到腳邊響起玻璃碎裂的聲音，我才意識到自己鬆了手，摔了杯子。

現在

婚禮當晚

過了一會，女服務生才恢復知覺。她看起來沒受傷，但她在外面目睹的一切嚇得她幾乎說不出話來。他們大多只能聽見她發出細微的呻吟，無聲地胡言亂語。

「我要她去城堡莊園院多拿幾瓶香檳。」女服務生領班無奈地說。她大概只有二十歲左右。

帳篷裡瀰漫著一股凝滯、彷彿觸得到的寂靜。許多賓客東張西望尋找親朋好友，以確認他們是否安全，是否該為此事負責。可是在一整天狂歡下來，大家都變得有點邋遢，很難在騷動的人群中認出熟悉的身影。難上加難的是，這座新穎的婚禮帳篷結構龐大，附有三座活動帳篷，一座是舞池，一座是酒吧，最大的一座則是主用餐區。

「她可能是嚇到了，」一個男人說。「她才十幾歲，外頭還颳著強風，伸手不見五指。」

「但聽起來好像有人需要幫助，」另一個人說。「我們應該去看看——」

「我們不能讓大家在島上四處遊蕩，」婚禮企劃師開口。儘管她臉色蒼白憔悴，看起來就和其他人一樣震驚，身上依舊散發出一種與生俱來的權威感。「暴風雨還沒停，島上一片漆黑，還有泥沼、懸崖，我不希望再有人……受傷。如果已經出了這種事的話。」

「我看是怕保險賠不完吧。」一個男人低聲咕噥。

「我們應該去看看，」一位招待說。「我們這群傢伙。人數什麼的都夠，很安全。」

婚禮前一天

茱莉亞／新娘

「爸！」我說。「你把可憐的漢娜嚇壞了！」我的意思是，她有點反應過度，居然這樣就摔破杯子。她非得搞這齣嗎？我強忍著怒火，伊娃開始清理碎玻璃，拿著掃把小心翼翼地在我們周圍移動。

「對不起。」爸爸走進交誼廳，對大家咧嘴一笑。「想說嚇嚇你們嘛。」他的口音比平常更明顯，大概是因為他覺得這裡是他的地盤，算是家鄉吧。他在蓋爾語地區長大，就是高威的愛爾蘭語區，離這裡不遠。爸爸的體格不算壯碩，卻占據了不少空間，他肩膀的姿態、斷過的鼻子，看起來頗具威嚴、氣勢不凡。他是我爸，我很難用客觀的角度看他，但我想外人可能會以為他是拳擊手或格鬥家之類，而非成功的房地產開發商。

瑟芙琳，爸爸最新一任嬌妻，法國人，年紀跟我差不多，全身大概有四分之一是低胸露肩小禮服，四分之三是液體眼線筆。她站在爸爸身後，甩甩那頭又長又濃密的紅髮。

「好吧，」我直接忽略瑟芙琳（我懶得花太多時間在她身上，如果她五年後還沒離婚再說。這是爸爸目前為止的最高紀錄），對爸爸說。「你成功了……終於。」其實我知道他們大約這個時候會到，我有請伊娃幫我安排渡船，然而我也在想，不曉得他會不會因為什麼理由耽擱，說他們今晚不能來。畢竟這也不是第一次了。

我注意到威爾和爸爸偷偷互相打量。奇怪的是，威爾在爸爸旁邊似乎有點自卑，不太像平常的他。他穿著熨過的襯衫和斜紋休閒褲，我擔心爸爸會覺得他看起來像享受特權、油嘴滑舌的紈褲子弟，一副讀過貴族公學的樣子。

「真不敢相信這是你們第一次見面。」我說。我不是沒試過。我和威爾幾個月前專程飛往紐約，直到最後一刻才得知爸爸去歐洲出差。我腦海中浮現出我們的飛機在大西洋上空交錯而過的畫面。爸爸是個大忙人，忙得連女兒的未婚夫都沒空見，非要等到結婚前一天才行。這就是我該死的人生。

「很高興見到你，羅南。」威爾伸出一隻手。

爸爸無視他想握手的意思，直接摟住他的肩膀。「鼎鼎大名的威爾。我們終於見面了。」

「還沒那麼有名啦。」威爾露出一個勝利的笑容。我瑟縮了一下。這個失誤可大了。聽起來就像故作謙虛地炫耀。我很確定爸爸說的「鼎鼎大名」跟他活躍於電視圈一點關係也沒有。爸爸不喜歡名人，也不喜歡那些無須辛苦工作就能賺錢的人。他是白手起家打拚過來的，很自豪今天能有這樣的成就。

「妳一定就是瑟芙琳，」威爾俯身前傾，親吻她的雙頰。「茱莉亞常提到妳，還有那對雙胞胎。」

我才沒有。那對雙胞胎，爸爸最新一對兒女，沒有受邀參加婚禮。

瑟芙琳痴痴傻笑，融化在威爾的魅力之下。這好像不太可能提升爸爸對威爾的好感。真希望我不在乎爸爸的想法。然而我只是呆呆地站在原地，看著他們兩人在狹小的空間裡彼此試探、互相觀察。真的很尷尬。這時，伊娃過來告訴我們晚餐準備好了，讓我鬆了一口氣。

伊娃跟我很像，不僅能力很強，做事也很細心，而且條理分明。她有一種淡漠超然的態度，有些人可能不喜歡，但我很喜歡。我付錢是要找人做事，不是來跟我搏感情、假裝是我的好姊妹。我們第一次通電話時，我就很欣賞她，有點想問她要不要考慮離開這一行，來我的雜誌社工作。她看起來樸實親切，卻也有堅若鋼鐵的一面。

我們朝餐廳走去。我安排爸爸媽媽分別坐在餐桌兩端，盡可能保持身體上的距離。據我所知，他們可能從九〇年代到現在說不到三句話吧，為了週末的和諧，還是繼續保持下去比較好。與此同時，瑟芙琳緊挨著爸爸，離他好近，簡直像坐在他大腿上一樣。噁。她的年齡雖然只有他的一半，但也三十好幾了，又不是十幾歲……

至少大家今晚的言行舉止都很得體。我想可能是那幾瓶一九九九年伯蘭爵特級香檳的關係，就連媽媽也變得和藹可親，泰然自若地扮演著新娘母親的角色。她在現實生活中的演技似乎比在舞臺上好很多。

伊娃和她先生端著前菜進來。是香濃滑順的巧達濃湯，上面還灑了荷蘭芹點綴。「這是伊娃和佛萊迪，」我向大家介紹，但我不會說他們是莊園「主人」，因為我才是真正的主人。我花錢買了這項特權。所以我決定換個說法：「城堡莊園是他們的。」

伊娃簡單點頭示意。「有什麼需要都可以跟我或佛萊迪說。希望大家在這裡度過愉快的週末。島上從沒辦過婚禮，明天是第一次，因此別具意義。」

「好棒哦，」漢娜親切地說。「而且這看起來很好吃。」

「謝謝，」佛萊迪開口。我這才發現他是英國人。我還以為他是愛爾蘭人。

伊娃點點頭。「貽貝是我們今天早上親自下海現撈的。」

上完菜後，大家又開始談天說笑，只有奧莉薇亞例外。她靜靜地坐在那裡，盯著自己的盤子。

「布萊頓的美好回憶，」媽媽對漢娜說。「妳知道嗎？我去那裡表演過幾次呢。」喔，天哪。不久前她還到處跟人家說她為一部藝術電影拍了真槍實彈的床戲（只是這部片一直沒上映，可能在成人網站上看得到吧）。

「這樣啊，」漢娜回答。「真是不好意思……我們不常看戲。妳在哪裡表演？皇家劇院嗎？」

「不，」媽媽的語氣流露出一絲傲慢。只要她覺得別人讓她難堪，她就會這樣。「高級多了，」她甩甩頭。「那家劇院叫『神燈』，在蘭斯區。妳有聽過嗎？」

「呃……沒有，」漢娜尷尬地說，隨即再度開口。「不過就像我剛才說的，我們不懂戲劇，連該去哪裡看戲都不知道。」

漢娜人真好，好善良。這是我對她的認識。就好像……親和力從她身上自然溢散出來。我記得第一次見到漢娜時心想，對，查理要的就是這樣的人。一個親切、柔和又溫暖的人。他應付不了我。我脾氣太火爆，個性太執著。他不會選我的。

我默默提醒自己，我已經不再嫉妒漢娜了。查理以前的確是航海俱樂部的猛男，但他現在不像過去那麼結實精壯，平坦的小麥色腹肌也變成軟趴趴的肚腩。除此之外，他似乎很安於目前的工作；要是有我在旁邊推他一把，他老早就爭取副校長的位子了。缺乏企圖心真的很沒魅力。

我望著查理，直到他迎上我的目光。我急忙趕在他之前別開眼神。不曉得他現在會不會嫉妒？我看過他對威爾擺出不信任的態度，彷彿試著找出缺點，也注意到他在酒會上默默觀察我們。我懂那種感覺，我們兩個在他眼中看起來多幸福、多登對。

「真可愛，」媽媽對漢娜說。「五歲是最可愛的年紀。」她裝出一副很有興趣的樣子，演得很好。「羅南，你那兩個小傢伙還好嗎？」她對著餐桌另一端大喊。不曉得她是不是故意輕視、冷落瑟芙琳，把她排除在外。廢話，當然啊，用膝蓋想也知道。雖然媽媽給人的印象總是放蕩不羈、充滿藝術氣息，但她的所作所為其實都經過精心策劃，很少是無意的。

「他們很好，」爸爸說。「亞拉敏塔，多謝關心。他們很快就會去托兒所了，對吧？」他轉向瑟芙琳。

「對，」她說。「我們正在找法語托兒所。這很重要，這樣他們長大後才會跟我一樣……啊對，熟悉雙語。」

「哦，妳會說兩種語言啊？」我問她，語調藏不住輕慢。

瑟芙琳不是沒注意到，就是沒反應。「對，」她聳聳肩。「我小時候在英國念女子寄宿學校。還有我哥哥，他們也讀英國男校。」

「天哪，」媽媽依舊只對爸爸說話。「羅南，你都這把年紀了還要經歷這些，一定很累吧。」他還來不及回答，她就拍拍手。「趁下一道菜還沒上，」她站了起來。「我想講幾句話。」

「媽，不用了啦。」我喊道。大家都笑了起來。但我不是在開玩笑。她醉了嗎？很難說，畢竟我們都喝了不少，說不定喝醉的她和清醒時差不多。她一向很做自己，不懂什麼叫壓抑。

「敬我的茱莉亞，」她舉起酒杯說。「妳從小就很清楚自己要什麼。誰敢擋妳的路就完了！我不是——我的想法總是變來變去，每週都不一樣，這大概就是我一直這麼不開心的原因。」

「總之，妳明白自己要什麼。妳想要的東西就一定會努力爭取。」天哪。她是因為我不准她在婚禮上致詞才這樣。我百分之百肯定。「妳跟我提到威爾那一刻，我就知道他是妳要的人。」

她把自己講得像先知一樣，其實完全不是，因為我在那次談話中還告訴她我們已經訂婚了。但事實只會礙手礙腳，破壞她的精采故事。她絕不會讓這種事發生。

「他們兩人看起來很登對，畫面很美，不是嗎？」她問道。其他人紛紛低語表示同意。我不喜歡她強調「看起來」三個字。

「我知道茱莉亞需要找一個跟她一樣積極進取的人，」她講到「積極進取」時似乎有點帶刺，我不太確定。我和餐桌對面的查理交換眼神。他很清楚我媽是什麼德性。他對我眨眨眼，我感覺腹部深處悄悄浮出一股暖意，如氣泡般嘶嘶作響。「我的女兒，大家都知道她很有品味吧？她的雜誌、她在伊斯靈頓那棟美麗的豪宅，還有身邊這個帥氣的男人，」她把擦著紅色指甲油的手放在威爾肩頭。「茱莉亞，妳的眼光一直很好。」她講得好像我選他是為了搭配鞋子，我嫁給他只是因為他很符合我的生活——

「其他人可能會覺得這場婚禮很瘋狂，」媽媽繼續說。「把大家拖到這座死氣沉沉、杳無人煙又冷颼颼的荒島上。但這對茱莉亞來說很重要，這才是重點。」

她這段話也好不到哪去。雖然我跟著大家一起笑，其實心裡默默做好最壞的打算。我想站起來為自己辯駁，彷彿她是控方律師，我是辯方律師。聽摯愛的家人說敬酒詞不該有這種感覺吧？

我母親沒有說也不會說的真相是：倘若我不知道自己要什麼，不知道該如何達成目標，最終只會原地踏步，哪都去不了。我得學會走出自己的路，因為她絕對不會幫我。我看著她，她穿著輕盈的黑色雪紡禮服（很像以負片形態呈現的婚紗），戴著閃耀的耳環，舉著冒泡的香檳。我心想，妳根本不懂。現在這一刻不屬於妳。與妳無關。是我**憑自己的力量**創造出來的。

我一手緊抓著桌緣克制自己，一手拿起香檳喝了一大口。說「妳為我感到驕傲」，這樣就沒事了。**說啊，我會原諒妳的**。

「這樣講可能有點厚顏無恥，」媽媽撫著她的胸骨說。「但我不得不說，我為自己感到驕傲，因為我養出了一個意志堅強又獨立的女兒。」

她微微鞠躬，彷彿在向愛慕她的觀眾鞠躬。她坐下時，大家都很盡責地鼓掌。

我氣得發抖。我看著手中的酒杯。有那麼一秒，美好又瘋狂的一秒，我真的很想把杯子拿起來砸在桌上，讓一切靜止。但我沒有。我深呼吸，站起來說敬酒詞，而且我會很優雅、很深情、很感激地說。

「非常感謝大家來參加我們的婚禮，」我努力讓語調聽起來溫暖一點。我實在太習慣對員工講話，只能盡量消除聲音中的權威感。我知道有些女人會抱怨別人不認真看待她們，我倒是有相反的困擾。我有一個名叫伊莉莎的員工在公司的聖誕派對上喝醉，跟我說我老是臭著一張臉，看起來有夠難搞。我沒放在心上，因為她喝得爛醉，隔天早上完全不記得自己說的話。但我肯定沒忘。

「我們真的很高興你們能來，」我微笑著說，感覺口紅像蠟一樣乾硬地巴在唇上。「我知道路途很遙遠……而且大家都很忙，要抽空過來不容易。但我一注意到這座島，就知道這裡是完美的婚禮地點，不僅很符合威爾熱愛野外的個性，也是向我的愛爾蘭血統致敬，」我望向爸爸，他綻出一個大大的笑容。「看到我們最親密、最摯愛的家人朋友齊聚一堂，對我來說意義非凡。敬我和威爾。」我向威爾舉杯，他也舉杯回應。他比我更擅長這類社交辭令，連試都不用試就能輕鬆散發出迷人的溫暖和魅力。當然，我可以讓別人照我的話做，卻沒辦法讓每個人都喜歡我。不像我未婚夫。他對我燦爛一笑，眨眨眼睛，我腦海中頓時浮現出稍早的畫面，我們在房間裡……

「真不敢相信這一天終於到了，」我回過神繼續說。「過去幾年我一直忙於工作，還以為自己這輩子再也沒時間交男友了。」

「別忘了，」威爾喊道。「我可是花了好大的心力才說服妳跟我約會。」

他說得沒錯。一切似乎太過完美，好到不像真的。後來他才告訴我，他剛結束一段不健康的關係，沒有要追求什麼。不過在那場派對上，我們之間確實很有火花，一拍即合。

「幸好你有說服我，」我對他笑笑。愛情來得好快、好容易，就像奇蹟一樣，現在想想依舊覺得不可思議。「如果我相信命運之類的事，」我說。「可能會認為我們是命中注定。」

威爾望著我，臉上堆滿笑容。我們四目相交，彷彿這裡只有我們，沒有別人。我突然想起那張該死的紙條。嘴角的笑忍不住微微顫動。

強諾／伴郎

窗外一片漆黑。餐廳裡瀰漫著爐火燃燒的輕煙，以致大家看起來都不太一樣，輪廓非常模糊。不像原本的他們。

我們繼續吃下一道菜。小巧精緻的黑巧克力塔。我試著往下切，結果巧克力塔從盤子裡飛出來，碎屑噴得到處都是。

「需要幫你切嗎，大男孩？」鄧肯在餐桌另一端大聲嘲弄。我聽到其他人在笑。感覺從以前就是這樣，什麼都沒變。我沒理他們。

「嘿，強諾，」漢娜轉向我。「你也住在倫敦嗎？」我喜歡漢娜。她似乎很親切、很和善。我喜歡她的北方口音和耳朵上的耳釘。雖然她是兩個孩子的媽，看起來卻像個愛玩的女孩。我敢說她只要想瘋，一定會很瘋。

「拜託，才沒有，」我回答。「我討厭倫敦。我喜歡鄉村。我需要自由漫步的空間。」

「所以你很熱愛戶外活動囉？」漢娜又問。

「對啊，可以這麼說啦，」我說。「我之前在湖區探險中心工作。教人攀岩、野外求生技能等等。」

「哇，這樣啊，難怪。威爾的單身派對是你安排的，對吧？」她笑著說。不曉得她對單身派對知道多少。

「對，是我。」

「查理什麼也沒說。但我聽說有泛舟和攀岩之類的行程。」

啊，所以他什麼都沒講。不意外。換作是我可能也不會說。這種事說得愈少愈好。希望他決定既往不咎，過去的就讓它過去吧。可憐的傢伙。那些都不是我的主意。

「嗯，對，」我又回答。「我一直很喜歡這類活動。」

「那還用說，」費米插嘴。「是強諾想出爬上體育館屋頂的辦法。我記得你是爬到餐廳外那棵大樹上，對吧？」

「好了啦，」威爾對漢娜說。「別讓他們開始講學生時代的事，絕對會沒完沒了。」

漢娜對我微笑。「強諾，聽起來你也可以拍電視實境秀啊。」

「這個嘛……說來好笑，但我還真的試過。」

「真的？」漢娜問道。「是拍《厄夜求生》嗎？」

「對。」我的媽啊。我幹嘛講出來？**強諾你這個白痴，說話老是不經大腦**。天啊，有夠丟臉。「嗯，我有去試鏡，跟威爾一起，結果——」

「強諾覺得他不適合拍那些有的沒的，對吧？」威爾跳出來插話。他人真好，不想讓我那麼窘。但現在說謊也沒意義，不如坦白好了。「他是在幫我說話啦，」我說。「事實是我拍得很爛。簡單說就是在鏡頭前不上相。不像這個傢伙——」我俯身向前弄亂威爾的頭髮，他笑著躲開。「我的意思是，他說得對，電視圈不適合我。我受不了整天頂著那些妝、穿他們準備的衣服。不是說你的工作不好喔，老兄。」

「沒事，」威爾舉起雙手。他天生就很適合螢光幕。無論別人希望他成為什麼模樣，他都做得到。我注意到他在節目中講話不發「H」音，聽起來更親民、更貼近一般大眾，但只要和那些念過貴族公學（比崔佛蘭更高級那種）、來自上流社會的傢伙在一起，他就會變成跟他們一樣的人。百分之百完全融入，一點也不突兀。

「不管怎樣，他們說得很有道理，」我對漢娜說。「誰想在電視上看到這張醜臉啊，對吧？」我做了個鬼臉，同時瞥見茱莉亞把目光從我身上移開，好像我公然暴露下體一樣。自以為是的女人。

「威爾，這個節目的靈感是從哪來的？」漢娜問道。我很感謝她轉移話題，省得我繼續丟臉。

「對啊，我一直在想這個，」費米說。「是生存遊戲嗎？」

「生存遊戲？」漢娜轉向他。

「我們以前在學校常玩的遊戲。」費米解釋。

「天哪，鄧肯有跟我說過，」鄧肯的太太喬吉娜插嘴道。「真的很恐怖。他說學生晚上會被帶出寢室，丟在一個荒涼的地方——」

「對，就是這樣，」費米說。「他們會綁架一個男孩，把他拖下床，帶到離校舍很遠的地方，深入校園，愈遠愈好。」

「而且校園占地超廣，」安格斯補充。「你會被丟在一個很偏僻的地方。周圍一片漆黑。沒有一點光線。」

「聽起來好殘忍喔。」漢娜瞪大眼睛。

「這是很重要的傳統，」鄧肯說。「創校以來就是這樣，流傳好幾百年了。」

「威爾沒體驗過對吧，老兄？」費米轉向他。

「沒人來抓我啊。」威爾舉起雙手。

「誰敢啊，」安格斯說。「他們都怕你爸怕得要死。」

「被抓的人一開始就會蒙上眼睛，」安格斯轉向漢娜。「所以不知道自己在哪裡。有時甚至會被綁在樹上或籬笆上，得自己掙脫束縛。我記得我那時候——」

「尿褲子了。」鄧肯接話。

「屁啦，我才沒有。」安格斯反駁。

「有，你有，」鄧肯說。「別以為我們忘了。嚇到閃尿的傢伙。」

安格斯灌了一大口酒。「好啦，隨便，反正一堆人都這樣。媽的有夠可怕。」

我仍記得自己努力「生存」那一夜。雖然知道這一刻遲早會來，但他們真的來抓你的時候，還是會措手不及。

「最誇張的是，」喬吉娜說。「鄧肯似乎不覺得有什麼不好，」她轉向他。「對吧，親愛的？」

「這個遊戲造就了現在的我。」鄧肯回答。

我望向鄧肯，他挺起胸膛、雙手插口袋坐在那裡，如國王般睥睨全場，彷彿這是他的場子，他擁有這個地方。不曉得這個遊戲究竟讓他變成什麼樣的人。

讓我變成什麼樣的人。

「我覺得玩玩應該沒關係，」喬吉娜又說。「又不是有人死了，對吧？」她笑了一下。

我記得當時醒來眼前一片黑暗，身邊圍繞陣陣低語。**抓住他的腳……你去扶他的頭**。他們一邊大笑，一邊壓著我，用布條遮住我的眼睛。接著是一聲大叫。可能是吶喊或歡呼吧，但我的耳朵也蒙著布，所以那聲音聽起來就像動物尖聲長嚎。我光著腳被帶到戶外，在清冷的夜裡凍得直發抖。我們伴著嘎嘎聲飛快穿過崎嶇不平的路面，我猜應該是手推車，就這樣過了好久，久到我都以為離開校園了。他們把我丟在樹林裡。獨自一人。除了我的心跳聲和森林裡的神祕聲響外什麼也沒有。我摘下遮眼布，發現周遭依舊是無盡的黑暗，沒有月光，完全看不見。枝葉擦過我的臉頰。森林非常繁茂，感覺樹與樹之間密到無路可走，從兩側慢慢朝我逼來。真的好冷，我喉嚨裡面有股金屬味，嘗起來像血。細枝在我赤裸的腳下劈啪作響。我走了好幾公里，可能繞了不少圈，徒步一整夜才穿越樹林，直至黎明破曉。

回到學校後，我有種重生的感覺。那些說我這輩子沒前途的老師都去死吧。他們熬得過那樣的夜晚才有鬼。我覺得自己所向無敵、無所不能。

「強諾，我想該把你的威士忌拿出來了，」威爾說。「大家試喝一下。」他從座位上跳起來，拿了一瓶酒。

「哇，我可以看看嗎？」漢娜從威爾手裡接過酒。「強諾，這個圖案好酷喔。是請人設計的嗎？」

「對，我在倫敦有個朋友是平面設計師，」我回答。「他很厲害吧？」

「非常厲害，」她點點頭，用手指描著瓶身上的字體。「我也是做這個的，」她說。「我是插畫家，手繪的那種。感覺就像上輩子的事了。我現在是全職媽媽，在休永久育嬰假。」

「可以借我看一下嗎？」查理從她手裡接過酒瓶，細讀酒標，然後皺起眉頭。「所以你有跟釀酒廠合作吧？因為上面說這支酒經過十二年熟成。」

「對，」我覺得自己好像在面試或考試。感覺他想挑出我的錯誤。可能是學校老師的通病吧。「沒錯。」

「好啦，」威爾用誇張的手勢開酒。「真正的考驗來了！伊娃、佛萊迪，」他對著廚房大喊。「請給我們幾個威士忌酒杯好嗎？」

伊娃用托盤捧著幾個酒杯過來。

「妳也喝一杯，」威爾招呼，好像他是莊園主人一樣。「還有佛萊迪。大家都試一下！」

正當伊娃打算搖頭拒絕，他又說：「我堅持！」

佛萊迪拖著腳走到伊娃旁邊，低著頭撥弄圍裙繫繩。夫妻倆就這樣尷尬地站在那裡。**真他媽怪人**，鄧肯用嘴型無聲地對其他人說。這傢伙盯著地板或許是件好事。

我看看伊娃。她不像我一開始想得那麼老，大概只有四十歲左右，只是穿著比較老氣一點。她長得很漂亮，氣質溫文優雅。不懂她怎麼會嫁給一個這麼掃興的人。

威爾把剩下的威士忌倒出來。茱莉亞要了一小杯。「其實我不太喝威士忌。」她邊說邊啜了一口，我看到她皺起臉，用手摀住嘴巴。她的動作只會引起別人注意。仔細想想，搞不好她是故意的。明眼人都看得出來她不喜歡我。

「很讚欸，老兄，」鄧肯說。「我覺得有點拉佛格威士忌的味道。」

「喔，」我說。「大概吧。」對，你鄧肯最懂威士忌了。

伊娃和佛萊迪以最快的速度喝完酒，匆匆回到廚房。我懂他們的反應。我媽以前在鄉村俱樂部工作，就是鄧肯和安格斯爸媽可能有會員資格的那種地方，她說，有時打高爾夫球的人會請她喝一杯，以為自己這樣很慷慨，但她只覺得尷尬而已。

「我覺得超好喝，」漢娜表示。「我很意外，強諾，坦白跟你說，我平常不太喜歡威士忌。」她又喝了一口。

「看來我們的賓客很幸運。」茱莉亞對我揚起微笑。不是有個說法叫「皮笑肉不笑」嗎？她就是那樣。

我朝大家咧嘴一笑，心裡卻有點難受。應該是剛才聊到生存遊戲的關係。我不太想提醒自己，對他們——或大概對其他崔佛蘭畢業的學生來說——這只是一場遊戲。

我看著威爾。他把手放在茱莉亞腦後，笑著環視其他人，看起來就像擁有一切，人生什麼都不缺。我想也是。可是聽到大家談起那些往事，他的內心難道不為所動？一點點感覺都沒有？

我得甩開這種奇怪的情緒。我猛地往前傾，拿起餐桌中間那瓶威士忌。「該玩喝酒遊戲了吧！」我喊道。

「哎喲——」茱莉亞一陣哀號，似乎想要阻止大家，但那群傢伙興奮狂吼，淹沒了她的聲音。

「贊成！」安格斯大喊。「來玩愛爾蘭版的心臟病？」

「好，」費米附和。「像我們在學校玩的那樣！欸，還記得我們拿李斯德林漱口水當酒嗎？因為我們算出裡面的酒精濃度有百分之五十？」

「還有鄧肯偷偷夾帶進來的伏特加。」安格斯回憶道。

「就這麼決定，」我立刻起身。「我去找副撲克牌。」我的心情好多了，至少現在可以用別的事來轉移注意力。

我走到廚房，發現伊娃背對著我站在那裡，正翻閱板夾上的清單。我咳嗽幾聲，她嚇了一跳。

「伊娃，親愛的，」我說。「妳們有撲克牌嗎？」

「有，」她從我身旁挪開一步，好像有點怕我。「我記得交誼廳裡有一副。」她的口音很好聽。我一直很喜歡愛爾蘭女孩，總是把「想」說成「蔣」，讓我忍不住嘴角上揚。

她先生也在，忙著用烤箱做菜。

「你是在為明天做準備嗎？」我在等伊娃時問他。

「嗯。」他看都沒看我一眼。幸好伊娃很快就拿著撲克牌回來了。

我回到餐桌旁坐下，開始發牌。

「我要去睡美容覺了，」茱莉亞的媽媽說。「我向來不愛玩激烈的遊戲。」**最好是啦**，我看到茱莉亞用嘴型碎念。她爸爸和性感的法國繼母也離開了。

「我也是，」漢娜看著查理。「親愛的，我們都累了，對吧？」

「我不知道——」查理有點猶豫。

「好啦，查理，」我對他大喊。「很好玩的！活在當下，享受人生嘛！」

他露出懷疑的表情。

單身派對的情況有點失控。查理，可憐的傢伙，沒念過崔佛蘭這種學校，也難怪他沒心理準備。他就是一個……地理老師。我想他那天晚上經歷了非常陰鬱黑暗的一夜。換作是別人應該也一樣。剩下的週末他幾乎沒跟我們講話。

當時的感覺就像回到過去和這群傢伙鬼混。除了查理，大家都念過崔佛蘭公學。那個地方讓我們緊密相連。不過這種感情跟我和威爾之間的關係不一樣，那是只屬於我們兩人的羈絆。綁住我們六個的是別的東西。儀式，還有男人之間的情誼。只要我們聚在一起，就會出現這種群體思維與盲從心態。

很容易被沖昏頭，做得太過火。

漢娜／查理的女伴

自從硬幣事件後，我對那群招待就很有戒心。他們喝得愈多，真面目就愈明顯。貴族公學的氣質與禮儀背後藏著陰暗又殘忍的一面。查理現在的行為就像青少年渴望被群體接納、成為他們的一員，看了就討厭。

「好啦，」強諾說。「大家準備好了嗎？」他環顧餐桌。我終於知道他的眼睛哪裡怪了。他的雙眸深邃幽暗，看不出虹膜與瞳孔之間的分野，所以他才會有那種詭異茫然的眼神，連笑的時候也一樣，彷彿他的雙眼有自己的個性，不願假意順從；相較之下，他臉上其他五官的表情有點太過豐富、變化無常，一張大嘴老是動個不停。他身上透出一種狂躁。希望沒有傷害性才好。就像一隻可怕的大狗突然撲向你，但牠其實只是想玩丟球遊戲，不是要抓爛你的臉。

「查理，你要玩嗎？」強諾問道。

「查理……」我壓低聲音，想引起他的注意。他整晚都把心思放在茱莉亞身上，或是想打進那群男人的小圈圈，和我幾乎沒互動，也沒有眼神交流。我想跟他好好溝通一下。

查理是個很溫和的人，講話很少提高音量，也很少生孩子們的氣；如果他們挨罵，通常都是被我罵。也不是說他一喝酒就會變得比較激動，或是酒精會放大他的缺點。他平常其實沒什麼缺點。好吧，可能所有憤怒都隱藏在表象之下。但我發誓，有幾次他喝醉就像變了一個人一樣。這才是我害怕的地方。這些年來，我學會注意那些最小、最細微的徵兆，例如他的嘴巴微微放鬆、眼皮下垂等。我非抓住這些跡象不可，因為我知道接下來場面會很難看，彷彿突然有個小煙火在他腦子裡爆炸了。

查理朝我的方向瞥了一眼。我刻意放慢速度，平靜地搖搖頭，這樣他就不會誤解我的意思。**別去。**

「這是在幹嘛啊？」鄧肯大叫，語氣有點得意。慘了，被他看到了。他轉向查理。「她管你管很嚴喔？」

查理的耳朵變紅了。「沒有，」他回答。「當然沒有。好吧，算我一個。」

可惡。我左右為難，想留下來阻止他做出蠢事，又覺得應該撒手不管、讓他放鬆一下，後果由他自己承擔。反正他都敢跟茱莉亞公然調情了。

「那我發牌囉。」強諾說。

「等等，」鄧肯拍拍手站起來。「我們應該先念校訓。」

「對。」費米附和，安格斯也跟著起身。「快點，威爾、強諾，來重溫一下美好的往日時光。」

強諾和威爾從座位上站起來。

我看著他們，除了強諾，其他人都穿著白襯衫和黑長褲，戴著昂貴的手錶，看起來一派優雅。真搞不懂這些人明明過得很好，為何還這麼執迷，對學生時代念念不忘？我無法想像自己把老舊破爛的鄧雷文高中掛在嘴邊說個沒完。我對那個地方沒什麼怨恨，但也不會時時惦記在心。我就和其他學生一樣穿著畫滿潦草簽名與塗鴉的畢業生紀念衫離校，頭也不回。

不過這些傢伙不像我們可以下午三點半放學，回家看肥皂劇《聖橡鎮少年》，他們的童年想必有一大半都鎖在校園裡度過。

鄧肯開始用拳頭慢慢敲桌子。他環顧四周，鼓勵其他人加入他的行列。他們照做了。聲音愈來愈大，敲擊速度也愈來愈快、愈來愈瘋狂。

「Fac fortia et patere,」鄧肯高聲吟詠，我猜是拉丁語。

「Fac fortia et patere,」其他人也跟著複誦，接著用一種低沉、熱切的喃喃低語：

「Flectere si nequeo superos,

Acheronta movebo.

Flectere si nequeo superos,

Acheronta movebo!」

我望著那六人，他們的眼睛在搖曳的燭光中熠熠閃爍，個個滿臉通紅、情緒高漲，顯然是喝醉了。我的脊椎突然一陣刺麻。蠟燭、窗外充滿壓迫感的黑暗、奇怪的吟唱、敲擊的節奏，我覺得自己好像在看什麼撒旦崇拜儀式，裡面挾著一種威脅、類似部落的味道。我用手摸摸胸口，發現自己有如一隻受驚的動物，心撲通撲通狂跳。

敲打聲逐漸增強，飆到最高點，動作之狂暴讓桌上的刀叉與陶瓷碗盤不斷跳來跳去。一個玻璃杯從桌角落到地上摔得粉碎。除了我以外沒人注意到。

「Fac fortia et patere!」

Flectere si nequeo superos,

Acheronta movebo!

正當我覺得再也無法忍受的時候，他們大吼一聲，一切歸於平靜。六人彼此互望，額頭滿是汗珠，瞳孔似乎放得更大，好像嗑了什麼。這群鬣狗露齒而笑，互相拍背，用足以致傷的力道使勁捶打對方。我注意到強諾不像其他人笑得那麼厲害。不知怎的，他的笑容看起來有點勉強。

「那是什麼意思呀？」喬吉娜問。

「安格斯，交給你了，」費米口齒不清地說。「你是拉丁文怪咖。」

「第一句是『奮勇前行，堅忍不屈』，」安格斯開始解釋。「這是崔佛蘭校訓。第二段是我們自己加的，意思是『若無法撼動天堂，那我就鬧翻地獄』，以前橄欖球賽很常喊這句口號。」

「不只橄欖球賽。」鄧肯揚起一抹邪笑。

「聽起來滿凶狠的。」喬吉娜嘴上說說，目光卻緊抓著滿臉通紅、大汗淋漓、眼神瘋狂的鄧肯，彷彿從未發覺自己的先生居然這麼有魅力。

「就是要這樣啊。」

「好啦，**小姐們**，」強諾大喊。「別囉哩叭嗦了，來喝酒吧！」

其他人大呼贊成。費米和鄧肯把威士忌、葡萄酒、盤中剩下的醬汁、鹽和胡椒全都摻在一起，弄成噁心的咖啡色湯水。遊戲開始——大家猛地伸手拍擊桌面，高聲叫嚷。

第一個輸的是安格斯。他咕嘟咕嘟地喝，混酒從嘴邊溢出來，將潔白的襯衫染成褐色。其他人在一旁嘲謔笑罵。

「白痴喔！」鄧肯大叫。「都流到你脖子上了啦！」

安格斯嚥下最後一口，忍不住作嘔，眼珠都快凸出來了。

再來是威爾。他很老練地一口喝乾。我看著他的咽部肌肉流暢運動，喉頭不斷起伏。他把杯子倒過來，咧嘴一笑。

接著吞下所有牌慘輸的是查理。他看著杯子，深吸一口氣。

「快點啦，娘炮！」鄧肯喊道。

我看不下去，也不需要看。查理，你這個王八蛋，我心想。這個週末本來是我們的兩人時光。如果他想搞死自己，那是他的事。我是他老婆，不是他老媽。我站了起來。

「我先去睡了，」我說。「大家晚安。」

沒人回應，甚至沒人看我一眼。

我推開門，走到隔壁的交誼廳，才沒幾步就嚇得停下來。陰暗處有個人影靜靜地坐在沙發上。我看了幾秒，發現那是奧莉薇亞。「噢，嗨。」我說。

她抬起頭，一雙長腿伸在前面，沒穿鞋子。「嗨。」

「受夠啦？」

「對啊。」

「我也是。妳還不睡嗎？」我問道。

她聳聳肩。「躺在床上沒意義。我的房間就在那個旁邊。」

餐廳彷彿接到提示，爆出一陣嘲弄的笑聲。「喝完——全部喝完！」有人叫道。

接著開始吆喝，「喝下去、喝下去、喝下去——」旋即又變成「**鬧翻地獄**、**鬧翻地獄**、**鬧翻地獄！**」隔壁傳來用拳頭猛敲桌子的噪音，然後是玻璃碎裂聲。又一個杯子破了嗎？「強諾，你白痴喔！」一個咬字不清的聲音大吼。

可憐的奧莉薇亞，無法逃離這一切。我在門口徘徊了一下，猶豫不決。

「沒關係，」奧莉薇亞說。「我不需要人陪。」

但我覺得我應該留下來。我為她感到難過。事實上，我發覺自己很想留下來。我喜歡稍早和她一起坐在岩洞裡抽菸的感覺。有點刺激。一種奇怪的興奮感。跟她聊天，舌頭上沾著菸草的味道，我幾乎可以想像自己回到十九歲，討論那些睡過的男孩，不再是兩個孩子的媽又欠一屁股債。奧莉薇亞讓我想起一個人，但我想不出是誰，讓我非常困擾。就像在腦海中尋找字詞，那個字就在舌尖上呼之欲出，卻怎麼也說不上來。

「其實我沒那麼累，」我說。「明天也不用早起對付兩個瘋狂的小鬼。我們房間裡有葡萄酒，我可以去拿。」

她微微一笑，這是我第一次看到她笑。她把手伸到沙發靠墊後面，拿出一瓶看起來很貴的伏特加。「我剛剛去廚房偷來的。」她解釋。

「噢，」我說。「這樣更好。」這下子真的像回到十九歲了。

她把酒瓶遞過來。我轉開瓶蓋，喝了一大口。烈酒沿著我的喉嚨燒出一道冷冽的痕跡。

「哇，」我倒抽了一口氣。「我想不起來上次這麼做是什麼時候了。」我抹抹嘴，把酒瓶給她。

「我們之前聊到一半。妳在講那個傢伙的事——卡倫對吧？還有分手。」

奧莉薇亞閉上眼睛，深呼吸。「我想分手只是個開始。」她說。

隔壁又爆出一陣大笑。手敲桌子的聲音此起彼落。一群喝醉的男人互相叫嚣。這時，門上傳來一聲巨響，安格斯從門口跌進來，褲子褪到腳踝處，老二噁心地掛在外面晃蕩。

「抱歉，小姐們，」他醉醺醺地說。「不用理我。」

「天哪，有沒有搞錯，」我氣炸了。「你……快滾，少來煩我們！」

奧莉薇亞看著我，表情非常佩服，似乎沒料到我居然這麼強悍。老實說我也很意外，不太清楚這股力量是從哪裡來的。可能是伏特加吧。

「妳知道嗎，我想這裡好像不太適合聊天。」我說。

她點點頭。「還是要去岩洞？」

「呃……」我不太想深夜摸黑在島上遊蕩。畢竟小島有泥沼等等，晚上到處亂晃一定很危險。

「算了，」奧莉薇亞飛快地說。「我懂。我只是——說也奇怪——我只是覺得在那裡比較好聊。」

我體內突然竄起和剛才一樣的感覺。一種古怪、打破規則的興奮感。「不，」我連忙回答。「我們走吧。把酒也帶去。」

我們從莊園後門溜出屋外。這個地方晚上真的很恐怖。周遭一片寂靜，只聽得見海浪在不遠處拍打岩石的聲音；偶爾會冒出一種咯咯嘎嘎、像是從喉嚨發出的詭異噪響，讓我的雙臂寒毛直豎。最後我才意識到那是鳥叫聲。聽起來是一隻很大的鳥。

我們繼續往前走，兩側的房屋廢墟在手電筒的光照下若隱若現。漆黑的窗口有如空洞的眼窩，令人忐忑不安，彷彿有人在那裡看著窗外，看著我們經過。頹毀的屋瓦間不時傳來沙沙聲、嘎吱聲和刮擦聲。可能是老鼠吧。不過這樣也沒比較好。

走著走著，我注意到我們四周好像有東西在移動，可是速度太快看不清楚，只能藉著微弱的月光捕捉瞬間。那個神祕生物不斷飛舞，離我的臉好近，我可以感覺到有東西拂過我敏感的雙頰。我猛地往後跳，舉起一隻手抵擋。是蝙蝠嗎？不對，那個東西體型很大，不可能是昆蟲。

我們爬下洞窟，只見前方的岩壁突然冒出一個人形黑影，嚇得我差點把酒瓶摔在地上。過了幾秒，我才發現那是我的影子。

這座小島真的會讓人相信鬼魂的存在。

現在

婚禮當晚

四名招待組成一支搜索隊。他們拿了急救箱，取下插在帳篷入口支架上的煤油火把，做為照明工具。

「好了，兄弟們，」費米開口。「準備好了嗎？」

他們摩拳擦掌，散發出古怪又狂熱的氣息，幾乎有種不該有的興奮，就像準備執行任務的童子軍，或是玩午夜試膽遊戲的學生。

其他賓客聚在周圍默默看著他們，心裡鬆了一口氣。幸好有人跳出來處理這件事，讓他們可以留在這裡享受溫暖和光明。

大家在帳篷裡望著搜索隊離去的背影，覺得他們看起來就像是中世紀獵殺女巫的村民。燃燒的火炬，沸騰的情緒，強風和停電更是讓畫面多了一抹超現實色彩。駭人的真相就蟄伏在外面等待，然而周遭的氛圍如夢似幻，一切看起來都變得好不真實。況且很難知道該相信什麼。他們真的能相信一個歇斯底里的少女所說的話嗎？有些人仍暗暗希望這只是一場可怕的誤會。

他們靜靜看著四名招待穿過門口劇烈拍動的帳篷簾幕，在狂風暴雨中高舉火把，走進混亂喧噪的夜。

婚禮前一天

奧莉薇亞／伴娘

海水漫進岩洞裡，打在我們腳邊。水如墨般漆黑，感覺周圍的空間變得更小、更幽閉。我和漢娜不得不坐得比之前近一點。我們膝蓋相碰，前方的岩石上擺著一盞從交誼廳偷來的玻璃提燈，蠟燭在玻璃盅下閃爍著火光。

我終於明白這個地方為什麼叫耳語窟了。漲潮改變了洞裡的天然音響效果，現在我們講的每一句話都會有輕輕的回聲，彷彿有人站在陰影裡一字一字複誦。很難相信沒有。我三不五時就會回頭檢查，確定這裡只有我們，沒有別人。

漢娜的身影在柔和的燭光下晦暗難辨，我只能聽見她的呼吸，聞到她的香水味。我們輪流喝著伏特加。我好像已經有點醉了，因為晚餐的緣故。我吃不太下。酒精直衝腦門。不過我得再醉一點才能說出真相，一定要夠醉，醉到大腦喋喋不休、沒完沒了。聽起來似乎很蠢。最近我一直想把這件事告訴別人，那股渴望強烈到有時話語好像會突然衝到我嘴邊，無預警地爆開。然而這一刻，坦白的機會就在眼前，我卻舌頭打結，什麼也說不出口。

「奧莉薇亞。」漢娜率先打破沉默。

洞穴低聲回答：**奧莉薇亞，奧莉薇亞，奧莉薇亞**。

「天哪，那個回音真的是……」漢娜又說。「妳的前男友……他對妳做了什麼嗎？我認識一個——」她停頓了一下，接著再度開口。「我妹妹，愛麗絲。她大學時交了一個男友，他對分手的反應很糟糕。非常**非常**糟糕……」

我等她說下去，但她沒有接話，反而從我手裡拿過酒瓶豪飲，大概有四小杯左右。

「沒有，不是那樣，」我說。「卡倫是個渣男。他分手後就大大方方地無縫接軌，搭上艾莉。不過提分手的是他，所以不像妳想的那樣。」我從她手裡抓過酒瓶，喝了一大口。我能嘗到瓶口邊緣有她唇膏的味道。「當時適逢學期結束，準備放暑假。我去伊斯靈頓找茱莉亞，但她剛好要出差，我就一個人在她家住了幾天。」

我對著黑暗傾訴，洞穴將我的所言所語輕聲傳回耳邊。我發覺自己在跟漢娜說我有多孤單、多寂寞。我身處那座絢爛多采、令人興奮的大城市，卻沒有人可以和我一起分享。我跟她說那個週五傍晚，我從茱莉亞的公寓走到路口的森寶利超市買了幾包洋芋片、牛奶和早餐穀片；跟她說我經過那些站在酒吧外喝酒、伴著陽光大笑的路人身旁，慢慢走回家；跟她說在我覺得自己就像該死的可憐蟲，提著橘色塑膠袋，除了徹夜追劇外沒什麼可期待；跟她說在那樣的時刻，我總是想到卡倫，想到我們在一起會做什麼，讓我內心的孤寂變得更加冷清。

我還是不敢相信自己居然會把這些事告訴漢娜。我根本不認識她。也許這就是關鍵。也許，在島上所有人中，她是我唯一能傾吐的對象，因為她基本上就是個陌生人。伏特加當然也有幫助，而且這裡太昏暗，我幾乎看不見她的臉。話雖如此，我還是沒辦法完全坦承。一想到要那麼做我就驚惶不安。或許我可以從頭開始說，看看一旦講出大部分，會不會有足夠的勇氣全盤托出一切。

「當時我在滑手機，」我繼續說。「我看到卡倫和艾莉在一起。她在 Snapchat 分享了很多照片，其中有一張是她坐在他大腿上，另一張是她一邊親他，一邊對著鏡頭比中指，好像她不想被拍一樣……拜託，她不但拍了，還上傳給全世界看咧。」

漢娜喝了一口伏特加，喘口氣。「妳的心情一定很差，」她說。「看到那些照片。天哪，社群媒體真是害人不淺。」

「嗯，」我聳聳肩。「我當下的感覺真的是……爛透了。」我不想讓漢娜覺得我是跟蹤狂，所以沒告訴她我來回看了那些照片多少次，還抓著森寶利超市的袋子坐在那狂哭。「我的朋友一直說我應該找點樂子，」我說。「妳知道，就是讓卡倫見識一下他錯過了什麼。他們不停慫恿我玩交友軟體，但我不想在學校玩，圈子太小，太封閉了。」

「妳是說像 Tinder 這種軟體嗎？」

我猜她是想表現出自己懂年輕人的流行。「對，不過現在沒什麼人在用 Tinder 了。」

「抱歉，」她說。「我老阿姨了，記得嗎？哪知道這些。」她的語氣有點惆悵。

「妳沒那麼老啦。」我安慰她。

「嗯……謝囉。」她用膝蓋碰碰我的膝蓋。

我又拿起伏特加痛飲一口，想起那晚我喝了茱莉亞的葡萄酒，才發現我們這些大學生在當地酒吧花三英鎊喝的貨色簡直像尿一樣。我還記得我穿著長褲和胸罩，戴著她其中一副大眼鏡到處走，覺得自己處事練達、品味高雅。我想像那是我的公寓，我要出去找個男人把他帶回家，跟他在床上大戰一場，讓卡倫瞧瞧我的厲害。

很明顯，我沒有真的打算這麼做。我過去只跟一個人上過床，就是卡倫。即便我們的性生活很乏味，我對他的感情始終如一。

「我申請了一個帳號，」我告訴漢娜。「覺得倫敦跟學校不一樣。在倫敦我可以隨性約會，不必擔心隔天早上流言傳遍整個校園。」

「我還滿佩服的，」漢娜說。「我沒有勇氣做那種事。可是妳不會……妳知道的，擔心安不安全？」

「不會，」我回答。「我不是白痴。我沒有用真名，也沒有透露真實年紀。」

「啊，了解。」漢娜點點頭。我覺得她不太相信，好像想說點什麼，又努力克制自己不要多嘴。

我把年齡設成二十六歲，上面的大頭貼看起來一點也不像我。我翻了茱莉亞的衣櫃，化了一個完美的妝。重點就是把自己弄得不像自己。

「我自稱貝拉，」我說。「妳知道，就是那個性感超模貝拉．哈蒂德。」

我告訴漢娜，我坐在床上滑這些傢伙的照片，看到眼睛都瘦了。「大部分的人都很普通，」我說。「不是在健身房掀衣服秀腹肌，就是戴墨鏡。他們覺得戴墨鏡看起來很酷。」

「不過其中有個配對成功的人引起了我的注意，」我繼續說。「他很……不一樣。」

我主動聯繫他。這真的很不像我，不過當時我喝了茱莉亞的酒，腦袋醉醺醺的。

有空見面嗎？我寫道。

有啊，他回傳訊息。我很樂意跟妳見面，貝拉。妳什麼時候方便？

今晚怎麼樣？

他過了很久都沒回。我又傳：別猶豫了。我接下來幾週都很忙，只有今天晚上有空。我喜歡這句話的感覺，彷彿我有更好的選擇。

好吧，他回覆。就這麼說定了。

「他長得怎麼樣？」漢娜用手托住下巴，雙眼注視著我，似乎聽得很入迷。

「比他的照片還帥。年紀比我大一點。」

「大多少？」

「嗯……大概十五歲吧？」

「是喔。」她是不是不想讓自己聽起來很震驚？「他人怎麼樣？你們見面的時候？」

我開始爬梳回憶。我現在很難用當初的眼光來看他。「我覺得他很帥、身材很好，還有……他看起來更像個男人。相較之下，卡倫比較像男孩，」他有一身古銅色肌膚，而且肩膀很寬，似乎勤於健身；跟他相比，卡倫就是個骨瘦如柴、臉蛋俊俏的少年。我決定把興趣轉移到真正的男人身上。「只是……」我聳聳肩，但漢娜看不見我。「不知道耶，我想無論他有多帥、多性感，一開始我心裡還是有點掙扎，希望眼前的人是卡倫。」

「嗯，我懂，」漢娜點點頭，語帶同情地說。「當妳全心全意愛一個人，就連布萊德．彼特也不——」

「布萊德．彼特算上古老人了吧。」我說。

「呃……那哈利．史泰爾斯？偶像團體『一世代』那個？」

我差點笑出來。「好啦，應該可以，或是提摩西・夏勒梅，」我一直覺得卡倫長得有點像他。「不過卡倫大概早就忘了我，特別是在他把臉埋進艾莉那對愚蠢大奶的時候。」

「這個男人……他叫什麼名字？」

「史蒂芬。」

「那他見到妳，發現妳這麼年輕，有說什麼嗎？」

我瞪了她一眼。她的話聽起來有點批判的味道。

「對不起，」漢娜笑著道歉。「但是，說真的，有嗎？」

「有。他問我是不是真的二十六歲，但不是用懷疑的口氣問，比較像……不知道，好像我們倆都在開玩笑。這件事對他來說似乎不太重要，至少當時是這樣。而且他人很好，」雖然我現在很難想起他曾經那麼好。「我玩得很開心。不管我講什麼笑話他都會笑，還問了很多關於我的事。」

我回想起那天晚上在酒吧裡酣醉的模樣。我喝的是內格羅尼調酒，覺得這樣會顯得比較成熟。「我本來想拍張照片發到 Instagram 上，」我說。「讓卡倫看看他錯過了什麼。」

「我猜……」漢娜看著我。「結果不止這樣？」

「對。」我灌了一大口伏特加。

我還記得有那麼一刻，我以為他會說再見，兩人就此分離；可是他打開計程車的門轉身對我說，「嘿，妳要上車嗎？」我坐在車裡（而且還不是 Uber，是傳統的黑色計程車），內心不斷響起一個尖細微小的聲音：**妳在幹嘛？妳根本不認識他！**但喝醉的那個我，想這麼做的那個我，一直叫它閉嘴。

因為他剛搬家，沒有像樣的家具，所以我們回到茱莉亞的公寓。我覺得有點不好，但我告訴自己，我一定會洗床單。

「哇，好漂亮的地方，」他說。「是妳的房子嗎？」

「對。」我回答，覺得自己在他眼中瞬間成熟許多。

「我們上床了，」我告訴漢娜。「我猜我是想趁酒醒之前做。」

「感覺怎麼樣？很棒嗎？」漢娜聽起來很興奮，隨後又補上一句，「對不起，我太久沒性生活了……我不該問這麼多。」

我盡量不去想她和查理翻雲覆雨的畫面。「很棒，」我回答。「他有點……粗暴？他把我壓在牆上，將裙子掀到腰際，脫下我的內褲，然後——我可以再喝點酒嗎？」漢娜把酒瓶遞過來，我飛快啜了一口。「雖然我沒洗澡，他還是用嘴幫我服務。他說他比較喜歡這樣。」

「是喔，」漢娜說。「哇嗚。」

我和卡倫沒做過什麼刺激的事。雖然史蒂芬第一次用嘴讓我高潮後，我心裡湧起一股奇怪的情緒，有點想哭，但比起過去跟卡倫的經驗，和他做愛的感覺確實比較好。

「我們後來又見了幾次面。」我告訴漢娜。

與其說看到，不如說我感覺到漢娜點頭。她的臉離我好近，我能感受到呼吸與空氣的流動。我發現自己的言語在在表達出我有多喜歡他眼中的我。一個性感又勇於冒險的人。即便有時他要我在床上做的事讓我不太舒服，或是對我來說太難也一樣。

「我的意思是，」我再度開口。「跟卡倫在一起的感覺不像這樣，我們比較像……」

「靈魂伴侶？」漢娜問道。

「對，」我同意。這四個字讓人有點難堪，卻也再正確不過。「但史蒂芬就不一樣，感覺他只展現出一點點自我，這——」

「讓妳想了解更多？」

「對。我好像有點迷戀上他。他很成熟、很世故，很想要我。然後……」我聳聳肩。「我就搞砸了。」

「什麼意思？」漢娜雙眉緊蹙。

「不知道。大概是想向他證明我很成熟吧。我們好像除了見面、上床，沒有一起**做**過什麼。我有這種……這種感覺，也許他只對我的身體有興趣。」

漢娜點點頭。

「總之，夏天來到尾聲，茱莉亞的雜誌社在維多利亞與亞伯特博物館舉辦派對，我覺得帶他一起去很酷。一場正式的約會，讓他印象深刻之類的。讓他覺得我已經長大了。」

我告訴漢娜，我踏上臺階，望著那些光鮮亮麗又充滿成熟韻味的人在會場裡談笑徜徉，看起來都好像電影明星；還有那個查名單的傢伙一直上下打量我，好像我不該出現在那裡，但史蒂芬就很適合。

「我有點緊張，」我說。「想到要介紹他給茱莉亞認識就更焦慮。派對上有免費的酒水飲料，所以我喝了超多酒想提升自信，結果讓自己出盡洋相，整個人非常難受，不得不去廁所吐。史蒂芬送我上計程車回茱莉亞家，我還不能讓他一起去，因為茱莉亞晚點也會回來。我記得他數數鈔票，付錢給司機，要他確保我安全回家，好像我還是個孩子一樣。」

「他應該陪妳回家才對，」漢娜說。「他應該親自確認妳沒事，不是把妳隨便丟給一個計程車司機。」

「大概吧，」我聳聳肩。「但我當時真的丟臉丟到家了。他想甩掉我也不意外。」

我記得自己看著車窗外的他，心想，我搞砸了。換作是我，大概會直接回會場和年齡相仿、千杯不醉的人在一起。

「之後他就人間蒸發了。」我怕漢娜聽不懂，又解釋了一句，「完全已讀不回。我有看到兩個藍色小勾勾。」

她點頭。

「我回到學校，有天晚上出去玩了一夜，在又醉又傷心的情況下連傳了十封訊息給他，回宿舍的路上還試著打電話，當時大概是凌晨兩點，他沒接，訊息也沒回。我知道我再也見不到他了。」

「真慘。」漢娜說。

「對啊。」

「所以就這樣結束了？」漢娜看我不再說下去，繼續追問。「妳有再見到他嗎？」我沒回答。「奧莉薇亞？」

我說不出話來。感覺我剛才好像是被下咒才能那樣侃侃而談。現在這些詞句彷彿卡在喉嚨裡，到不了嘴邊。我腦海中閃過一個畫面：白濺上紅，滿是鮮血。

回到城堡莊園後，漢娜說她累壞了。「我先回房間睡覺囉。」她說。我明白。岩洞裡宛如另外一個世界。坐在黑暗中伴著燭光，喝著伏特加，感覺我們什麼都能聊，現在回想起來卻好像分享太多，好像我們越界了。

但我很清楚自己睡不著，更別說那些傢伙還在我房間外玩遊戲了。所以我靠著牆站了一會，試著讓腦中奔馳的思緒慢下來。

「哈囉。」

我差點嚇得魂都飛了。「搞什——」

是伴郎強諾。我不喜歡他。我有注意到他之前看我的眼神。他喝醉了，就連醉到不行的我都看得出來。我可以透過餐廳溢出的亮光看到他咧嘴一笑，應該說不懷好意地笑。「想抽一口嗎？」他伸出捲菸，聞起來有股噁心的大麻味。他含過的那端還濕濕的。

「不用了，謝謝。」我說。

「這麼乖啊。」

我想進房間，但我一伸手開門，他就抓住我的手臂，握得好緊。「妳知道嗎，我們明天應該跳支舞。妳和我。伴郎和伴娘。」

我搖搖頭。

他往前一步，把我拉得離他更近。他的身材比我高大很多，可是其他人都在樓上，他應該不敢在這裡幹嘛吧？

「妳應該考慮考慮，」他說。「一個年長的男人，可能會讓妳大吃一驚。」

「放開我。」我生氣地低聲喝斥。我想起房間裡的剃刀。真希望它就在手邊，讓我感受一下它的存在。

我使勁掙脫他的手，用不聽使喚的指頭胡亂摸索鑰匙孔。我感覺他的眼神直盯著我，從沒離開過。

強諾／伴郎

我回到房間抽完捲菸。我到都柏林時有去觀光客一堆的坦普爾酒吧區閒晃，想辦法弄到一些大麻。不曉得這些貨是不是跟我從老藥頭那裡拿到的一樣純，總之希望能幫助我入睡。今晚我真的需要一點協助。

來到這座島的感覺就好像重返崔佛蘭公學，也許跟地景有關。懸崖、大海。我除了海浪猛烈拍擊岩石的聲音外，什麼都聽不見。我還記得學校宿舍，一排又一排的床和外裝鐵欄杆的窗戶。是為了我們的安全，還是為了把我們關在裡面？可能兩者都有吧。還有那裡的浪濤聲，不斷沖刷著海灘。**噓，噓，噓。**提醒我保守祕密。

我已經有好幾年沒想起那件事了，應該說沒好好地想。我做不到。有些事必須放下，完全拋諸腦後。可是待在這裡迫使我正視一切。只要這麼做，我就他媽的無法呼吸。

我躺在床上，整個人喝得爛醉，照理說很快就會昏睡，再加上剛才抽了大麻……但我感覺好像有什麼東西爬滿全身，彷彿有幾百萬隻蟑螂在床上鑽來鑽去，不准我休息。我只想猛抓身體，必要時撕裂皮膚，讓這種騷動感停止。可是我又怕要是真的睡著，會像昨晚一樣做夢。我已經很久沒做那些夢了。日復一日，年復一年，久到我都記不得。一定是這些人和這個地方的關係。

這裡好黑。太黑了。感覺沉甸甸地壓在我身上，就像淹沒在無盡的黑暗裡，喘不過氣。

我從床上坐起來告訴自己，我沒事。沒有蟑螂，也沒有東西想讓我窒息。可能是大麻吧，貨不一樣，讓我變得比平常更疑神疑鬼。我要去洗個澡。對，就是這樣。我要享受舒服的熱水澡，好好梳洗一下。

就在這個時候，我瞥見房間角落有個東西，而且愈來愈大，最後昂然挺立，踏出黑暗。

不可能啦。一定是我的想像。絕對是。我才不相信有鬼。

是大麻和威士忌惹的禍。是我的大腦在捉弄我，讓我產生錯覺。可是……媽的，我很確定那裡有東西。我可以從眼角餘光瞄到動靜，但我一直看，它好像就消失了。我像個害怕床底怪物的孩子一樣閉上雙眼，用手指壓著眼皮，直到看見銀色光點。沒用，我閉上眼睛也看得到。那個形體有一張臉，所以不是「它」，是一個人。我知道是誰。

「你他媽離我遠一點，」我低聲咒罵，接著決定換一種說法：「對不起，不是我的錯，我沒想到——」

我的胃突然一陣翻攪。我連忙衝進浴室，及時吐在馬桶裡，嚇得渾身發抖。

茱莉亞／新娘

我和查理站在城垛上，遠眺著愛爾蘭本島閃爍的燈光。其他人還在餐廳玩討厭的遊戲。只有我們兩人單獨在這裡，感覺不太正當，有些莽撞。也許高高佇立於此，望著深不見底的陡峭懸崖，將世界踩在腳下，增添了一種緊張刺激的興奮感，所有事物聞起來都有危險的氣味；也許在黑夜的掩護下，任何事都有可能發生，而且無人知曉。

「有你在這裡真好，」我告訴他。「你是我心目中最棒的伴郎。你知道的對吧？」

「謝謝，」他說。「我也很高興能來參加妳的婚禮。妳為什麼選這個地方？」

「哦，你也知道，我的愛爾蘭血統是一個原因。還有這座島沒辦過婚禮，我喜歡自己是第一人的感覺。另外這裡很偏遠，狗仔光看到地點都覺得麻煩，不會想來偷拍。」

「他們真的想拍他的婚禮照片？」他聽起來很懷疑，似乎不相信威爾有紅到這種地步。

「有可能啊。而且威爾覺得婚禮在這種僻靜的荒野舉行很符合他的形象。」

某種程度上，我說的都是事實，只是沒揭露所有真相。

我把頭靠在他肩膀上。他似乎整個人僵住，動也不動。我們之間的肢體接觸不像從前那麼自然了。但仔細想想，有自然過嗎？

查理清清喉嚨。「我可以問妳一個問題嗎？」

他的口氣很嚴肅，流露出一絲謹慎。「說吧。」

「妳跟他在一起真的快樂嗎？」

「什麼意思？」我微微抬起頭。

「就，字面上的意思，」我感覺到他聳聳肩。「茱莉亞，妳知道我有多在乎妳。」

「真的，」我回答。「很快樂。我也可以問你一樣的問題，你跟漢娜。」

「那完全是兩回事——」

「是嗎？為什麼？」我不想聽他的回答。我不需要另外一個人告訴我，我和威爾進展太快，我今晚喝這麼多不像我的作風——不然我還有什麼時候能喝？「你的意思是你會讓我更快樂？」

「茱莉亞——」他的語氣近似嘆息。「別這樣。」

「怎樣？」我故作天真地問道。

「我們不適合。我們是朋友，好朋友。妳心知肚明。」我感覺到他想避開我，遠離懸崖邊緣。

我心知肚明？他真的這麼認為？我知道他曾經很渴望、很想要我。我還記得那一夜，那段回憶我在腦海中重溫過很多次……例如泡澡時需要一點靈感的時候。之後我們就再也沒提起那件事。正因為沒說破，事件的影響力才得以存續。我很確定他跟我一樣，至今仍會想起那一刻。

「我們都變了，不再是當時的我們，」他好像能看透我的想法。不曉得他相不相信自己說的話。「我不是因為那件事才問，」他說。「不是出於嫉妒……或什麼的。」

「真的嗎？因為聽起來你好像有點嫉妒。」

「我沒有，我——」

「我有跟你講過他床上功夫有多好嗎？朋友不就是要分享這些事嗎？」我知道自己在逼他，但我忍不住。

「聽著，」查理說。「我只希望妳快樂。」

好一句傲慢又自以為是的善意。我把頭抬高，不再靠著他的肩膀。我覺得我們之間的距離愈來愈遠，無論身體上或字面上的意思上皆然。「我完全有能力判斷，知道什麼能讓我快樂，什麼不能，」我反駁。「怕你沒注意到，我現在三十四歲，不是那個對你萬般崇拜和敬畏的十六歲處女。」

「天啊，」查理皺起臉，露出難受的表情。「我知道。抱歉，我不是那個意思。我只是很在乎妳，僅此而已。」

「查理？」我突然想到一件事。「你有寫紙條給我嗎？」

「紙條？」

他的困惑就是答案。不是他。

「沒事，」我說。「當我沒問。好了，我想回房間睡覺了。要是現在上床，就能睡滿八小時。」

「好。」聽到我主動為今晚畫下句點，查理感覺鬆了一口氣，讓我怒火中燒。

「抱一下？」我問道。

「當然。」

我傾身投入他的懷抱。他的身體比威爾更軟，不像從前那麼結實，但他身上的味道還是一樣，完全沒變，感覺好熟悉，說不上來。奇怪，畢竟都過這麼久了。

我想我們之間的火花還在。他一定也感覺到了。吸引力永遠不會消失，對吧？我很肯定，他非常嫉妒。

我回到房間，威爾正在脫衣服。他拋來一個大大的笑容。我朝他走去。

「我們是不是該繼續之前沒做完的事？」他輕聲呢喃。

這倒是一個方法，可以抹去剛才與查理對話的恥辱。

我扯開他未解的襯衫鈕釦，他褪下我肩上其中一條連身褲繫帶，想把衣服剝下來。每次和他做愛都像第一次那樣急切、充滿慾望，只是過程更享受，我們現在已經摸透對方想要什麼。我們緊靠著床緣做，他從後面進來。高潮如電流般竄過全身，讓我難以招架，忘情地呻吟。說也奇怪，自從稍早被強諾打斷後，晚上大多時間就像一場前戲。感受眾人欣羨與驚嘆的目光，從他們的舉止反應看出我們有多登對，以及和查理一起逾越界線、被冷冷拒絕的痛楚……也許他會聽見我們的聲音。

完事後，威爾就去洗澡。他在保養照顧和自我打理上一點都不馬虎，簡直無可挑剔。相較之下，我的日常習慣比他草率多了。我還記得發現他那張永遠古銅的臉龐不是因為常曬太陽，而是和我一樣用希思黎的仿曬劑時，我有點訝異。

直到我穿著浴袍坐在扶手椅上，才發現房間裡似乎有股怪味，蓋過了逐漸消散、揉合海洋與性愛的氣息，而且非常強烈，聞起來像大海。我覺得喉嚨深處有鹹味、魚腥味和阿摩尼亞味。我靜靜坐著，那股味道似乎從房間的陰暗角落凝聚起來，成了有質地、有深度的存在。

我走到窗前，打開窗。冷冽的空氣迎面而來。夜色如墨，我能聽見海浪拍打下方岩石的聲音。遠方的大海被月光染成閃耀的銀，像熔化的金屬，炫目到令人難以直視。我甚至可以從這裡看見湧起的浪濤，看見隱藏在海面下強而有力、充滿意圖的脈動。一陣嘎嘎聲在上方盤旋，大概是從屋頂傳來的吧。聽起來就像歡快的嘲弄。

我心想，室外的海味應該會比室內更濃吧？然而吹進來的微風相形之下非常清新，沒什麼味道。我摸不著頭緒，決定走到梳妝臺前點燃香氛蠟燭，坐在椅子上試著找回內在的平靜。我幾乎能聽見自己的心跳聲。撲通撲通撲通，在我胸口飛快顫動。是歡愉後的餘波嗎？還是有別的原因？

我應該跟威爾談談那張紙條。如果要說，現在正是時候。可是今晚我已經和查理吵過一次，我沒辦法鼓起勇氣迎頭面對，開門見山地提起這件事。說不定根本沒什麼。總之我有百分之九十九的把握。或百分之九十八。

浴室的門開了。威爾腰上纏著浴巾走了出來。儘管我們剛剛才做過，看到他的身體，我還是會一時分心。他的肌肉線條很美，該平的地方平，該鼓的地方鼓，腹部、手臂和腿都很緊實。

「妳怎麼還沒睡？」他問道。「我們應該休息一下。明天可是個大日子。」

我轉身背對他，讓浴袍落在地上。我感覺到他的目光緊攫著我的胴體。我很享受這種掌控的力量。我掀開棉被溜到床上，赤裸的腿碰到了什麼。冰冷僵硬，宛如屍體。那個東西似乎在我的腳無意間鑽入之際挪動讓步，同時又纏住我的腿。

「天啊！我的天啊！」

我慌忙跳下床，不小心絆了一下，幾乎呈大字型倒在地上。

「茱莉亞？怎麼了？」威爾看著我。

我幾乎無法開口。剛才的觸感讓我一陣反胃，害怕到難以言語。恐慌瞬間湧上喉嚨，讓我喘不過氣。本能的驚懼在我體內深處迴盪，撼動臟腑。那是噩夢裡才會出現的東西——你夢到它在床上，然後一身冷汗地醒來，發現這些都是自己的想像。但現在這是真的，是徹徹底底的現實。我依舊能感受到它在我腿上留下的冰冷印痕。

「威爾，」我好不容易擠出聲音。「床上有東西。在被子下面。」

他邁開大步走到床邊，用雙手掀開羽絨被。我忍不住放聲尖叫。床墊中間躺著某種巨大的黑色海洋生物，無數觸鬚朝四面八方擴延伸展。

威爾猛地往後跳。「媽的，搞什麼啊？」他的口氣聽起來是憤怒大於懼怕。「什麼鬼東西……」他又罵了一句，彷彿眼前的生物會有所回應。

床上的黑色物體散發出濃濃的海味和某種鹹腥、腐爛的惡臭，令人無法忍受。

威爾很快就恢復鎮定（比我快多了），再次靠近床鋪。他伸出一隻手，我立刻大喊：「不要碰啦！」可是來不及了，他已經抓住那些觸鬚，使勁拉一下。長長的觸鬚應聲脫落。這個生物似乎開始崩解，變得四分五裂，可怕到令人作嘔。我們做愛時它就在那裡，在棉被底下等著……

威爾乾笑幾聲，語調中絲毫沒有幽默的成分。「妳看——那只是海藻。該死的海藻！」他高高拎起那個黑色生物。我俯身近看。沒錯。我看過這些巨大厚長、如繩索般的黑色海藻被海浪衝上岸，散落在小島沙灘。威爾把海藻丟到地上。

房間裡那種詭譎駭人的氣氛逐漸消散，淪為一場可怕的混亂。我開始意識到自己攤開四肢、赤身裸體躺在地上的姿勢很丟臉，有損尊嚴，也感覺到心跳慢了下來，呼吸變得更順暢。

不過……海藻是怎麼來的？為什麼會在我們床上？

一定是有人故意為之。有人把海藻帶進來藏在羽絨被底下，知道我們要上了床才會發現。

「誰會做這種事？」我問威爾。

「嗯，我有想到幾個可疑的人。」他聳聳肩。

「什麼？誰？」

「我們以前在學校常這樣惡整學弟。我們會沿著懸崖小徑走到海邊，撿沙灘上的海藻，愈多愈好，再把海藻藏在他們床上。所以我猜是強諾或鄧肯——他們五個都有可能。他們大概覺得很好笑吧。」

「你說這叫惡整？威爾，我們又不是在學校，這是婚禮前一晚欸！搞屁啊！」我大發雷霆，某種程度上算是一種解脫。

「不是針對妳，」威爾又聳聳肩。「是針對我。妳知道，重溫往日時光嘛。他們不是故意要惹妳生氣——」

「我現在要去把他們全都叫醒，看看到底是誰幹的好事。讓他們知道我覺得這樣有多好笑。」

「茱莉亞，」威爾抓住我的肩膀，用安慰的語氣說。「聽著，如果妳真的這麼做，可能會……嗯，可能會講出讓自己後悔的話，這樣不就會破壞明天的婚禮嗎？說不定整個氣氛都會變調。」

我大概明白他的意思。真受不了，他總是那麼理性，總是認真權衡利弊、謹慎行事，有時甚至到令人惱火的程度。我瞪著地板上那團黑色海藻，很難相信事情會這麼單純。這個舉動背後真的沒有惡意嗎？

「嘿，我們倆都累了，」威爾溫柔地說。「今天是漫長的一天。先別擔心這個。我們可以去拿空房的床單來換。」

這間空房本來是留給威爾的父母，但他們覺得待在島上過夜很怪，有點畏怯。威爾似乎一點也不驚訝：「從小到大，我爸都覺得我做的事不怎麼樣，結婚當然也不例外。」他的語氣揉雜著怨懟和痛苦。他很少談起他父親，矛盾的是，這樣反而讓我覺得他父親對他造成很大的影響。雖然他不願承認就是了。

「順便拿新的羽絨被。」我提醒威爾。其實我有點想換房間，但我沒說出口，那樣只會顯得我理智斷線。沒被感性左右讓我有點自豪。

「好，我也會處理這個，」威爾指指海藻。「相信我，我遇過更糟的情況。」

雖然威爾錄影時旁邊都有工作人員待命，但他好歹也曾逃離狼群、被吸血蝙蝠包圍，眼前的一切對他來說想必有點可悲。在床上放幾簇海藻根本不算什麼。

「明天早上我會跟那些傢伙談談，」他又說。「讓他們知道自己是該死的白痴。」

「好吧。」我回答。威爾很會安撫情緒，總能讓人心裡舒坦。他真的很——老實說只有兩個字能形容，就是完美。

然而，就在這一刻，在這特別討厭的時間點，我心裡閃過那張可怕的小紙條，上面的字句緩緩浮現。

他跟妳想的不一樣……騙子……說謊……

別嫁給他。

「好好睡一覺，」威爾用撫慰的語氣說。「這才是我們需要的。」

我點點頭。

但我覺得自己根本無法闔眼。

伊娃／婚禮企劃師

外頭傳來一陣聲響。聽起來很詭異，好像在為某個逝去的生命慟哭，而且比較接近人的聲音，不是動物的嚎叫，但要說是人也不盡然。我和佛萊迪在房間裡面面相覷。大約半小時前，所有賓客都回房就寢。我還以為他們永遠不會累。我們不得不死撐著眼皮等他們結束才休息，以防有人需要什麼幫忙或服務。我們聽著餐廳傳來的敲擊聲和鼓譟聲。佛萊迪懂一點拉丁文，於是便把他們呼喊的口號翻譯給我聽。「若無法撼動天堂，那我就鬧翻地獄。」聽到這句話，我全身上下每寸皮膚都起了雞皮疙瘩。

那幾個招待就像一群過度發育或外表長得像大人的男孩。我會說他們缺乏男孩的純真，但有些男孩一點也不純真。我的意思是，身為成年人，他們理當更成熟，更懂得分寸。他們有種群體意識，就像狗一樣，每隻狗在獨自行動時可能表現良好，一旦聚在一起，就會受其他狗的影響，變得缺乏主見，盲目順從團體。明天我得好好盯著他們，以免情況一發不可收拾。根據我的經驗，那些時尚奢華、政商名流雲集的盛宴往往最容易失控。我之前在都柏林辦了一場婚禮，婚宴賓客有一半是愛爾蘭政治菁英，就連總理都來了，結果新郎和岳父在跳第一支舞前就爆發激烈衝突，場面真的很難看。

除此之外，小島本身也讓婚禮多了不少潛在的危機。這個地方的荒蕪感會激起內在深處的野性。賓客會覺得自己擺脫正常的社會道德準則，遠離他人窺探的目光。這幾個人是貴族公學畢業的學生，被嚴格的規定束縛了大半輩子，即便離校，他們可能依舊受這些規矩箝制，進而影響人生選擇，像是要念什麼大學、做什麼工作、住什麼樣的房子等等。我的經驗告訴我，最重視規則的人也最愛打破規則。

「我去看看。」我說。

「太危險了，」佛萊迪說。「我跟妳一起去。」我告訴他，我自己應付得來，沒問題。為了讓他放心，我說我出去時會順便拿壁爐旁的撥火鉗防身，而且我比他勇敢多了，這點我很清楚。我講這句話完全沒有沾沾自喜的意思，只是壞事當前，我寧可拋下其他恐懼，專心對付這個問題。

我踏入夜色，天鵝絨般的深沉黑暗籠罩著大地，將我吞沒其中。雖然莊園廚房溢出紅光，樓上新人房的窗戶也透著微亮，但周遭的黑幾乎不受影響。嗯，我大概知道那對準夫妻為什麼還醒著。我們剛才有聽到床緊壓著木質地板，並隨著節奏劇烈搖晃的聲音。

我暫時不用手電筒。光線只會暴露我的位置，讓我像個蠢蛋。我站在原地豎起耳朵、聚精會神地聆聽。一開始我只聽見海水嘩嘩地拍打岩石，還有一種細小又陌生的窸窣聲，最後我才發現是婚禮帳篷，帳幕在大約四十五公尺外的地方被微風吹得沙沙作響。

就在這個時候，另一個聲音劃破夜空。我現在聽得更清楚了。有人在啜泣，但完全聽不出來是男是女。我轉身面對聲音的方向，眼角突然閃過一絲微光，城堡莊園後方的廢棄空屋好像有些動靜。島上伸手不見五指，我不曉得自己是怎麼看到的，但我猜這大概是人類與生俱來的內建機制，是我們的動物本能。只要進入黑暗模式，雙眼就會提高警覺，以留心周遭的擾動和變化。

可能是蝙蝠吧。有時可以在傍晚時分看見牠們輕盈掠過黃昏的天空，速度快到讓你懷疑自己是不是看錯。不過我覺得剛才那個東西體型更大。我很確定是人，就是那個披著黑斗篷坐在黑暗中哭泣的人。多年前我來到這裡，島上還有人居住的時候，就已經流傳很多鬼故事了。悲傷的婦女哀悼被殘忍殺害的丈夫；泥沼一點一點吞噬他們的墓地。當時我們被這些異聞嚇到無所適從，雖然現在我還是不太相信，但這一刻，我確實感覺到了。一種從皮膚滲入骨髓的恐懼。

「有人嗎？」我鼓起勇氣大喊。哭聲戛然而止。沒有回應。我打開手電筒東照西照，查看四周。

我拿著手電筒從左到右慢慢畫出一個弧，突然間，光照捕捉到了什麼。我立刻停下動作，將手電筒緩緩上移。那個形體回望著我。光線勾勒出烏黑狂亂的頭髮，以及一雙閃閃發亮的眼睛，就像從民間傳說裡走出來的生物，一隻妖精，厄運即將降臨的凶兆。

我不由自主地後退一步，手電筒的光隨之搖曳。我逐漸認出眼前這個身影。是伴郎，倒在廢棄空屋的殘垣上。

「誰啊？」他含糊不清地說，聲音非常沙啞。

「是我，」我回答。「伊娃。」

「哦，伊娃。妳是來告訴我熄燈時間到，該像乖寶寶一樣上床睡覺啦？」他露出一個歪斜的笑容。我覺得他笑得很勉強，我可以透過光照看到他臉上爬滿淚痕。

「你一個人在廢墟間遊蕩很危險，」我之所以這樣說，原因很實際。那裡有老舊的農業機械，可以把人砍成兩半。「特別是在沒手電筒的情況下。」我補上一句，心想，尤其你還醉成這樣。說也奇怪，我覺得我好像是在保護這座島不受他傷害，而非反過來。

他站起來走向我。身材魁梧的他喝得酩酊大醉，身上還飄出噁心甜膩的大麻味。我又後退一步，想離他遠一點，同時意識到自己緊抓著撥火鉗。他咧嘴一笑，露出參差不齊的牙齒。「好，強諾該睡覺了，」他說。「我覺得自己老了，妳知道，」他模仿拿酒瓶喝的樣子，又做出抽菸的動作。「太常邊喝邊抽，總讓我不大舒服。我還以為我他媽見鬼了。」

儘管他看不到我，我還是點點頭。**我也是。**

我望著他轉過身，踉踉蹌蹌地走向城堡莊園。他那種故作幽默的言行完全說服不了我。雖然他臉上掛著笑容，看起來卻很痛苦，而且非常害怕。好像真的看到鬼一樣。

婚禮當天

漢娜／查理的女伴

我睜開雙眼，覺得頭痛欲裂，腦海中浮現出昨天喝的香檳和伏特加。我看看鬧鐘，早上七點。查理仰躺在床上，睡得很熟。我昨晚有聽見他回房間，脫掉衣服。我原以為他會搖搖晃晃地進來，大罵髒話，但他出乎意料地控制得很好，沒有發酒瘋。

「漢娜，」他當時一邊爬上床，一邊在我耳邊低語。「我後來就沒跟他們玩了。我只喝了一杯。」他的話稍稍緩解了我的怒氣和對他的敵意。只是不曉得他這段時間去了哪裡，跟誰在一起？我想到他和茱莉亞調情，想到強諾問他們有沒有上過床，想到他們倆完全沒正面回答。

所以我假裝睡著，沒有回應。

不過我醒來時性慾高漲。我做了一些很瘋狂的夢。我想應該是伏特加的傑作，威爾在餐前酒會上注視我的眼神也推了一把，當然還有和奧莉薇亞聊天的過程：坐在幽暗的岩洞中緊靠著彼此，浪花在我們腳邊拍打，微弱的燭光不斷搖曳，兩人輪流遞著酒瓶。祕密，這兩個字不知怎的有點性感。我發覺自己對她講的每一句話念念不忘，她描繪出來的畫面在黑暗中活靈活現，彷彿是我靠在牆上，裙子掀到腰際，被人親遍全身。史蒂芬那傢伙是個爛人，但性愛的橋段聽起來很棒，讓我想起和陌生人上床那種略帶危險的刺激感，對方的一舉一動都超出你的掌握。

我轉身看著查理。或許可以趁現在滋潤一下我們乾涸的性生活，重拾失去的親密關係。我偷偷把手伸進棉被裡，輕輕掠過他蓬鬆的胸毛，繼續往下摸——

查理低聲咕噥，睏倦中帶著驚詫。「現在不要，漢娜，太累了。」他的聲音因為昏昏欲睡而黏成一團。

我立刻把手拿開，覺得心被刺了一下。「現在不要」聽起來好像我很煩一樣。他會這麼累是因為昨晚熬夜不睡，天知道他跑去幹嘛。搭船過來時他還說這個週末我們可以過兩人生活。他明知道我最近有多難受。我突然有種可怕的衝動想拿起床頭櫃上的精裝書打他的頭。我腦海中警鈴大作，意識到自己差點情緒失控。感覺這股忿恨已經藏在我心裡一段時間了。

我心裡閃過一個念頭。不知道茱莉亞在威爾身邊醒來是什麼感覺。昨晚我有聽見他們的聲音，我敢說莊園裡每個人都聽到了。我又想起威爾昨天把我抱下船，想起他結實有力的臂膀，還有昨晚他是怎麼用奇怪又充滿質疑的眼神看我。發現他盯著我不放，讓我覺得自己握有某種權力。

查理在睡夢中喃喃囈語，我聞到一股酸腐的氣味。我無法想像威爾有口臭。就在這個瞬間，我發覺自己得離開這個房間，擺脫這些想法才行。

城堡莊園一片寂靜，看樣子我是第一個起床的人。

我躡手躡腳下樓，聽見風在古老的碑石間呼嘯而過，嵌在窗櫺裡的玻璃不時喀噠喀噠響，好像有人在用手拍窗。今天想必是個微風徐徐的日子。不曉得好天氣是不是到昨天為止，要是變天，茱莉亞一定會不高興。我踮著腳尖，悄悄走進廚房。

伊娃穿著俐落的白襯衫和寬褲站在那裡，手上拿著板夾，看起來似乎好幾個小時前就起床了。「早安，」她打聲招呼，好像在仔細審視我的臉。「今天過得還好嗎？」伊娃那雙明亮銳利、不住打量的眼睛彷彿看透了一切。她有一種內斂的美，感覺她好像努力掩藏自己的美麗，卻依舊蓋不住光芒。仔細描畫的深色眉毛，澄澈的灰綠色眼睛，散發出一種自然的、奧黛麗・赫本式的優雅，喔，還有漂亮的顴骨。天哪，要是能變得像她一樣該有多好。

「很好，」我回答。「真不好意思，我還以為只有我醒了。」

「我們天剛亮就起床囉，」她說。「今天是個大日子。」

我幾乎忘了婚禮這件事。不知道茱莉亞今天早上感覺怎麼樣，會緊張嗎？我無法想像她緊張的樣子，感覺她面對任何事都很從容自若。

「就是啊。我想先出去散散步。頭有點痛。」

「好，」她笑著說。「通往島頂那條路比較安全。妳沿著禮拜堂旁邊那條小徑走，走婚禮帳篷那邊。這樣應該能讓妳遠離泥沼。門口有長筒雨靴可以拿去穿。一定要小心，記得走比較乾的地方，不然很容易陷進泥煤裡。如果要打電話，上面也收得到信號。」

打電話。天哪，家裡那兩個小傢伙！我這才發覺自己把他們忘得一乾二淨，心裡頓時掠過一絲罪惡感。我的親生孩子。我很震驚，這個地方居然讓我放空到這種程度，完全忘卻了自我。

我走出屋外，找到那條小徑，應該說那條小徑的殘跡。這條路沒有伊娃講得那麼好找，只能隱約看見步履踐踏出來的印痕，那邊的草比較稀疏，不像其他地方那麼茂密。我沿著小徑漫步，浮雲在天空中飛快流動，飄向遼闊的大海。今天的風勢比較強，雲也比較厚，燦爛的陽光不時衝破雲層灑落下來，令人目眩。左手邊的婚禮帳篷在風中窸窣作響。我大可趁這個機會溜進去偷看，不過右側禮拜堂那邊的墓園更吸引我。或許這反映出我的心境吧。每年這個時候，每年六月，我都會陷入一種病態的憂鬱。

我在墓碑間徘徊，看到幾個非常獨特的凱爾特十字架，還有模糊的船錨、花卉等圖案。大多數碑石都經過很長的歲月洗禮，幾乎辨識不出碑銘，就算看得出來，刻的也不是英文。我猜應該是蓋爾語吧。有些墓碑已經磨損得很嚴重，甚至支離破碎，毫無形狀可言。我不假思索地伸出手，觸摸一塊離我最近的墓碑。粗糙的岩石在數十年來的風雨侵蝕與沖刷下變得很平滑。有些墳塚看起來比較新，也許是島民離開前不久葬下的吧。不過大多數墳墓都長滿雜草和苔蘚，似乎已經有好一陣子沒人照料了。

走著走著，我注意到一座很特別的墳，上面非常乾淨，一株草葉也沒有。事實上，墳墓本身狀況很好，看起來很新，前面還擺了一個插著野花的小果醬罐。我快速心算了一下，從日期來看，死者是個孩子，應該是個小女孩，碑上寫著：達西．馬隆，葬身於海。我望向那片汪洋。我記得馬蒂告訴我們，很多人在橫渡大海時淹死了，但他並沒有說出確切的時間。我還以為那是幾百年前的事，看來或許沒那麼久遠。試想，躺在地底的是某人的孩子。

我彎下腰撫摸那塊碑石，覺得喉嚨深處隱隱作痛。

「漢娜！」我火速轉身望著城堡莊園。伊娃就站在那裡看我。「不是那條路，是那邊！」她指著那條斜斜偏離禮拜堂、繼續延伸的小路。

「謝謝！」我放聲大喊。「抱歉！」我覺得自己好像擅闖私人土地被逮個正著。

隨著離城堡莊園愈來愈遠，小徑的痕跡也愈來愈淡，幾乎完全消失。一塊塊滿布青草、看起來很安全的土壤在我腳下塌陷，溢出黑色的淤泥。冰冷的泥水滲入右腳的雨靴，我的腳在濕透的襪子裡嘎吱作響。一想到底下某處埋著屍體，我就忍不住顫慄。不曉得賓客知不知道自己今晚其實會在墓地旁跳舞。

我拿起手機。就像伊娃說的，信號滿格。我打電話回家。雖然周遭風聲颯颯，我還是聽得見話筒那端的回鈴音。

「喂？」是我媽。

「現在打去不會太早吧？」我問道。

「不會，親愛的，當然不會。我們……嗯，感覺像好幾個小時前就起床了。」她把電話給班。班的聲音尖細刺耳，我聽不清他在說什麼。

「寶貝，你說什麼？」我把手機壓在耳朵上。

「我說喂，媽媽。」一聽見他的聲音，我內在深處就湧起一股強烈的情感，那就是我們母子之間的牽絆。我曾拿這種母愛來比較我對其他人的愛，前者是一種出於本能、強大又血濃於水的親情之愛，跟我對查理的愛不一樣。我能找到最接近的情感是對我妹妹愛麗絲的愛。

「妳在哪裡？」班問道。「聽起來像海邊。有船嗎？」他超愛船。

「有，我們是搭船過來的哦。」

「大船嗎？」

「算大吧。」

「媽媽，蘿蒂昨天很不舒服。」

「她怎麼了？」我急忙追問。

我這輩子最擔心的就是我所愛的人出事。我小時候常在半夜醒來，有時我會悄悄走到愛麗絲床邊，確認她還在呼吸。我很怕她離開我，那是我所能想見最糟糕、最恐怖的事。「我沒事，漢娜，」愛麗絲會語帶笑意地輕聲說。「如果妳想跟我睡就上來吧。」我會躺在那裡，緊貼著她的背，感受她的肋骨隨著呼吸運動，心也跟著安定下來。

「別擔心，漢娜，」換媽媽來接電話。「她昨天下午吃太多了。我出去買東西的時候，妳爸那個蠢蛋沒注意，讓她吃掉一整塊維多利亞蛋糕。她已經沒事了，親愛的，她現在坐在沙發上看卡通，準備吃早餐。好了，妳在那邊好好玩，」她說。「快去享受迷人的週末吧。」

老實說我現在沒什麼迷人的感覺，不但襪子濕得要命，眼睛還被海風吹到泛淚。「好吧，媽，我明天離開小島後再打給妳，」我說。「他們兩個沒把妳逼瘋吧？」

「沒有啦，」媽媽回答。「說真的——」她的聲音有點不太對勁。

「怎麼了？」

「嗯，帶小孩可以轉移注意力，我覺得很好。真的，」她停頓了一下，我聽見她深呼吸。

「妳也知道……每年這個時候總是特別難熬。」

「媽，我懂，」我說。「我也這麼覺得。」

「再見，親愛的。好好照顧自己。」

我掛斷電話，突然明白了什麼。奧莉薇亞讓我想起的人是**她**嗎？愛麗絲？身材纖細、脆弱、眼睛很大，看起來總是一臉驚慌……各種細節在在點出了答案。我還記得愛麗絲上大學後回家過暑假，第一眼見到她時，我發現她的體重減輕了三分之一左右，看起來就像重症病患，彷彿有什麼東西從裡到外啃齧著她。最糟糕的是，她把自己的遭遇藏在心底，不跟任何人說。連我也不行。

我開始往回走，接著停下腳步環顧四周。我不確定這條路對不對。我根本分辨不出哪條路才是對的。從這裡看不到城堡莊園，婚禮帳篷也被山丘擋住，完全不在視線範圍。我原以為回去會比較容易，畢竟我已經知道路線了，可是剛才我的思緒完全飄到別的地方，結果現在迷失了方向。這裡似乎有更多泥沼，我一定是走錯了。我只好在比較乾燥的草叢間跳來跳去，避開鬆軟潮濕的黑色泥煤。我繼續前進，但過沒多久就困住了。我試著奮力一躍，可惜落腳點判斷錯誤，我的左腳不是踩在長滿青草的翠綠小丘上，而是濕軟的泥煤。

我陷進泥沼裡，不斷、不斷往下沉。事情發生得太快。大地在我身下裂開，吞噬了我的腳。我失去平衡，搖搖晃晃地往後退，怎知另一隻腳也發出可怕的抽吸聲，瞬間沒入泥沼，就像那隻鸕鶿飛快將小魚吞進黑色喉嚨裡。一轉眼，泥煤就快淹過長筒雨靴，我又往下沉了一點。最初那幾秒我整個人嚇呆，愣在原地，接著才意識到我必須採取行動自救。我努力伸長了手，搆住前方那塊乾燥的地面，雙手緊抓著雜草。

我使勁撐起身體。沒用。我好像被卡住了。我心想，太丟臉了，我不僅會一身髒兮兮地回到城堡莊園，還得向大家解釋發生了什麼蠢事。我回過神，發覺自己還在往下陷。黑色泥土慢慢淹過膝蓋，來到大腿下方，一點一點地把我吸進去。

這一刻，我不在乎什麼丟臉不丟臉了。我真的很害怕。「救命啊！」我扯開喉嚨大叫，求救聲卻被風吞沒殆盡。我的聲音連傳到幾公尺外的地方都不可能，更別說一路傳到城堡莊園。儘管如此，我還是再次嘗試。「救救我！」我尖聲吶喊。

我想起泥沼裡的屍體，想像瘦骨嶙峋的手從地底深處伸向我，準備把我拖下去。我開始亂抓沼岸，使勁全力往上爬，像動物一樣猛噴鼻息，發出低沉的嘶吼。可是毫無進展。我咬緊牙關，拚了命想掙脫淤泥。

這時，我明顯察覺有人在看我。我的脊椎突然一陣刺麻。

「需要幫忙嗎？」

我嚇了一跳。我沒辦法轉身看是誰在說話。他們慢慢走過來站在我面前。是其中兩位招待，鄧肯和費米。

「我們正在探索小島，」鄧肯說。「了解一下環境。」

「沒想到我們有幸拯救一位落難少女。」費米接話。

他們的表情幾近中性，只是鄧肯嘴角抽搐了一下，讓我不禁懷疑他們在笑我。說不定這兩個傢伙在一旁觀察許久，冷眼看著我掙扎。我不想接受他們幫助，但就目前的情況來看，我也沒什麼本錢挑剔。

他們分別抓住我的左右手用力拉。我終於把一隻腳抽出來；然而就在抽出來的瞬間，長筒雨靴咻地滑落，大地以飛快的速度吞下雨靴，再度恢復平靜。我抽出另一隻腳，匆匆爬上乾地。得救了。我躺在地上好一會，整個人筋疲力盡，腎上腺素激增，全身不停發抖，沒有力氣站起來。真不敢相信居然會發生這種事。我猛然想起鄧肯和費米各抓住我一隻手，低頭看著我。雙方十指交扣頓時變得很怪，親密到讓人覺得不太舒服。我連忙爬起來道謝，盡可能客氣地鬆開他們的手。腎上腺素逐漸消退，我開始意識到他們把我拉出來時看到的我是什麼模樣。臉頰漲紅，滿頭大汗，領口走光，灰色舊胸罩一覽無遺。與此同時，我也意識到這裡有多偏僻。他們有兩個人，我只有一個人。

「謝謝你們，」我討厭自己聲音顫抖。「我先回城堡莊園了。」

「對，」鄧肯拉長語調。「為了晚上，必須把那些髒汙全都洗掉。」不曉得是不是我多心，還是他的語氣真的在暗示什麼。

我開始往城堡莊園的方向走。我踩著濕襪子，以最快的速度前進，同時小心選擇安全的路徑。我突然非常想回到屋裡，回到查理身邊，離泥沼——坦白說還有救我的那兩個人愈遠愈好。

伊娃／婚禮企劃師

我坐在書桌前檢查今天的流程。我喜歡這張書桌。抽屜裡裝了滿滿的回憶。照片、明信片、信箋……紙張因年歲渲染而泛黃，上頭字跡潦草，像小孩子塗鴉。

我把廣播調到氣象臺。島上還收得到幾個高威的地方頻道。

「今天稍晚風勢較強，」氣象預報員說。「雖然數據看起來相對穩定，但康尼馬拉和西高威大部分地區都會受到影響，特別是島嶼和沿海地帶。」

「聽起來不太妙。」佛萊迪走進來站在我身後。

預報員繼續播報，說下午五點後就會明顯感受到強風。

「那時他們都會在婚禮帳篷裡，很安全，」我說。「就算有點風，帳篷也該撐得住。沒什麼好擔心的。」

「那電力呢？」佛萊迪問道。

「供電情況良好，除非遇上真正的暴風雨。可是預報員沒提到啊。」

我們今天清晨就起床了。佛萊迪和馬蒂一起去愛爾蘭本島做最後採購，買些必需品，我則在這裡檢查一切是否到位。花藝設計師等等就到了，他們會用鍬形草、紫斑掌葉蘭和鳶尾葉庭菖蒲裝飾禮拜堂和婚禮帳篷，這些都是在地特有的野生花卉。

佛萊迪回到廚房替所有可預先準備的餐點做最後裝飾，包含開胃小點、康尼馬拉燒烤屋的冷盤前菜等。他，我的先生，對食物充滿熱情，可以像偉大的音樂家熱情談論樂曲一樣滔滔不絕地講述自己想出的菜色。這種對美食的愛源自他的童年經驗；他說他小時候吃的東西千篇一律，沒什麼變化。

我走向婚禮帳篷。帳篷、禮拜堂和墓園都座落在同一片地勢較高的乾地，位於城堡莊園以東約四十五公尺處，兩側是淖濘潮濕的泥煤田。這時，前方的石楠灌木突然傳來一陣急促的窸窣聲，幾隻受驚的野兔從洞穴中竄出來，從我面前飛馳而過。牠們擺動毛茸茸的白色尾巴，踢著有力的雙腿，瞬間轉進兩邊的長草叢，消失得無影無蹤。在蓋爾的民間傳說中，野兔是「變形者」；有時看到牠們會讓我想起安普拉島上所有逝去的靈魂，也許亡者化身為野兔再次出現，在石楠灌木間奔跑。

我走進婚禮帳篷開始工作，替暖爐添滿煤油，整理餐桌，擺上手工繪製的菜單和套著銀環的亞麻餐巾，銀環上還鐫刻著賓客姓名做為婚禮小物。晚點我們會點上從精品店運來、價格不菲的 Cloon Keen Atelier 蠟燭，這是高威當地頂級的香氛品牌，帳篷裡會瀰漫著高雅的香氣，讓華美精緻的餐桌與戶外粗獷的荒野形成強烈對比。

我仔細檢查會場，四周的帷幕被風吹得不停顫動。想到再過幾個小時，這座空曠到有回音的大帳篷就會擠滿賓客，感覺真是不可思議。與外面明亮又沒有溫度的光線相比，這裡的燈光比較昏暗，帶點暖黃，不過今晚整個帳篷都會像飄上夜空的天燈一樣璀璨。本島的人會看見安普拉島光彩耀眼，散發出令人興奮的氣息。他們都說這座島是陰沉的死亡之地，鎮日幽魂纏擾，彷彿這裡被歷史的洪流淹沒，不復存在。要是我安排得當，這場婚禮一定會讓他們印象深刻，再次聊起這座小島。

「叩叩！」

我立刻轉身。是新郎。他舉起手假裝敲敲帆布帷幕，好像那是真的門一樣。

「有兩個招待不曉得跑哪去，」他說。「我們該換西裝了。妳有看到他們嗎？」

「早安。我沒看到耶，」我回答。「昨晚睡得還好嗎？」我仍不敢相信真的是他，威爾．史萊特就活生生站在我面前。我和佛萊迪從《厄夜求生》開播後一路看到現在。不過我沒跟新郎新娘提起這件事，以免他們擔心我們是瘋狂粉絲，搞得雙方都尷尬。

「很好！」他回答。「非常好。」他本人真的很帥，比螢幕上還帥。我伸手調整叉子的位置，努力不盯著他看。看得出來他從小帥到大。有些人屬於醜小鴨型，小時笨拙又不起眼，長大後卻很有魅力。但這個男人的英俊渾然天成，一派輕鬆優雅。他顯然很清楚自己的外貌優勢，我想他應該靠著外表得到不少好處。他就像仔細微調好的機器一樣，一舉一動都和諧流暢，無時無刻處於巔峰狀態。

「那就好。」我說。

「啊，」他好像突然想起什麼。「只是我們要睡覺時發現一個小問題。」

「怎麼了？」

「羽絨被下有些海藻。我猜是那群招待的傑作。」

「天哪，真的很對不起，」我連忙道歉。「你們應該跟我或佛萊迪說一聲，我們會拿新的床單重新幫你們鋪床。」

「別這麼說，不是你們的問題，」他再度露出迷人的笑容。「男生嘛，永遠長不大，」他聳聳肩。「但強諾有點發育過度就是了。」他走過來站在我旁邊，近到我能聞到他身上的古龍水香。我後退一小步。「會場布置得很美，伊娃，令人驚豔。妳做得很好。」

「謝謝。」我的回答簡單扼要，明顯不想聊下去，但威爾・史萊特可能不習慣有人不想跟他說話。他沒有移動半步，我才發覺他可能將我的淡漠視為一種挑戰。

「那妳的故事呢，伊娃？」他歪著頭問道。「只有你們倆住在這裡，不覺得孤單嗎？」

我不禁納悶。他是真心想知道，還是假裝感興趣？他為什麼想了解我？「其實也沒什麼故事。我大概就是人家口中的邊緣人吧。這裡夏天很美，但冬天能活下去就不錯了。」

「你們怎麼會搬來這裡？」他一副興味盎然的樣子。他就是那種會讓你相信他對你說的每句話都很著迷的人。我想這也是他之所以這麼有魅力的原因之一。

「我小時候常來這裡過暑假，」我說。「跟我的家人一起。」其實我能講的東西很多，但我很少聊孩提時代的事。在白色沙灘上舔著廉價的草莓冰棒，舌頭和嘴唇沾滿黏黏紅紅的糖漿；在小島另一邊的岩池裡熱切翻找漁網，尋覓蝦子和半透明小螃蟹的蹤影；在清澈又有岩岬遮蔽的藍綠色海灣中踩動雙腿、激起陣陣水花，直到身體習慣冰冷的水溫為止。我當然不會告訴他這些，這樣很不恰當。我必須和顧客保持距離，守住彼此的界限。

「妳講話沒什麼地方口音。」他說。我不知道他抱著什麼期待。是以為我會講**「早啊」**、**「就是說啊」**，還有矮妖和酢漿草之類的故事嗎？

「哦，我有都柏林口音，」我回答。「聽起來大概沒那麼明顯，可能是我小時候住過很多地方的關係。我父親是大學教授，所以我們經常搬家。我有陣子住在英格蘭，甚至還到美國住了一段時間。」

「妳是在國外遇見佛萊迪的嗎？他是英國人，對吧？」他還是那麼好奇、那麼迷人，讓我有點不自在。不曉得他究竟想知道什麼。

「我和佛萊迪很久以前就認識了。」我告訴他。

「青梅竹馬？」他揚起微笑。一個充滿魅力、興味正濃的微笑。

「可以這麼說。」其實這麼說也不太對。佛萊迪比我小幾歲，我們是從朋友開始，多年後才變成情人。老實說可能連朋友也稱不上，比較像彼此依附的浮木吧。時間點大概是我母親性格丕變、空剩一副軀殼後不久，我父親心臟病發作前幾年。但我不會把這些事告訴他。做這一行最重要的就是要保持專業，不要顯露人性脆弱、容易犯錯的一面。

「我明白了。」他說。

「好啦，」我在他提出下一個問題前搶先開口。「如果你不介意，我最好開始工作了。」

「當然，」他說。「伊娃，今晚會有一群真正的派對動物到場，我只希望他們不要製造太多混亂。」他用手撥撥頭髮，露出有點懊悔又不失魅力的笑容，潔白的貝齒亮到讓我不禁懷疑他是不是有特別美白。

他湊近一步，伸手搭著我的肩。「妳真的很厲害，伊娃。謝謝妳。」他的手遲遲不拿開，我感覺到他掌心的溫熱滲進襯衫，觸到我的皮膚。我猛然察覺在這座巨大的帳篷裡只有我們兩人。

我帶著最禮貌、最專業的微笑挪動一小步，避開肢體接觸。我想像他這樣的男人一定對自己的性吸引力很有自信。表面看起來確實很迷人，但底下藏著某種更晦暗、更複雜的東西。我不認為他覺得我很有魅力。完全不是那樣。他之所以搭我的肩，只是因為他可以。也許我想多了，但這個動作彷彿在提醒我他才是老闆，我為他工作。我必須對他唯命是從。

現在 ◆ 婚禮當晚

搜索隊邁步向前，踏入黑暗，強風立刻怒聲咆哮，從四面八方襲來。火把餘焰翻騰、嘶嘶作響，有熄滅的危險。他們雙眼泛著淚水，耳朵陣陣嗡鳴，有如推著一堵堅實的牆，低頭頂著暴風奮力前進。

腎上腺素在他們體內奔流。這是他們與狂風暴雨間的戰鬥。扎根於年少時代的情緒不斷湧現，深沉、狂野、無以名狀，激起那些猶如此刻的暗夜回憶。黑暗就是他們的對手。

四名招待慢慢往前走。城堡莊園和婚禮帳篷間有一片狹長的乾地，兩邊被泥沼包圍。他們決定從這裡開始搜索。他們放聲呼喊，「有人嗎？」「有沒有人受傷？」「聽得到我們說話嗎？」

沒有回應。強風似乎吞沒了他們的聲音。

「也許我們應該分頭找，」費米提議。「這樣比較快！」

「你瘋啦？」安格斯急忙阻止。「這裡到處都有泥沼。沒人知道沼區的位置，尤其晚上根本看不清楚。我不是——我不是害怕，只是不想，你知道……害死自己。」

於是他們維持團體行動，盡量靠近彼此，不出伸手可觸的範圍。

「她肯定叫得超大聲，」鄧肯喊道。「那個女服務生。不然這種情況，大家剛才哪聽得見。」

「她一定是嚇壞了。」安格斯回喊。

「安格斯，你怕啦？」

「才怪，鄧肯，滾啦。可是——很難看得清楚——」

一陣凶猛的狂風蓋過他的話語。其中兩支巨大的煤油火把噴出一陣火花，如生日蠟燭般驟然熄滅。即便如此，他們還是像持劍一樣舉起金屬支架，擋在身前。

「老實說，我是有點怕，」安格斯又喊。「這有很丟臉嗎？我就是不喜歡在暴風雨中遊蕩，也不……不期待會找到什麼——」

突如其來的驚恐叫聲打斷了他的話。他們迅速轉身，高舉火炬，只見彼得一隻小腿陷進泥沼裡，雙手在空中不停亂抓。

「媽的白痴，」鄧肯拉高嗓門說。「他一定是偏離乾地了。」不過他的語氣有種如釋重負的感覺。三個人都是。有那麼一瞬間，他們還以為彼得發現了什麼。

他們將他拖出泥沼。

「天啊，」鄧肯看著雙手撐地、跪在他們腳邊的彼得。「你是我們今天救的第二個人。我和費米，上午才發現查理的太太卡在該死的泥沼裡，像豬一樣拚命尖叫。」

「屍體……」彼得呻吟著說。「在泥沼裡……」

「拜託，彼得，好了啦，」鄧肯生氣地大吼。「少白痴了。」他搖動火把照照彼得的臉，轉向其他人。「你們看他的眼睛——他嗑藥嗑到瘋了。我就知道。我們幹嘛帶他來？他根本就是個累贅。」

彼得沉默不語，其他人都鬆了一口氣。沒人再提起屍體的事。他們很清楚，那不過是民間傳說而已，無須理會；只是事情沒那麼簡單，晚上的小島比白天更陌生，他們很難不去胡思亂想。搜索的目的及可能會發現什麼的念頭在他們腦海中盤旋不去。他們一點也不熟悉這座島的地勢，狂暴的黑夜中危機四伏。這一刻，他們才逐漸意識到自己有多輕率，對一切毫無準備。

當天稍早

茱莉亞／新娘

我睜開雙眼。這一天終於來了。

昨晚我沒睡好，做了一個怪夢。我夢到自己走進殘破的禮拜堂，可是才走到一半，周圍的屋瓦牆垣就猛然崩塌，化為塵土。我醒來後覺得不太舒服，心裡惴惴不安。應該是前一晚喝太多宿醉，所以才疑神疑鬼。雖然海藻好幾個小時前就清掉了，房間裡依舊飄著腐爛的惡臭。我很確定自己沒聞錯。

威爾遵循傳統，在婚禮前挪到另一間空房準備，但我真的很希望有他在身邊。沒關係。意志力和腎上腺素會幫助我度過難關，也非幫不可。

我快速掃過掛在厚墊衣架上的婚紗。外層的薄紗在神祕的微風中來回飄蕩，輕輕舞動。我才發現儘管門窗緊閉，氣流不知怎的還是能找到縫隙，鑽進房間裡。風在空中迴旋跳躍，親吻我的後頸，讓我的脊椎像被指尖滑過一樣泛起陣陣酥麻。

我外面套著絲質浴袍，底下穿著特地為婚禮挑選的 Coco de Mer 高級內衣褲。細膩的黎芭蕾絲如蛛網般精緻，顏色是很適合新娘的奶油白。款式乍看非常傳統，但其實內褲上有一排小小的珍珠母貝鈕釦，可以完全打開。這個設計很棒，充滿挑逗的意味。晚點威爾發現一定會很興奮。

這時，窗外的動靜引起了我的注意。我看見奧莉薇亞的身影出現在下方的岩區。她穿著跟昨天一樣的寬鬆針織衫和刷破牛仔褲，光著腳走向岩石邊緣。大海猛烈拍擊花崗岩，激起巨大的白色浪花。她怎麼還沒準備好，換上伴娘服？她低著頭，垂下肩膀，糾纏的頭髮有如一條長繩，在她身後隨風飄動。有那麼一剎那，她極度靠近邊際，靠近騰湧的浪濤。我的喉嚨一緊，差點無法呼吸。她可能會失足落海，我也無法及時從房間趕去救她，只能無助地站在這裡看著她溺水。

我敲敲窗戶，她似乎不理我，但我承認也可能是海浪聲太大所以聽不到。幸好她現在離岩石邊緣遠了一點。

好。我不想再擔心她了。該開始認真打扮，準備迎接今晚的盛宴。請化妝師從本島過來很簡單，但今天是很重要的日子，我絕不可能將自己的妝容交給別人打理。凱特王妃可以自己化新娘妝，我當然也行。

我拿起化妝包，沒想到我的手微微顫抖，包包不小心掉到地上。可惡。我又不是什麼笨手笨腳的人，難道是……緊張？

我低頭看著灑了一地的化妝品。幾支金黃閃耀的睫毛膏和唇膏滾過木質地板，奔向自由；蜜粉盒傾覆在地，漏出古銅色粉末，留下點點痕跡。

那堆混亂中躺著一張折起來、被煤灰弄得有點黑黑的小紙條。一看到它，我就不寒而慄。我緊盯著紙條，無法移開目光。這個小東西為何能在過去幾週擾得我心神不寧，在我腦海間盤踞不去？

我到底留著幹嘛？

儘管紙上的文字早已烙在我的記憶裡，我還是打開紙條。

威爾．史萊特跟妳想的不一樣。

他是個愛說謊的騙子。別嫁給他。

一定是哪個奇怪的路人甲寫的。威爾經常收到陌生來信，他們自認很懂他，很了解他的生活，其中有些人非常討厭我。我記得之前《每日郵報》網站登了幾張我們兩人的照片，標題是**「威爾．史萊特和女友茱莉亞．基根一起逛街血拚」**。那天想必沒什麼新聞可報。

雖然我知道這不是什麼好主意，**我真的知道**，但我還是手賤滑到下方的留言區。天啊。我看過不少怒氣沖天的留言，可是一旦這些罵聲衝著你來，殺傷力就變得特別強，尤其是那些涉及人身攻擊的毒舌言論，就像誤打誤撞走進一間回聲室，裡面不斷響起自我批判的話語。

——拜託，她是不是自我感覺良好啊？

——我覺得她看起來一臉婊子樣。

——天哪親愛的，妳難道沒聽過「別跟一個大腿比妳細的男人上床」嗎？

——威爾！我愛你！選我選我！☺☺☺她配不上你……

——我的媽啊，我光看到她就討厭。惹人嫌的母牛。

幾乎所有留言都是這樣。很難相信世界上居然有那麼多素昧平生的人對我滿懷怨恨，非用尖刻的文字抨擊我不可。我繼續往下滑，發現幾條持相反意見的留言：

——他看起來很快樂。她會替他的人生加分！

——對了，她是《下載》雜誌創辦人。他們兩個很配啊。

然而，這些相對友善的聲音激起了另一種不安，有些人似乎真的認識威爾——認識我。他們能評論哪些人事物對他有益，對此發表意見。威爾不是什麼家喻戶曉的大明星，但就他目前的名氣來說，這類言論反而更多，因為他尚未凌駕那些自認掌控他、擁有他的人。

可是這張紙條與網路留言不同，針對性更強。紙條沒貼郵票直接丟信箱，表示一定有人親自投遞。不管寫的人是誰，都知道我們住在哪裡。這個人來過我們在伊斯靈頓的家，直到威爾最近搬進來前都是**我家**。看來不太可能是路人甲。或許是可怕的怪人，而且是最糟糕的那種。

我突然想到，會不會是我們認識的人？說不定是今天來小島參加婚禮的賓客？

收到紙條那晚，我把它扔進壁爐裡，不到幾秒又匆匆撿回來，過程中還不小心燙傷手腕，疤痕至今仍在。柔嫩的肌膚上多了一條泛著光澤、微微凸起的粉紅色印記。每次看到它，我都會想起那張紙條靜靜躲在藏身處，上面寫著四個小字：

別嫁給他。

我把紙條撕成兩半，然後又撕、再撕，就這樣一遍接一遍，將紙條撕成碎屑。這還不夠。我把紙屑帶進浴室，按下沖水鈕，目不轉睛地看著紙片飛快打旋，直到一切沖進馬桶，消失無蹤。我想像那些碎紙經過管線，流入小島所在的大西洋。我原以為這樣想能紓解煩憂，怎知效果不如預期。

不管怎樣，這張紙條已經徹底離開我的生活，不復存在。我不會再想這件事了。我拿起梳子、睫毛夾和睫毛膏。這些就是我的武器、我的法寶。

今天我要結婚了。一切都會很順利、很美好。

現在

婚禮當晚

「天啊，這種天氣能見度真的很低，」鄧肯伸出一隻手擋住刺骨的寒風，另一隻手揮舞火把，濺出點點火星。「有人看到什麼嗎？」

是要看到什麼？這個問題縈繞在他們心頭。四人全都想起女服務生的話：一具屍體。地上每個顛簸和坑洞都有可能讓人嚇得魂飛魄散。他們舉在前方的火把幫不上什麼忙，只會讓剩下的夜看起來更黑、更暗。

「好像回到學校一樣，」鄧肯對其他人大喊。「在黑暗中躡手躡腳地繞來繞去。有人想玩生存遊戲嗎？」

「別鬧了，鄧肯，」費米喊道。「你忘了我們要找什麼嗎？」

「沒忘啊。我猜那沒『生存下去』吧。」

「不好笑！」費米大吼。

「好啦，費米！冷靜。我只是想緩和一下氣氛。」

「我不覺得這個時候適合緩和氣氛。」

「我不是出來找了嗎？」鄧肯突然轉身反擊費米。「比帳篷裡那些膽小鬼強多了。」

「不管怎樣，生存遊戲一點也不好笑，不是嗎？」安格斯插話。「我現在終於明白了。我……我不想再假裝好玩了。這個遊戲爛爆，根本就是身心折磨，可能會死人的……事實上也真的有人死了。校方居然還繼續放任——」

「那是意外，」鄧肯打斷他的話。「那個男生又不是因為玩遊戲死的。」

「哦，是嗎？」安格斯大聲嚷嚷。「你怎麼知道？就因為你喜歡這個狗屁遊戲。每次輪到你嚇學弟你都很興奮，我清楚得很。怎麼，現在不能當虐待狂四處霸凌別人了吧？我敢說你上次玩得這麼過癮是在——」

「嘿，兩位，現在不是吵架的時候。」總是當和事佬的費米跳出來止戰。

一行人繼續摸黑跋涉，大家各懷心事，沉默了好一陣子。他們以前從未在這種惡劣的天氣於戶外遊蕩。狂風呼嘯來去，有時會弱到足以讓他們聽見自己的思緒。然而短暫停歇不過是為了下一次攻擊。周遭的風細碎低語，聽起來如千百隻昆蟲蜂擁而至，接著不斷爬升，在最高點迸出長嚎，可怕到像人尖聲吶喊，像那個女服務生的尖叫在空中迴盪。他們的皮膚痛到彷彿被強風活剝，淚水不時湧上雙眼，模糊了視線。風雨無情地啃噬四人，颯颯的噪音讓他們心煩意亂。

「感覺很不真實，對不對？」

「什麼意思，安格斯？」

「嗯，就是……前一分鐘我們還在帳篷裡蹦蹦跳跳，吃著結婚蛋糕，現在卻在這裡尋找……」他鼓起勇氣大聲說出口，「**一具屍體**。你們說呢？」

「事情還不明朗，」鄧肯回答。「我們只是聽了一個女孩的話就行動了。」

「是沒錯，但她似乎很確定……」

「不少人都喝醉了，」費米高聲說。「帳篷裡亂成一團，會發生什麼事倒也不難想像。有人走出帳篷踏進黑暗，出了意外——」

「該不會是查理吧？」鄧肯猜測。「他的精神狀態很差。」

「有可能，」費米回答。「他喝得超醉。可是我們在單身派對上對他——」

「費米，別提了，那件事說得愈少愈好。」

「對了，你們有看到那個伴娘嗎？」鄧肯喊道。「有人跟我想的一樣嗎？」

「怎樣？」安格斯問道。「你是說她企圖……你知道……」

「自殺，」鄧肯接話。「對，我知道。我們抵達小島後，她的行為舉止一直很怪，不是嗎？一副生無可戀的模樣。她很可能會做出什麼蠢——」

「有人來了，」彼得突然指著他們身後的黑暗大喊，打斷了鄧肯的話。「有人在追我們——」

「閉嘴，你這個傻子，」鄧肯轉頭大罵。「天啊，他真的讓我很不爽。我們應該帶他回帳篷，不然我發誓——」

「不，」安格斯的聲音微微顫抖。「彼得說得沒錯。那邊有東西……」

鄧肯和費米跟著轉身，動作非常笨拙，還不小心撞在一起。四人努力壓抑內心的不安，靜靜盯著後方那片無盡的夜。

一道晃動的光穿透黑暗朝他們走來。他們舉起火把，急著想釐清眼前的情況。

「呼，是他啦——」鄧肯鬆了口氣，放聲大喊。「那個胖子，婚禮企劃師的先生。」

「等等，」安格斯說。「他手裡……拿著什麼？」

當天稍早

奧莉薇亞／伴娘

我看到窗外遠方海面上有幾個小黑點，愈來愈近，想必是載著賓客來小島參加婚禮的船隻。時間一分一秒逼近。我早該準備好了，天知道我有多早起。我醒來時胸口有如針扎，頭也陣陣抽痛，於是決定到外面透透氣。現在，我穿著胸罩和長褲呆坐在房間裡，始終無法換上那件伴娘禮服。我剛才發現淺色絲綢上有點緋紅色汙漬，一定是昨天試穿時我在大腿上割的傷口滲出血絲，不小心沾到了。謝天謝地，幸好茱莉亞沒發現，否則她大概會氣到抓狂。我已經在走廊盡頭的水槽用冷水和肥皂刷過，感謝老天，血漬差不多洗乾淨了，只留下一個深粉色小斑點，喚醒我的回憶。

它讓我想起幾個月前的血跡。我沒料到會流這麼多血。我閉上雙眼，卻還是看得見，就在我眼皮底下。

我又瞄了窗外一眼，想到那些前來赴宴的賓客。自從踏上小島後，我就一直不太舒服，甚至有點害怕，覺得這裡好擁擠、好封閉，彷彿無處可退、無路可逃……今天只會變得更糟。不到一個小時，茱莉亞就會來找我，我必須在她前面走過長長的紅毯，大家的眼神都落在我們身上；還有那些賓客，無論是家人、陌生人，我都得開啟社交模式對話。我覺得我做不到。想到這裡，我突然喉嚨一緊，無法呼吸。

我在島上的每一天都很難受，只有昨晚在岩洞裡和漢娜聊天比較放鬆。我之前完全無法那樣跟人談心，包含我的朋友在內，任何人都不行。我不曉得漢娜身上有什麼魔力。大概是因為她感覺比較異類，彷彿也在努力逃離一切的關係吧。

我可以現在就去找漢娜，把剩下的事告訴她，將真相公諸於世。雖然光是這個想法就讓我頭暈反胃，但說出來某種程度上或許會好一點。至少比無法讓空氣進到肺裡好多了。

我穿上牛仔褲，套上針織衫，雙手不停顫抖。話一出口就再也收不回來。但我想我已經下定決心，而且非做不可。我要趁自己還沒精神錯亂前坦承一切。

我悄悄走出房間。我的心好像猛地往上竄，在喉嚨裡劇烈跳動，讓我難以吞嚥。我輕手輕腳地穿過餐廳，走上樓。我不能在路上遇見別人，不然我一定會退縮。

漢娜的房間應該在長廊盡頭。我逐步走近，可以聽見房裡傳來陣陣低語，聲音愈來愈大。

「拜託，漢娜，妳根本就在無理取鬧嘛——」

房門微微敞開。我又偷偷靠近一點，漢娜已經走出視線範圍，但我看到查理只穿了一條四角褲，緊抓著抽屜邊緣，努力遏制內心的憤怒。

我停下腳步，覺得自己看到一些不該看的東西，好像我在監視他們一樣。我真的好笨，沒考慮到查理和漢娜睡同一個房間。查理，這個我曾帶著尷尬少女情懷暗戀過的男人。我做不到。我沒辦法走上前敲敲門，問漢娜想不想出來聊天……特別是他們半裸，而且顯然在吵架的時候。這時，我身後傳來開門的聲音，嚇得我差點跳起來。

「哦，嗨，奧莉薇亞。」是威爾。他穿著西裝褲和白襯衫，釦子沒扣，露出結實的古銅色胸膛。我迅速撇開目光。

「我好像聽到有人在外面。妳在這裡幹嘛？」他皺起眉頭問道。

「沒、沒事。」我回答，應該說試著回答，因為我只是啞著嗓子細語，幾乎沒出聲。話一說完，我便轉身離開。

我回到房間坐在床上。搞砸了。來不及了。機會就這樣從我手中溜走。我昨晚應該要想辦法告訴漢娜的。

我望向窗外，幾艘渡輪破浪航行，愈來愈近，彷彿載著災厄來到這座島嶼。不對，這個想法太蠢，災厄早就在這裡了不是嗎？就是我。我這個人，我所做的一切，都是災難。

伊娃／婚禮企劃師

賓客快到了。我微笑頷首，擺出沉穩端莊的儀態，站在碼頭看著船隻駛來，準備迎接他們。我身穿樸素的海軍藍洋裝，腳踩楔型低跟鞋，漂亮，又不會太漂亮。婚禮企劃師不能讓自己看起來像賓客，這樣很不合宜。但顯然我不必擔這個心，因為大家都在穿搭上下了很大的工夫。有人戴著閃耀的耳環，穿著超高高跟鞋；有人拿著小巧的手拿包，配上貨真價實的皮草披肩（雖然是六月，但愛爾蘭的夏天非常涼爽）；甚至還有幾個人戴著高頂禮帽。也許新娘是生活風格雜誌創辦人，新郎是電視明星，會讓人覺得必須精心打扮，以提升自己的水準吧。

第一批抵達的賓客大約有三十人。我看見他們環顧四周，欣賞島嶼風景，心裡不禁有點自豪，就像他們臉上寫滿得意一樣。今晚會有一百五十人來參加婚宴，也就是說，有這麼多人會認識、體驗安普拉島。

「最近的廁所在哪裡？」一個男人著急地問我。他臉色鐵青，不停拉扯襯衫領口，感覺快被領子勒死了。事實上還有幾位衣著華美的賓客表情更難看。目前海象還算平靜，浪也不大，水面在清冷的陽光照耀下閃著銀白色波光，燦爛到難以直視。我用手遮擋眼周，露出親切的笑容為他們指引方向。若晚點真像天氣預報說的那樣颳起大風，我可能得準備一些強效暈船藥供賓客回程服用。

我還記得我們小時候第一次來安普拉島的情景。我們當時搭的渡輪很老舊，印象中沒有人暈船。我們站在船頭抓緊欄杆，假裝騎著一條巨型海蛇，尖叫著越過狂浪。海水畫了一個大大的弧噴上來，把我們淋成落湯雞。

那年夏天，島上氣候暖和，太陽很快就把我們烘乾了。我記得我從沙灘衝進海裡，彷彿這麼做沒什麼大不了。小孩子總是天不怕地不怕。我想當時的我還不知道大海有多危險。

一對六十多歲、穿著時髦的老夫妻從最後一艘接駁船走下來。他們還沒上前自我介紹，我就知道他們是新郎的父母。他的長相，或許還有髮色，想必都遺傳自他母親，只是她的秀髮如今已然斑白。她不像新郎散發出從容的自信，反而非常低調，好像想把自己藏起來塞進衣服裡。

新郎父親的臉部線條較為剛硬，而且輪廓鮮明，多了點嚴厲的感覺。高挑眉、鷹勾鼻，還有緊繃又略顯殘酷的薄唇，完全稱不上帥，但很像羅馬皇帝半身像會有的那種側臉。他握手握得很用力，我感覺到自己細小的手骨在他的手勁下互相擠壓。除此之外，他還有種大人物的氣質，很像政治家或外交官。「妳一定就是婚禮企劃師吧。」他帶著笑意，眼神卻充滿警戒，似乎在評估些什麼。

「我就是。」我回答。

「太好了，」他說。「不曉得能不能讓我們坐在禮拜堂最前排？」畢竟今天是他兒子結婚，有這種要求也是意料中的事，但我覺得這個人應該任何活動或聚會場合都想坐前面。

「沒問題，」我告訴他。「我馬上帶你們過去。」

「妳知道嗎？真的很有趣，」他在我們走去禮拜堂的路上說。「我是男校校長。大概有四分之一的賓客都讀過那所學校，崔佛蘭公學。看到他們長大成人，感覺挺怪的。」

「你全都認得出來嗎？」我帶著微笑，禮貌性陪聊幾句。

「大多都行，但不是全部，不是。主要是那些卓越非凡的人，我想大家應該都這麼稱呼他們吧，」他輕聲笑著。「有些人看到我還愣了一下，過了幾秒才發現真的是我。我是出了名的紀律嚴明，」他語帶驕傲地說。「看到我在這裡可能激起了他們心中對上帝的恐懼。」

我想也是。雖然我之前從未見過他，卻有種似曾相識的感覺。我的本能告訴我，自己對他沒什麼好感。

送他們到禮拜堂後，我便去找馬蒂跟他道謝。他剛送最後一批賓客過來。

「做得好，」我說。「一切都很順利。謝謝你安排他們同時抵達，辛苦了。」

「妳能說服他們來這辦婚禮才厲害咧。新郎不是名人嗎？」

「新娘也是頗有影響力的人物，」但我不太相信馬蒂有聽過什麼女性線上雜誌。「最後我們祭出超低折扣，不過她會在她的雜誌上介紹安普拉島，算起來還是很值得。」

「當然啦，」他點點頭。「能讓這座島出名呢！」他望向浩瀚的海洋，瞇起眼睛看著陽光。「今早很適合出航，晚點就不一樣囉。」

「我一直在關注氣象預報，」我說。「可是現在陽光普照，很難想像會變天。」

「是啊，」馬蒂說。「快起風囉。看樣子今晚不太樂觀。大海彼端正在醞釀一場暴風雨。」

「暴風雨？」這個消息讓我大為錯愕。「我還以為只是颳點風而已。」

他瞅了我一眼，好像在說「妳這個天真的都柏林人」。無論我和佛萊迪住在這多久，永遠是新來的外地人。「妳不需要聽某個坐在高威錄音室的預報員囉嗦，」他說。「用妳的眼睛看就知道了。」

他指指海面，我順著他的手指望過去，只見遙遠的地平線上方有塊墨漬般的陰影。我雖然不像馬蒂是跑船人，也能看出情況不妙。

「在那兒，」馬蒂得意地說。「妳的暴風雨來啦。」

強諾／伴郎

我和威爾在空房裡換裝。其他人可能很快就會到，所以我想趁這個機會把心裡的話說出來。我不太擅長表達自己的感受，但還是硬著頭皮衝了。「兄弟，我想告訴你……」我轉向威爾。「呃，那個，能當你的伴郎是我的榮幸。」

「我本來就只想找你當伴郎啊，」他說。「你知道的。」

嗯，大概吧。我有點懷疑他說的話。我當初是一時情急才做出那種舉動。也許我錯了，但有段時間我一直覺得威爾想把我踢出他的生活。自從他進入電視圈後，我就很少看到他，他甚至沒告訴我他訂婚了。我是看報紙才知道的。那種感覺就像用針刺向心口一樣，我不會假裝無所謂。於是我打電話給他，說想約他出來喝一杯，慶祝一下。

「沒問題，我願意當你的伴郎！」我邊喝酒邊說。

他的表情似乎有點尷尬。威爾這個人很圓滑，很難看透他真正的想法。他頓了幾秒，點點頭說：「你好像會讀心術一樣。」

我那樣講不是天外飛來一筆。他答應過要讓我當伴郎，真的。當我們還在崔佛蘭讀書的時候。

「你是我最好的朋友，強諾，」有一次他對我說。「頭號摯友，如果是婚禮，你就是我的伴郎。」我沒忘。過去把我和他緊緊地綁在一起。我以為我們倆都知道我是唯一的伴郎人選。我真的這麼以為。

我站在鏡子前把領帶拉直。威爾的西裝穿在我身上難看得要命。這也不意外，畢竟尺寸小了三號，我又一臉倦容，好像整晚沒睡，事實上也真的是這樣。我被緊繃的衣服逼到汗流浹背，站在威爾旁邊看起來更慘。他穿著合身的西裝，樣貌英挺，好像有群天使把衣服縫在他身上一樣。某種程度上來說確實如此，因為他是去倫敦薩佛街的高級西服店量身訂做的。

「我覺得我還可以更帥。」這大概是本世紀最輕描淡寫的說法。

「活該，誰叫你忘了帶西裝。」威爾嘲笑我。

「對啊，真的有夠白痴。」我也跟著自嘲。

幾週前，威爾陪我去挑西裝。他推薦我保羅・史密斯的西裝。我們一踏進店裡，所有店員都盯著我看，好像怕我會偷東西一樣。「這套不錯，」威爾說。「大概是除了去薩佛街訂做外能買到最好的一套了。」我的確很喜歡自己穿上這套西裝的模樣，這點無庸置疑。我從沒買過高級西裝，大概畢業後就沒穿過這麼像樣的衣服了。這套西裝能修飾我的小腹，我非常滿意。過去幾年我有點太放縱自己，要是有人問起，我大概會拍拍肚子說「過太爽啦！」但其實我一點也不驕傲。這套西裝遮掩了所有缺陷，讓我看起來像個大老闆，讓我搖身一變，成為一個與真實的自己截然迥異的人。

我側身照照鏡子。西裝外套上的鈕釦好像快爆開了。天啊，我真的很想念那套修身的保羅・史密斯羊毛西裝。算了。就像我媽常說的，事已至此，後悔也沒用。愛慕虛榮更沒意義。反正我本來就長得不怎麼樣。

「哈——強諾！」鄧肯衝進房間大喊。他穿著剪裁合身的西裝，看起來非常俐落。「你他媽穿的是什麼啊？衣服洗後縮水了嗎？」

彼得、費米和安格斯也跟著進來。「早啊，兄弟們，」費米說。「大家都到了。我們剛剛才去碼頭和一群崔佛蘭的老同學閒聊。」

「我的媽啊，強諾——」彼得驚呼。「那條褲子緊到我都能看出你早餐吃什麼了。」

我一如往常裝傻，故意神氣地朝兩邊伸伸手臂，露出手腕耍帥。

「媽的，看看你，」費米對威爾說。「一表人才欸。」

「他一直都是外表老實的壞蛋啊，」鄧肯湊上前亂撥威爾的頭髮，威爾立刻拿起梳子撫平。「不是嗎？那張帥氣的臉。老師都不會找你麻煩吧？」

「我沒犯過什麼錯啊。」威爾聳聳肩，對我們咧嘴一笑。

「少在那邊鬼扯！」費米大聲嚷嚷。「你就算做錯事也不會挨罰。你從來沒被抓過。可能因為你爸是校長之類的，他們都睜一隻眼閉一隻眼。」

「哪有，」威爾說。「我很乖的。」

「喂，」安格斯插話。「我真的不懂你怎麼有辦法在擺爛的情況下通過中學會考，成績還那麼好。」

我瞄了威爾一眼，想引起他的注意。安格斯會猜到嗎？「你這個混帳。」他俯身掐掐威爾的手臂。不對，仔細想想，安格斯的語氣不是質疑，而是欽羨。

「他別無選擇，」費米說。「對吧？不然你爸肯定會跟你斷絕關係。」費米的眼光很犀利，看人總是那麼透徹。

「對，」威爾聳聳肩。「那倒是真的。」

「校長的兒子」這個身分可能會讓其他學生厭惡威爾，甚至毀了他的生活。可是他撐過來了。他自有一套生存策略。例如那個跟他上床的地方中學女生，她的上空照在同年級學生之間廣為流傳，後來就沒人敢動他了。事實上，很多時候都是威爾逼我做這個做那個，大概是因為他知道自己不會被罰，但我不同，我很怕失去獎學金會傷透爸媽的心。至少一開始是這樣。

「還記得我們以前常拿海藻惡作劇嗎？」鄧肯說。「那都是你的主意，老兄。」他指指威爾。

「不是，」威爾否認。「絕對不是我。」就是他沒錯。

有些沒被海藻惡搞過的學弟會失去理智抓狂，我們其他人就躺在床上聽，笑到翻過去。學弟就是會被學長整。我們都是過來人。你必須面對別人丟給你的爛事和考驗，知道總有一天會輪到你掌權，讓別人嘗嘗這個滋味。

當年有個男孩發現我們放在床上的海藻，反應非常冷靜。他是崔佛蘭的新生，名字有點怪、很女孩子氣。總之我們叫他邊緣仔，因為他個性孤僻，沒什麼朋友。威爾是他的學院級長，他是威爾的超級粉絲，搞不好還有點愛上他，但不是那種帶有情慾的愛，至少我不這麼認為，比較像年紀小的孩子崇拜年紀大的孩子。他開始留和威爾一樣的髮型，經常跟著我們跑來跑去。有時我們會發現他躲在樹叢後面或哪裡偷瞄我們，另外他也會來看我們打橄欖球賽，而且每場都到，從不缺席。他是全校最瘦小的男生，戴著一副厚厚的大眼鏡，講話還有種奇怪的口音，所以經常被整。可是他很努力想讓大家喜歡他。我記得他順利度過第一個學期，不像有些男孩精神崩潰，讓我印象深刻。就算我們用海藻惡作劇，他也不像其他人哼哼唧唧地發牢騷，或是像他那個肥嘟嘟的朋友（我記得我們叫他大胖呆吧）跑去跟女舍監打小報告。老實說，我對他刮目相看。

我甩開回憶，重返現實。感覺好像浮出水面一樣。

「每次都是我們這幾個被抓去問話，你都沒事。」鄧肯說。

「我被抓最多次，」費米接話。「用膝蓋想也知道。」

「對了，說到海藻，」威爾開口。「昨晚的事一點都不好笑。」

「什麼不好笑？」我看著其他人，他們臉上寫滿困惑。

「你們心裡有數，」威爾揚起眉毛。「床上的海藻。茱莉亞嚇壞了，而且很不爽。」

「不是我，」我連忙撇清。「真的。」我絕對不會做任何會讓我想起那段日子、想起崔佛蘭的事。

「不關我的事喔。」費米否認。

「也不是我，」鄧肯說。「根本沒機會。我和喬吉娜晚餐前就很忙了，你們懂我意思吧？所以我有比到處閒晃撿海藻更好玩的事要做。」

「嗯……」威爾皺眉。「我知道一定是你們其中一個。」他的眼神停留在我身上。

這時，外面傳來一陣敲門聲。

「得救了！」費米說。

是查理。「胸花在這裡吧？」他自顧自地問，完全沒看我們一眼。可憐的傢伙。

「在那邊，」威爾回答。「強諾，扔一個給查理吧。」

我拿起一副由白色繁花與綠色枝葉交織而成的胸花丟給查理，只是丟得不夠用力。查理一個箭步上前，沒有接到，只好蹲下來胡亂摸索。

撿起胸花後，他不發一語，用最快的速度離開房間。我迎上其他人的目光，大家都在憋笑。有那麼一刻，我們好像又回到從前，變成無法克制自己的孩子。

「各位？」伊娃在叫我們。「強諾？賓客都到了。他們在禮拜堂。」

「好啦，我看起來怎麼樣？」威爾問道。

「像個醜八怪。」我說。

「謝了。」他看著鏡子，拉拉西裝外套。「哦，還有一件事，」他在其他人走出房門時轉向我，壓低聲音說。「我知道晚點就沒機會提了，所以想趁我們下樓之前講。關於致詞……你不會讓我難堪吧？」雖然他笑著說，但感覺很認真。我知道有些事他不想讓我參與，他大可不必擔心，因為我也不想捲入其中。這對我們兩個都沒好處。

「放心，兄弟，」我回答。「我會讓你很有面子。」

茱莉亞／新娘

我舉起金色皇冠戴在頭上，忍不住注意到雙手正微微顫抖，洩漏了此刻的心情。我轉轉頭，左看右看。這頂皇冠出自倫敦一位帽飾設計師之手，我反反覆覆想了很久才決定讓步，加入這個充滿浪漫幻想的元素。我不想要純粹由鮮花編成的花冠，嬉皮文青味太重；相反的，這頂皇冠不但格調高雅，又能滿足我的需求，有點像愛爾蘭民間傳說中的新娘會戴的頭飾。

我看得出來皇冠在黑髮的襯托下閃著璀璨的光芒。我拿起插在玻璃花瓶裡，用鍬形草、紫斑掌葉蘭和鳶尾葉庭菖蒲等在地野生植卉製成的捧花。

然後走下樓。

「寶貝女兒，妳看起來真美。」

爸爸站在交誼廳裡，一派優雅瀟灑。對，我父親要牽著我走紅毯。我考慮過其他可能，真的。他顯然不是幸福婚姻的最佳代表。最後我內心那個渴望秩序、想遵循傳統的小女孩贏了。再說還有別的人選嗎？我媽？

「賓客都坐在禮拜堂裡，」他說。「就等我們了。」

幾分鐘後，我們就會從城堡莊園出發，沿著一條碎石路走到禮拜堂。想到這裡，我的胃突然一陣翻攪。太扯了。我想不起來上次有這種感覺是什麼時候。去年我受 TEDx 團隊之邀以數位出版為題登臺演講，當時全場有八百位聽眾，我也沒這種反應。

「那麼，」我看著爸爸，想把注意力從翻騰的胃移開。「你終於見到威爾了，」我的聲音聽起來很怪，有點卡住，所以我清清喉嚨，「晚見總比沒見好。」

「嗯，終於。」爸爸說。

「這是什麼意思？」我盡量保持輕鬆的語調。

「沒什麼，茱莉亞，只是——對，我終於見到他了。」

其實我話還沒出口就知道自己不該問下一個問題。但我不能不問。我無論如何都要知道他的意見。在這個世界上，我最想得到的就是父親的認同。當我在學校停車場打開拿了A的成績單，我腦中想像的不是媽媽，而是爸爸露出開心的表情稱讚我：「妳很棒，孩子。」於是我問道：「**所以呢？**你喜歡他嗎？」

「茱莉亞，妳真的想現在談這個？」爸爸揚起眉毛。「在妳和那傢伙結婚前半小時？」他說得對，現在不是什麼好時機。但既已提起，就無法回頭。我開始懷疑沒有答案本身就是答案。

「對，我想知道你的看法，」我非常堅持。「**你喜歡他嗎？**」

爸爸無奈地做個鬼臉。「他很有魅力，茱莉亞，長得也很帥，就連我也看得出來。他顯然是個理想的對象。」

雖然進一步深究不會有好結果，我還是按捺不住。「那你對他的第一印象呢？那不是比較準嗎？」我繼續追問。「你老是說你很會看人，認為這是非常重要的商業技能，必須一眼就看穿對方等等。」

他發出一種近似呻吟的聲音，雙手如撐住身體般扶著膝頭。我感覺到那顆又小又硬的恐懼之核，今早看到紙條後就在我腹中生根的那部分，慢慢舒展開來。

「告訴我，」我能聽見血液在我耳中鼓動。「告訴我你對他的第一印象是什麼。」

「聽著，我的想法不重要，」爸爸回答。「我只是妳老爸。我懂什麼？妳跟他在一起多久了……兩年？我認為兩年夠妳了解一個人了。」

其實不到兩年。差得遠了。「是沒錯，夠我看出他就是對的人。」我已經跟同事朋友解釋過很多次了，事實上昨晚敬酒時也是，每次我都很認真，至少……我是這麼認為。為什麼現在我的話語聽起來那麼空洞？我不禁覺得我這麼說除了想說服爸爸，也想說服自己。翻出那張紙條讓過往的疑慮再次浮現。我不想想這些，所以決定改變策略。「老實說，」我補上一句。「爸，也許我對他的了解比對你還多。我長這麼大，和你相處的時間加一加大概只有六週吧。」

我這樣說就是想傷害他，也確實奏效。他瑟縮一下，彷彿被無形的力量擊中身體。「唉，又來了，」他說。「所以妳要說的就是這個。看來妳根本不需要我的意見。」

「好，」我說。「隨便你。爸，你知道嗎？你可以告訴我你覺得他不錯，就這一次，就算說謊也好。你明知道我想聽什麼。你真的……真的很自私。」

「茱莉亞，對不起，」爸爸道歉。「可是……孩子，我不能騙妳。如果妳不想要我陪妳走紅毯，我也理解。」他一副寬宏大度的口吻，好像送我什麼很棒的禮物似的，如刀刺穿我的心。

「你當然要陪我走那該死的紅毯，」我厲聲大吼。「你幾乎從我的生命裡消失，還差點沒空參加婚禮。對啦，對，我知道，雙胞胎在長牙之類的，但我當你的女兒當了三十四年，你很清楚你對我有多重要。我真的很希望實際上不是這麼回事。你是我選擇在愛爾蘭辦婚禮的原因之一，因為我知道你很重視自己的根和家族遺緒，我也是。要是我不在乎你的想法就好了，但我在乎得要命。所以你要陪我走紅毯，這點起碼做得到吧？你要牽著我踏上紅毯，露出該死的笑容，每走一步都替我開心。」

這時，一陣敲門聲傳來。伊娃突然從門後探頭。「準備好了嗎？」

「還沒，」我回答。「事實上，我需要一點時間。」

我上樓回到臥室左右張望，尋找合適的東西、合適的形狀、合適的重量。只要看到我就知道了。那裡有個香氛蠟燭，或者……不，用來插新娘捧花的花瓶比較好。我舉起花瓶，用手掂掂重量，做好準備，接著使勁將花瓶扔向牆壁。我心滿意足地看著瓶身上半部應聲碎裂，玻璃四處飛濺。

我拿了一件T恤裹住手（這個行為無關自殘，所以我每次都很小心，避免割傷），撿起完好的花瓶底座，一次又一次往牆上砸，直到咬緊牙根，上氣不接下氣，手邊只剩玻璃碎片為止。我不想讓威爾看到這一面，因此已經有好一陣子沒用這種方式發洩情緒。太久，久到我都忘了感覺有多好。那種**解放**。我鬆開牙齒，緩緩吸氣，吐氣。

一切都變得更清澄、更平靜。

我一如既往地開始收拾殘局，只是動作徐緩。不急。今天我是主角，他們當然可以等。

我站在鏡子前舉起雙手，把滑落一旁的皇冠戴好。剛剛那場「運動」讓我的雙頰染上迷人的氣色，變得紅潤不少，很適合新娘。我仔細按摩臉部，重新調整肌肉，改造表情，換上幸福洋溢、滿懷期待的喜悅。

我再次下樓，爸爸和伊娃大概聽見了什麼，表情全寫在臉上。「可以走了。」我對他們倆點點頭，接著大喊奧莉薇亞的名字。她從餐廳旁的小房間現身，看起來比平常更蒼白（如果還能更蒼白的話），不過她穿著禮服和高跟鞋，手拿伴娘花環，奇蹟似的準備就緒。我一把搶走伊娃手中的新娘捧花，邁步跨出莊園大門，爸爸和奧莉薇亞則跟在後面。我覺得自己就像御駕親征的戰士女王，勇敢地踏上戰場。

我沿著紅毯往前走，心情隨著步伐逐漸改變。那種確定感慢慢消退了。我看到大家轉過來望著我，他們的臉模糊不清，特徵全然抹滅，感覺好詭異。愛爾蘭民謠歌手的嗓音如漩渦般迴盪四周，雖然唱的是情歌，但有那麼一刻，這些樂符聽起來悽楚哀婉，深深撼動了我的心。流雲掠過頹毀的尖塔，速度之快，有如噩夢中的場景。外頭起風了。強風在險岩與碑石間颼颼來去，尖聲呼號。剎那間，我有種奇怪的感覺，好像在場的賓客都是陌生人，一雙雙素昧平生的眼睛就這樣默默觀察、注視著我。我就像踏入冰冷的水池，體內頓時湧起一陣戰慄。所有人我都不認識，包含佇候於紅毯末端、在我走近時轉過頭的那個男人。剛才和爸爸那段痛苦的對談在我腦海中盤旋不去，其中最震耳的是他沒說出口的話。我鬆開挽著他的手保持距離，彷彿他的想法可能進一步感染我。

霧濛濛的障翳瞬間散去，賓客的容貌清晰映入眼簾。我看見家人朋友笑著揮手。謝天謝地，沒有人拿手機對著我們。為了解決大家一窩蜂搶拍的問題，我們在邀請函上加了一條嚴格的備註，請賓客不要在儀式期間拍照。我試著放鬆臉部肌肉，對他們報以微笑。再過去，於紅毯中央，我的準丈夫就沐浴在暫時穿透雲層的陽光下，身後泛著一圈光暈。西裝筆挺的他看起來毫無瑕疵、耀眼奪目，前所未有地英俊。他對著我燦笑，如此刻的太陽溫暖我的臉頰。殘破的禮拜堂於他身邊拔地而起，向天空敞開，美到不可思議。

太完美了。跟我計畫的一模一樣，甚至更好。最棒的是我的新郎，容光煥發、帥氣地在祭壇前等我。我看著他，朝他走去。這個人就是我認識、我想像中的那個人。沒有其他可能。

我揚起微笑。

漢娜／查理的女伴

儀式期間，我獨自坐在長椅上，和茱莉亞的親戚擠在一起。查理算是女方重要親友，所以他的座位在前排。茱莉亞踏上紅毯時有點奇怪。我從沒見過她有這種表情。眼睛睜得大大的，雙唇嚴肅地抿成一條線，看起來近乎害怕。我不曉得有沒有人注意到，或純粹是我的想像，因為她最後帶著微笑上前來到威爾身邊，就像大家期待看到的新娘，洋溢著滿滿幸福走向新郎。周圍的讚嘆聲此起彼落，大家交頭接耳，說他們倆看起來好配、好完美。

接下來，一切進行得非常順利。他們用嘹亮的嗓音，口齒清晰地宣讀誓詞，不像我看過的幾對新人笨嘴拙舌。大家靜靜望著他們，唯一的雜音是微風掠過岩間的呼嘯聲。不過我沒有在看茱莉亞和威爾，而是伸長脖子想瞥見坐在前方的查理。我想看看他聽到茱莉亞說「**我願意**」時是什麼表情。可是沒辦法，我只能看到他的後腦勺和肩膀的姿勢。我以為會看到什麼？我究竟在找什麼樣的證據？我在心裡搖搖頭，甩掉這些想法。

一轉眼，儀式圓滿結束。周遭一陣喧騰，大家紛紛起身，有說有笑。茱莉亞走進禮拜堂時唱歌的女歌手開始高歌，小提琴伴奏隨之響起，送大家離開。她唱的是蓋爾語，清脆高亢的歌聲在塌毀的牆垣間回響，氣氛有點詭異。

我跟著其他賓客往外走，閃避周圍的大型花飾。我覺得這些蒼翠的枝葉和繽紛的野花非常別緻，很適合這種觸動人心的戲劇化場景。我想起我和查理的婚禮，我媽的朋友凱倫用友情價替我們打點花卉，一切都是很復古、很柔和的淡色調。老實說也沒什麼好抱怨的，因為我們根本請不起花藝設計師。我很好奇有錢隨心所欲是什麼感覺。

其餘賓客個個家境優渥，衣著非常講究。我環顧禮拜堂望著其他人，發現沒有人戴帽飾。也許這個圈子不流行帽飾吧？許多女人都戴著外觀精緻、看起來很昂貴的帽子，就是會裝在特製帽盒裡那種。我想起有次上學忘了那天是便服日，我和愛麗絲都穿制服。我此刻的感受就和當時一樣。我記得我坐在那裡參加朝會，暗暗希望自己能就地自燃，以免整天都覺得大家盯著我看。

威爾和茱莉亞走出禮拜堂，大家興高采烈地拋灑壓碎的乾燥玫瑰花瓣。可是風太大了，花瓣一下子就被吹得無影無蹤。新人身上一片也沒有。豔紅的碎花乘風捲進厚厚的雲層，飄向大海。查理總說我太迷信，但若我是茱莉亞，看到這樣肯定開心不起來。

女方親友被帶去和新人拍照，其他賓客則聚集在婚禮帳篷外的酒吧。我決定喝酒壯膽，增加一點自信。我越過草坪，每走幾步，鞋跟就會陷進土壤裡。有兩位調酒師一邊幫大家點單，一邊搖動雪克杯。我點了一杯琴湯尼；調酒師遞給我，裡面還放了一大枝迷迭香。

人群中看起來最友善的是調酒師，所以我和他們聊了一下。一個叫歐文，一個叫尚恩，都是當地土生土長、回家過暑假的大學生。

「我們通常都是在本島一家大飯店工作，」尚恩說。「就是海灣上那座城堡，曾隸屬於健力士集團。很多人都想在那裡結婚。沒聽過有人在這座島辦婚禮。大概只有以前的人會吧。妳知道這個地方鬧鬼鬧很兇嗎？」

「對啊，」歐文斜靠過來，壓低聲音說。「我聽我奶奶講過一些島上的恐怖傳說。」

「泥煤田裡的屍體，」尚恩接話。「沒有人知道他們是怎麼死的，據說是被維京人亂刀砍死，剁成碎塊。他們沒有被葬在聖地，所以大家都說他們的靈魂不得安息。」

我知道他們可能只是在開玩笑，但我心裡仍迸出一絲不安，頭皮陣陣發麻。

「傳言說，這就是最後一批島民離開這裡的原因，」歐文補充。「因為他們受不了泥沼裡的怪聲，」他笑著看看尚恩，看看我。「說真的，我一點也不期待今晚。天黑後我根本不想待這。這裡是幽靈島。」

「不好意思，」我身後一個戴著飛行員墨鏡，身穿斜紋軟呢外套的男人不高興地插話。「你們好像聊得很開心喔。不介意的話可以給我一杯古典雞尾酒嗎？」

我識相地離開吧檯，不打擾他們工作。

我決定偷偷溜進搖曳著火炬亮光的入口，搶先看一下婚禮帳篷。帳篷裡擺了很多高級香氛蠟燭，散發出淡雅的花香，但其中隱約夾雜著潮濕帆布的氣味（我有點竊喜，又覺得這樣不太厚道），我想應該是空間太大的關係。不過話說回來，這座帳篷真的好美。事實上有好幾座帳篷。大帳篷一端有個比較小的活動帳篷，裡面是鋪著薄木板的舞池，旁邊還有舞臺供樂團表演；另一端則是酒吧帳篷。天啊，如果婚禮上能有兩個酒吧，幹嘛只設一個呢，是不是？穿著白襯衫的服務生正在主帳篷裡擦亮酒杯、調整刀叉位置，動作就像芭蕾舞者一樣地優雅。

婚宴場地中央佇立著銀色座臺，上面有個很大的結婚蛋糕。一想到茱莉亞和威爾等等會拿刀切開這麼漂亮的蛋糕，我就有點難過。不曉得那個蛋糕要多少錢。說不定跟我和查理整場婚禮一樣貴。

我踏出帳篷，一陣強風瞬間來襲，冷得我直打哆嗦。風勢愈來愈大。遠方的海面上波濤洶湧，激起雪白的浪花。

我望著周遭的人群。我認識的人都是女方親友，若我不鼓起勇氣交際，就只能一個人杵在這裡等查理回來。他應該一拍完照就要當司儀了。我喝了一大口琴湯尼，走上前和附近的人攀談。

他們表現得很親切，但看得出來是一群老友在敘舊，我不過是個亂插花的外人。我站在那裡啜著飲料，盡量不讓迷迭香戳到眼睛，心裡納悶其他喝琴湯尼的人怎麼有辦法不弄傷自己。也許貴族學校會教學生怎麼喝有麻煩裝飾的雞尾酒吧。不用想也知道，這裡每個人都讀過貴族學校。

「你們知道主題標籤是什麼嗎？」一個女人問道。「就是婚禮的主題標籤？我看了邀請函，上面好像沒寫。」

「我不確定他們有沒有弄主題標籤耶，」她的朋友回答。「不管怎樣，島上的訊號太爛了，根本沒辦法貼文或上傳照片。」

「或許這就是他們為什麼要選這個地方辦婚禮，」第一個女人恍然大悟地說。「因為威爾的形象。」

「我真的不懂，」另一個女人開口。「我還以為他們會去義大利舉行湖畔婚禮之類的。現在不是很流行這樣嗎？」

「但茱莉亞是引領潮流的人，」第三個女人插嘴。「說不定這是新的趨勢——」一陣大風差點把她的帽子吹走。她舉起手緊壓住帽子，「在死氣沉沉的荒島辦婚禮。」

「這不是很浪漫嗎？杳無人煙的荒野和化為廢墟的榮景。讓人想起那個愛爾蘭詩人……濟慈。」

「親愛的，是葉慈。」

這群女人有著黝黑的小麥色肌膚，是夏天到希臘度假時曬的。我之所以知道，是因為她們接下來開始聊這件事，覺得伊茲拉島比克里特島好。「天哪，」其中一個人說。「為什麼有人會想跟小孩擠經濟艙？這樣不是假期一開始就打壞心情嗎？」不知道要是我插嘴開始比較新森林區的營地，他們會有什麼反應。我可以用他們討論海濱餐廳風景的語調說，**我個人認為重點在哪個營地的流動廁所最好**。我晚點一定要把這件事告訴查理。不過，就像昨晚一樣，查理在上流人士面前總是變得有點奇怪，少了些自信，多了些防衛心。

我右邊的人轉向我。他有一張白裡透紅的圓臉和後退的髮際線，看起來像過度發育的小學生。「那個，妳叫漢娜，對吧？」他說。「是新娘還是新郎的朋友？」

居然有人願意屈尊跟我說話，讓我寬心不少。要我親他都行。

「呃……新娘。」

「我是新郎那邊的，是那傢伙的同學。」他伸出手，我和他握握手，感覺好像走進他的辦公室面試。「妳是……怎麼認識茱莉亞的？」

「哦，我是查理的太太——」我回答。「他是茱莉亞的朋友，女方招待之一。」

「妳的口音是哪裡人？」

「呃，曼徹斯特。郊區啦。」我以為自己在南方住這麼久已經沒什麼口音了。

「所以妳是曼聯球迷囉？妳知道嗎？幾年前我參加公司的活動，大家一起去看球賽。比賽還可以啦。我記得是對上南安普敦。好像是二比一還一比零，反正不是和局就對了，不然會無聊死。喔還有，那次餐點很爛，根本他媽的不能吃。」

「是喔，」我說。「嗯，我爸支持——」

但他已經厭倦這段對話，別過頭和旁邊的人交談。

我轉而向一對年長的夫婦自我介紹，主要是因為他們看起來很閒，沒有在跟別人聊天。

「我是新郎的父親，」那個男人說。我覺得這種表達方式很怪，為什麼不直接說「我是威爾的爸爸」？「這是我太太。」他用瘦長的手比比旁邊的女人。

「妳好。」她打聲招呼，垂下眼看著自己的腳。

「有威爾這樣的兒子，你們一定很驕傲。」我試著開話題。

「驕傲？」他皺起眉頭，用詢問的口氣說。他很高，也沒有彎腰駝背，所以我不得不微微仰頭看他。可能因為他的鼻子是細長的勾型，我總覺得他在用鼻子俯視我。我的胃猛然一揪，想起在學校被老師訓斥的情景。

「嗯，對，」我有點慌張，完全沒料到必須解釋這句話。「因為這場婚禮，還有《厄夜求生》這個節目。」

「嗯，」他好像在思考我的回應。「但那個工作不需要什麼專業吧？」

「呃……我想不算傳統意義上的——」

「他不是那種一路走來品學兼優的好學生，惹過幾次麻煩，不過整體來說還算聰明，最後考上一間好大學。他本來可以走政治或法律，也許成不了菁英，但至少夠體面，也值得尊敬。」

天啊。雖然我知道威爾的爸爸是校長，但他聽起來好像在講別人的事，不是他自己的兒子。我從沒想過我會同情威爾，總覺得他人生順遂，不用努力就能擁有一切。現在我開始同情他了。

「妳有小孩嗎？」他問我。「有兒子嗎？」

「有，班，他——」

「妳可以把他送來崔佛蘭。我知道有些人覺得我們的教育方式有點……嚴厲，但不少原本沒出息的孩子經過我們多年淬鍊，都變成很了不起的人。」

一想到要把班交給這個冷酷無情的男人，我就覺得很可怕。我很想告訴他，就算我付得起學費，就算班接近高中學齡，我也不可能把我兒子送到他的學校。但我只是禮貌地微笑，找藉口離開。如果威爾的父母在這裡，女方親友想必已經拍完照回來了。那查理為什麼沒來找我？我在人群中搜尋他的身影，最後發現他和其他招待還有幾個男人聚在一起聊天。一股怒火猛然竄升；我踩著高跟鞋，以最快的速度朝他走去。

「查理，」我盡量不讓自己聽起來像在威嚇他。「天哪，感覺你離開好幾個小時了。我剛才經歷了這輩子最奇怪的對話——」

「嘿，漢娜，」他微微瞇起眼睛，有點心不在焉，臉部似乎也出現一些微妙的變化。他手裡拿著滿滿一杯香檳，但我猜這不是第一杯。他一定已經喝了不少。我在心裡默默提醒自己，查理很自制，很明白自己的極限。他是個成年人。「哦，對了，」他又說。「妳可以把頭上那個東西拿下來了。」

他指的是帽飾。我把帽飾拿下來，臉頰一陣熱燙。他覺得我很丟臉嗎？

一個正在和查理講話的男人走過來拍拍他的肩膀。「查理，這位是你太太嗎？」

「對，」查理回答。「羅瑞，這是我太太漢娜。漢娜，這是羅瑞。我們是在單身派對上認識的。」

「很高興見到妳，漢娜。」羅瑞笑了一下，燦白的貝齒一閃而過。這些貴族公學的男人真的很有魅力。我想起剛才那群招待在禮拜堂外穿梭，**不好意思，可以請你幫個忙嗎？你想不想灑乾燥的玫瑰花瓣？**一副誠懇老實的模樣。他們昨晚的醜態我都看在眼裡。我完全不相信他們，一個都不信。

「漢娜，」羅瑞繼續說。「我想為我們在單身派對上對妳先生做的事道歉。那只是好玩而已，對吧，查理？最後一個最輸嘛。」

我不懂那是什麼意思。我看著查理，只見他臉色大變。緊繃的面孔，緊繃的雙唇，抿到只剩一條僵硬的線。單身派對那個週末結束後，我去機場接他，他也是這種表情。

「你們到底幹了什麼好事？」我用玩笑的口吻問羅瑞。「查理一定不會告訴我。」

羅瑞似乎鬆了口氣。「好兄弟，」他又拍拍查理的肩膀。「單身派對上發生的事就留在單身派對吧，」他向我眨眨眼。「總之那兩天很有趣。男生就是這樣嘛。」

「查理？」我趁羅瑞前腳剛走，眼下只有我們兩人時問道。「你有喝酒嗎？」

「只喝了一小口，」他的口齒還算清晰。「這樣比較放得開，妳懂的。」

「查理——」

「漢娜，」他的語氣很堅決。「幾杯酒而已，不至於讓我失控。」

「還有——」我想起他從倫敦史坦斯特機場出來時的樣子，眼神空洞，感覺飽受驚嚇。

「單身派對上發生了什麼事？他到底在說什麼？」

「唉，天啊，」查理用手揉揉頭髮，皺起臉。「我不知道這件事為什麼會讓我這麼難受。可能是因為……因為我不像他們吧，而且當時真的很可怕。」

「查理，」我感受到憂慮緊緊鉗住我的胃。「他們做了什麼？」

查理對著我怒聲低語，他齒縫中迸出的話潛伏著某種陰暗的東西，某個充滿惡意的人。「我他媽的不想談這個，漢娜。」

天哪，我就知道。查理果然一直在喝酒。

強諾／伴郎

我喝了一杯香檳，又從路過的女服務生手上拿了一杯。我很快就會乾掉這杯，也許酒精會讓我覺得——不知道，更有自信一點。今天早上看到婚宴場地，看到威爾擁有的一切，讓我……嗯，有點不爽。我並不驕傲，反而覺得自己很糟糕，真的。威爾是我的死黨。我很想單純祝福他、為他高興，但和大家聚在一起，又把過去的一切全都挖出來。他好像絲毫不受影響，沒有一件事能阻礙他，而我一直覺得……不知道，好像自己不配得到快樂。

禮拜堂外的人群中有許多熟悉的面孔，包含一起參加單身派對的傢伙，以及沒參加單身派對，但從前一起念崔佛蘭的老同學。「強諾，沒擱伴啊？」他們問我。「那今晚要對哪個幸運的小姐展開行動嗎？」

「再說啦，」我回答。「再說。」

他們開始猜我會搭訕誰，接著談起他們的工作、房子、股票選擇權與投資組合，還有最近某個政客出醜的新聞。我完全插不上話，因為我沒聽過那個政治人物的名字，就算聽過，我可能也不曉得是誰。我站在這裡，覺得自己很蠢，覺得自己格格不入。我從來都不是他們的一分子。

這群人現在都是位高權重、事業成功的職場強人，就連那些我印象中沒那麼聰明的人也一樣。他們看起來跟以前在學校的模樣截然不同。這也不意外，畢竟已經過了大約二十年，但對此時此地站在這裡的我而言，感覺沒那麼遙遠。無論歲月如何堆疊、頭髮濃密處變禿、金髮染成黑髮、眼鏡換成隱形眼鏡，我都認得出這些臉。

即使到了現在，即使我讓他們失望，我爸媽還是把學校團體照放在客廳的壁爐臺上，從未沾過一點灰塵。那張照片讓他們備感驕傲。**看看我們的兒子，他住在又大又漂亮的貴族學校，成了上流社會的人。**全校師生都來到主校舍前方的球場，另一邊則是陡立的懸崖峭壁。大家坐在金屬座臺上，頂著被女舍監梳得服貼的旁分頭，看起來非常乖巧，傻乎乎地露齒而笑。**孩子，對著鏡頭笑一個！**

我現在就像照片上那樣對著這群人咧嘴笑。不曉得他們是不是偷偷看著我，腦中冒出和從前一樣的想法。強諾、廢物、問題兒童、嘲笑取樂的對象——就這樣，還是沒變。好，我要證明他們錯了。我可以聊聊自己的威士忌品牌，不是嗎？

「強諾，真不敢相信我們這麼久沒見了。」葛雷格・哈斯汀，第三排左二。他媽媽身材超辣，他的長相絕對不是遺傳到她。

「哈，強諾，你忘了帶西裝喔？果然沒讓我們失望！」麥爾斯・洛克，第五排中間某個地方。算是半個天才，但還不到怪胎的程度，所以當年的日子勉強過得去。

「至少沒忘了戒指！真希望你忘了，那一定會成為經典中的經典。」傑瑞米・史威特，最右上角。有次大冒險吞下一枚五十便士硬幣，最後不得不送醫。

「強諾，大個子，我跟你說，我還沒從單身派對的創傷中復原。你把我整得好慘。還有那個可憐的傢伙！我們真的差點把他搞死。他也在這，對吧？」柯帝斯・洛伊，第四排右五。差點成為職業網球選手，最後卻當了會計。

看吧？他們說我笨，但歸根究底，我的記憶力很好。

只是那張照片裡有張臉我永遠不敢直視。最下面那排，右邊，有個身形比其他人更瘦小的孩子。**邊緣仔**，那個崇拜威爾，願意做任何事來取悅他的男孩。無論我們有什麼要求，他都照單全收。例如幫我們從廚房偷多的麵包捲和奶油、刷掉橄欖球鞋上的泥巴、打掃宿舍……總之所有我們其實不需要或可以自己做的事他都會做。某種程度上，想點事情讓他忙還滿好玩的。

我們要他做的蠢事愈來愈多。有一次，我們叫他爬上學校屋頂學貓頭鷹嗚嗚叫，他乖乖照做；還有一次，我們叫他啟動全校所有火災警報器。很難不得寸進尺，想看他的極限到底在哪裡。我們會翻他的東西，吃他媽媽寄給他的糖果，假裝對著他姊姊的海灘照打手槍，說她很火辣，或是偷拿他寫給家人的信，用哀怨的聲音大聲念出來：我好想你們。有時我們還會無故找碴，甚至打他。比方說，假如他沒有把橄欖球鞋洗乾淨，或者我們認為不夠乾淨，因為他每次都做得很好，挑不出什麼毛病。我會叫他站在那裡，用鑲有鞋釘的鞋底打他屁股來「激勵」他，看看他能忍到什麼地步。他從來沒打過小報告讓我們挨罰。

我又拿了一杯香檳，咕嘟咕嘟喝下肚。這杯終於有用了；我覺得自己浮在半空中，飄得更高。我回過神，加入那群正在聊天的崔佛蘭校友，想把威士忌的事告訴他們，大概講個半小時左右就好，讓他們知道原來我跟他們一樣優秀。可是話題已經變了，我不知道該怎麼轉回去。

就在這個時候，有人用力拍我的肩。我轉過身。是史萊特先生，威爾的父親，最重要的是，永遠的崔佛蘭公學校長。

「強納森．布里格斯，你一點都沒變。」他這句話絕對不是讚美。

可惡，我從剛才就一直在躲他，希望不要跟他有交集。他對我的影響完全沒變。我原以為成年後或許會有所不同，但我還是像以前一樣怕他。有趣的是，他還曾經對我網開一面。

「你好，校長，」我的舌頭好像卡在喉嚨裡似的。「我是說，史萊特先生。」我猜他應該比較喜歡我叫他「校長」。我回頭瞄了一眼，剛才一起聊天的那群人已經散了，只剩下我和他困在這裡。無處可逃。

「看樣子你的穿著和以前一樣與眾不同，」他上下打量我。「很像你在崔佛蘭公學的制服外套，一開始太大，後來又太小。」

對啊，因為我爸媽只買得起一件。

「我注意到你還在跟我兒子混。」他說。他向來不喜歡我，但我又想，他好像沒真的喜歡過誰，連自己的孩子也不例外。

「對，我們是死黨。」我回答。

「哦，這樣啊？我一直以為你只是當他的打手，就像你闖進我的辦公室偷中學會考試卷一樣。」

有那麼一刻，周遭的一切瞬間靜止，凝滯無聲。我驚愕到說不出話來。

「對，我都知道，」史萊特先生逕自開口，絲毫不在乎我的沉默。「你以為自己能逍遙法外是因為沒人舉發，神不知鬼不覺？這種醜事如果傳出去，只會讓學校和我的名聲蒙羞。」

「我不知道你在說什麼。」我嘴上否認，心想，你只知道一半，又或者你的確掌握所有真相，只是喜怒不形於色的功力比我想得更厲害。

我隨便找個藉口離開。我需要更多酒精、更烈的東西。他們在婚禮帳篷附近設了一座酒吧，但那些調酒師動作不夠快。有人點了兩三杯酒，假裝幫朋友或男伴、女伴拿，結果一離開吧檯就把那些酒全喝下肚。今晚一定會失控，更別說彼得還帶了那些好東西。我拿了一瓶自己帶來的威士忌，發現我的手不住顫抖。

這時，我在人群中和一個很面熟的傢伙對上眼。他看著我，蹙起眉頭。他絕對不是我們那屆崔佛蘭校友，因為他看起來大約五十歲，太老了，不可能出現在那張照片裡。我想破了頭，就是想不起來在哪裡見過他，讓我非常煩躁。

他頂著一頭微禿的銀髮，穿著西裝和運動鞋，不過髮型非常時尚，跟那些文青差不多，一臉剛從做作的蘇活區辦公室走出來，不太清楚自己怎麼會來到這座荒島的樣子。

我的腦袋有好幾分鐘一片空白，毫無頭緒，不知道自己是在哪裡遇見像他這樣的人。忽然間，我們兩個似乎同時有了答案。媽的，是《厄夜求生》的製作人。他的名字很法式，念起來有種高級感。皮爾斯。對，就是他。

他朝我走來。「強諾，很高興見到你。」

我有點受寵若驚，他居然記得我的名字，認得出我的臉。接著我想起他對我的長相不太滿意，不願讓我錄他的節目，瞬間澆熄我的熱情。「皮爾斯。」我伸出一隻手和他握手。我不懂他為什麼要過來跟我講話。我們只見過一次，就是我和威爾一起試鏡那時候。隔著人群舉杯致意不是比較不尷尬嗎？

「好久不見，強諾，」他驚訝地說。「我差點認不出你……因為你的頭髮，」他講得很客氣。我的頭髮不像之前那麼長，但看起來可能比上次見面老了十五歲。可能是喝酒喝太兇的關係。「你最近都在忙什麼？」他又問。「我知道一定是很重要、很值得投入的事。」

我覺得他的口氣有點怪，但我沒多講什麼。「這個嘛，」我挺起胸膛自傲地說。「我在做威士忌生意，皮爾斯。」我真的很想高談闊論，講得天花亂墜，可是心裡就是無法釋懷，一直在想這傢伙當初寫了電子郵件，用短短幾句話拒絕我。

不太適合這個節目。

看吧，大家都沒發覺我有這一面。他們看到的是以前的強諾，很野、很瘋……有什麼全寫在臉上，不會藏在心底。當然，我喜歡他們這麼想，畢竟我這樣演就是想討好大家。不過我也有感覺，這段對話讓我想起製作公司把我一腳踢開，此時彼時，一樣難堪。算了，至少這個構想讓我賺了幾千英鎊。

沒錯，求生實境秀是我的主意。我不是說整個節目都是我設計的，但我知道是我種下了種子。大約一年前，我和威爾在酒吧裡喝酒。一直以來都是我主動約他見面，儘管他當時在電視圈沒什麼事業可言，只有個經紀人，但還是忙到約不出來。他改了幾次日期，卻從未取消。我們之間有太多牽絆，多到這段友誼不會消逝。他也知道。

我當時一定是喝得很醉，才會聊到以前在學校玩的生存遊戲。我記得威爾一臉抗拒；我猜他很怕我接下來會說什麼，但我不想談那個。事實上，我們從來沒提過那件事。聚會前一晚我看了一個野外探險節目，覺得調性太平順，不夠刺激。「如果那個遊戲變成實境秀一定很好看，」我說。「比檯面上那些所謂的求生節目強多了，你不覺得嗎？」

威爾看我的眼神變得不太一樣。

「幹嘛？」我問道。

「強諾，這大概是你想過最棒的點子。」他說。

「話是沒錯，但實際上無法執行。你也知道……因為那件事。」

「那都多久以前的事了，」他說。「而且那是意外，記得嗎？」我沒有回答。他又問了一次，「記得嗎？」

我看著他。他真的相信自己說的話嗎？而他還在等我的答案。

「對，」我說。「沒錯，是意外。」

接下來就是他安排我們倆參加試鏡，至於其他的……可以說都過去了，至少對他而言是這樣。顯然製作單位最後不想看到我這張醜臉。

我注意到皮爾斯盯著我，表情有點怪。我猜他大概講了什麼。「對不起，」我連忙道歉。「你剛才說什麼？」

「我說你的工作聽起來很適合你。威士忌產業很有福氣，少了你是我們的損失。」

我們的損失？他們根本不想要我，就這麼簡單。何來損失可言？

我喝了一大口酒。「皮爾斯，你明明不想讓我拍這個節目，」我直接點破。「恕我直言，你他媽到底在說什麼？」

伊娃／婚禮企劃師

陰翳的暴風雨在地平線上無盡蔓延，天色愈來愈暗。風勢逐漸增強。絲質洋裝不斷飄動，幾頂帽子被吹走，雞尾酒裝飾被捲到半空中。

然而，婚禮歌手的嗓音愈來愈高，蓋過了強風的呼嘯：

is tusa ceol mo chroí
Mo mhuirmín
is tusa ceol mo chroí

你是我心中的旋律，
親愛的，
你是我心中的旋律。

有那麼一刻，我好像忘了怎麼呼吸。那首歌。媽媽在我們小時候常唱給我們聽。我強迫自己吸氣、吐氣。專心，伊娃，妳有很多事要處理。

許多賓客圍在我身邊，提出各式各樣的要求：

「有無麩質的開胃小點嗎？」

「哪邊的信號比較好？」

「可以請攝影師幫我們拍照嗎？」

「妳可以改一下座位表，讓我坐別的地方嗎？」

我在人群中來回走動，安撫賓客，回答他們的問題，告訴他們洗手間、衣帽間和酒吧在哪裡。賓客無處不在，感覺不止一百五十人。他們不停穿過隨風拍動的帳篷簾幕，如流水般湧進湧出。有人一窩蜂擠在吧檯前；有人成群結隊穿過草地，擺起姿勢用手機拍照；有人接吻、大笑、吃著服務生送來的開胃小點，甚至還有人跑到泥沼區。我已經把他們趕走了，免得出什麼意外。

「不好意思，請大家離開，」我走向另外一群人。他們手裡拿著飲料，試著進入墓園，好像在看什麼觀光景點。「有些墓碑非常古老，很容易碎。」

「看起來有好一段時間沒人打理了，」其中一個男人離開時用「親愛的，冷靜」的語氣說，似乎有點心不甘情不願。「這不是一座荒島嗎？我想沒人會介意吧。」顯然他還沒發現我們家的小墓地，真是萬幸。我不想讓他們穿著高跟鞋和光亮的皮鞋踩上聖地，在碑石間晃來晃去，把飲料灑得到處都是，大聲朗讀碑文。我的悲劇就寫在那裡，我不想讓他們佇足於前，細細品讀。

我知道島上一下子出現這麼多人，感覺一定很怪，我早就有心理準備了。不過這是必要之惡，畢竟這就是我的目的，我想讓大家重新認識這座島嶼。但我沒意識到這場婚禮會變成一種侵擾，一種自己的世界遭人擅闖的感覺。

奧莉薇亞／伴娘

儀式持續了好幾個小時，應該說感覺起來有好幾個小時這麼久。我穿著單薄的伴娘禮服，冷得直發抖。我緊握著捧花，玫瑰莖上的刺穿透白色絲質緞帶，扎進我手裡。我只能趁沒人注意時吸吮掌上的血珠。

最後，儀式終於結束了。

可是還沒完。還要拍照。我試著微笑，笑得臉愈來愈僵，雙頰隱隱作痛。攝影師不斷把我挑出來，要我「別皺眉頭，親愛的！」我盡力了。我知道在別人眼中那根本不是笑容，只是露出牙齒而已，因為那就是我內心的感覺。我知道茱莉亞在生我的氣，但我不曉得該怎麼辦。我不記得怎麼好好微笑。媽媽把手放在我肩上。「奧莉薇亞，妳還好嗎？」我猜她看得出來我有事。我不好，一點也不好。

多年未見的叔叔、阿姨、表兄弟姊妹等眾多親友全擠在我身邊。

「奧莉薇亞，妳還跟那個男生在一起嗎？」我的表妹貝絲問道。「他叫什麼名字？」貝絲比我小十五歲。我一直覺得她很崇拜我。我還記得去年在阿姨的五十歲生日聚會上把卡倫的事告訴她，她聽得好入迷，讓我有點得意。

「卡倫，」我回答。「沒有……我們分手了。」

「妳要升大二了吧？」梅格阿姨接著問。媽媽還沒告訴她我已經輟學了。我試著點頭，感覺好沉重，重到我的脖子撐不住。「對，」我說謊，因為假裝比坦承容易得多。「一切都很順利。」

我努力回答大家的問題，但這比微笑更讓人筋疲力盡。我好想大叫……內在的我不斷放聲大叫。我注意到有些人露出困惑的表情，甚至互相交換眼神，好像在說「她怎麼了？」他們臉上寫滿擔憂。現在的我大概不像他們印象中那個開朗健談、笑容滿面的奧莉薇亞。我也不是**我**記憶中那個我。我不知道該如何找回從前的自己，能不能找得回來。我不像媽媽。我沒辦法套上角色演戲。

我突然覺得呼吸困難，彷彿空氣無法正常灌進肺裡。我想遠離那些問題和大家關心的臉龐。我說我要去一下洗手間。他們似乎不介意，或許他們鬆了一口氣也說不定。我離開擁擠的人群，媽媽好像在叫我的名字，但我繼續往前走，她的聲音也消失了，可能是因為她在跟別人聊天吧。媽媽喜歡被人簇擁、有觀眾的感覺。我脫下那雙沾滿泥土的蠢高跟鞋，加快腳步。我不知道自己要去哪裡，反正跟其他人反方向就是了。

我的左手邊是險峻的黑岩峭壁，石頭在浪花的洗禮下閃閃發光。陸地猛然陡降，好像有一部分島嶼突然隱沒在大海裡，留下一條嶙峋的線。我心想，不曉得腳下的地面突然崩落、突然消失，會是什麼感覺。我別無選擇，只能跟著一起往下墜。有那麼一刻，我意識到自己幾乎是站在這裡祈望這件事發生。

我沿著小路往前走，發現懸崖下方點綴著幾片小小的白色沙灘。遠方的海面捲起大浪，挾著雪白的泡沫和水花。我任憑海風侵襲，直到頭髮感覺好像被扯下頭皮，眼瞼似乎快要外翻。海風不斷地推打我的身體，好像想用盡全力把我撂倒。沙沙的鹽粒巴在皮膚上，刺著我的臉。

眼前的海水漾著湛藍，就像加勒比海島嶼照片中那種顏色。我的朋友潔絲去年和家人一起去那裡度假，她在 Instagram 上發布了大約五萬張自己的比基尼照（不用說，每張照片都有修圖，所以她的腿看起來更長，腰看起來更細，胸部看起來更大）。我眼前所見的一切都很美，但我感覺不到那種美。我再也感受不到那些令人愉快的事物，像是美食的滋味、灑在臉上的陽光，或是在廣播裡聽到自己喜歡的歌。望著大海，我能感覺到的只有隱微的痛，肋骨下某個地方，像是有什麼舊傷。

我找到一條不太陡的路，可以沿著斜坡走到下面的沙灘，不必冒險攀爬峭壁。我奮力穿過矮小濃密的荊刺灌木叢，結果禮服被樹枝勾住，掙脫時又不小心絆到樹根，就這樣跌跌撞撞地滾落海岸。我感覺到身上的絲綢被撕得四分五裂（茱莉亞一定會氣炸），然後——砰！我雙膝著地，刺痛不已，滿腦子都在想上次這樣摔倒時我還是個孩子，地點在學校，時間大約九年前。我拖著蹣跚的腳步走向沙灘，很想像小孩一樣嚎啕大哭。真的很痛，我全身上下每一寸都在痛，但眼淚始終不見蹤影。我已經有很長一段時間哭不出來了。也許哭一哭會比較好，可是我做不到，就像忘記某種學過的語言一樣，失去了流淚的能力。

我坐在濕濕的沙上，感覺水滴浸透了禮服。我的膝蓋上滿是擦傷，粉紅色皮肉暴露在外，上面沾著礫石，很像小朋友在操場跌倒那種傷口。我打開手邊的珠珠包，小心翼翼拿出剃刀，接著撩起裙子，將剃刀抵在皮膚上，壓進肉裡。細小的猩紅色血珠慢慢滲出來，速度愈來愈快。我感受得到疼痛，卻感受不到我的血和我的腿。我擠壓傷口，讓更多血湧出表面，盼著那種「屬於我」的感覺。

血液是明亮的鮮紅色，豔到有點美。我伸出手指沾點血放進嘴裡，嘗嘗其中的金屬味。我還記得他們口中那場「手術」後的血。他們說有「一點點血跡」很正常，可是出血持續了好幾週，我的內褲不斷冒出深褐色汙點，感覺就像內在有某個東西逐漸腐蝕生鏽。

我還記得自己意識到生理期沒來時人在哪裡。我和潔絲一起去幾個大二學生的住處參加派對。她一直向我抱怨自己生理期早來，害她不得不在浴室裡翻箱倒櫃找衛生棉條。聽到她這麼說，我心裡有種奇怪的感覺，好像胸口有什麼東西塞住，無法呼吸，有點像現在這樣。我赫然發覺自己想不起來上次用衛生棉條等生理用品是什麼時候，而且這陣子身體也不太尋常，變得有點臃腫，不時覺得噁心疲倦，我以為是吃太多垃圾食物，再加上史蒂芬的事讓我很難過才會這樣。算起來已經好幾個月了。我的經血量很少，幾乎不會造成什麼困擾，但每個月都會來，週期也很規律。

新學期已經過了一半。我去找校醫請她陪我一起驗孕，因為我怕自己驗會不準，弄錯方法之類。她告訴我，檢測結果是陽性，我懷孕了。我呆坐在那盯著她看，一副「我才不會上當」的模樣，好像在等她說她是在開玩笑。我不相信這是真的。她開始討論我的選擇，問我有沒有對象能談談這件事？我霎時語塞，說不出話來。我記得我無聲地張了幾次嘴，擠不出半個字，連吐氣也沒有，因為我又無法正常呼吸，覺得自己快要窒息。她坐在那裡，眼神充滿同情，可是礙於法律因素不能上前抱抱我。當時的我真的、真的很需要一個擁抱。

我走出醫護室，全身發抖，整個人變得很怪異，無法正常行走。我覺得好像被車撞到，成了行屍走肉。我的身體不是我的身體。過去幾個月，它一直在暗中塑造這個祕密……而我對此一無所知。

我甚至連滑手機都沒辦法。最後我終於解開手機鎖，傳訊息給他。我看到他立刻已讀，螢幕上出現三個躍動的小點，表示他在打字。小點瞬間消失，接著再度出現。他就這樣「打字」打了大約一分鐘。什麼也沒有。

很明顯他拿著手機，所以我決定直接打給他。他沒接。我再打，電話有接通。第三次直接轉進語音信箱。他拒接。於是我留了言。我的聲音不停地顫抖，不確定他聽不聽得懂我說的話。

媽媽帶我去診所墮胎。她從倫敦一路驅車直奔艾克斯特，花了將近四小時找了一間又一間醫院，等我做完手術再開車送我回家。

「這樣做比較好，」她說。「這是最好的選擇，我的寶貝女兒。我在妳這個年紀就當了媽媽。當時我覺得自己別無選擇。我的人生、我的事業才正要開始，結果一切都毀了。」

茱莉亞聽到不知作何感想。有一次我無意間聽見她們吵架，茱莉亞衝著媽媽大吼：「妳根本就不想要我！我知道我是妳這輩子最大的錯誤！」

我唯一能做只有這樣。如果他回覆我，讓我知道他理解我的感受，事情會比較輕鬆。只要短短一句話就行了。

「那個混蛋，」媽媽厲聲說。「居然讓妳獨自面對一切。」

「媽，他不知道，」我急忙開口。萬一她碰到卡倫，把他罵得狗血淋頭就糟了。「我不想讓他知道。」

我不曉得自己為什麼不說實話，告訴她不是卡倫。媽媽又不是老古板，不會因為史蒂芬的事批判我。不過我很清楚，坦承只會讓我感覺更糟，因為我必須重新經歷這段過去，再次體驗被拒絕的感受。

我還記得從診所開車回家的細節。媽媽一點也不像平常的她，我以前從沒見過她這樣。她雙手緊握著方向盤，用力到皮膚泛白，不斷低聲咒罵，駕駛技術比平時更糟。

到家後，她要我躺在沙發上休息，她則去幫我泡茶，拿了餅乾過來。儘管天氣暖和，她還是替我蓋上毛毯，然後拿著自己的茶杯坐在我身邊。我長那麼大好像沒看過她喝茶。事實上，她沒有喝。她只是坐在那裡，雙手像剛才抓方向盤那樣緊握著馬克杯。

「我真想殺了他，」她再度開口，嗓子低沉粗啞，完全不像她的聲音。「他今天應該陪妳的，」她用那個奇怪的聲音說。「我不知道他的全名可能是件好事。要是我知道，絕對不會放過他。」

我凝望著遠方的海浪。泡在水裡可能會舒服一點。不知怎的，我突然覺得這是唯一能舒緩身心的辦法。大海看起來好清澈、好漂亮、好完美，於水中泅泳就像在珍貴的藍寶石裡徜徉。我站起來，撥撥裙子上的沙。該死……風好冷，不過是令人舒暢的冷，而非禮拜堂那種淒涼的寒意。好像把我腦中的思緒全都吹走一樣。

我把高跟鞋丟在濡濕的沙灘上，但懶得脫禮服。我慢慢踏進海裡，水溫感覺比空氣低了十度，寒冽透骨，讓我不禁呼吸急促，只能吸進一點空氣。我能感覺到鹽分滲進傷口的刺麻和痛楚。我繼續往前走，讓水淹到胸口，再來是肩膀。現在的我就像穿著緊身馬甲，真的無法好好呼吸。好像有許多小煙火在我腦袋和皮膚表面綻放，糾結的壞念頭全都鬆散開來，讓我更容易面對、審視一切。

我把頭探進水裡使勁搖晃，想讓那些壞念頭飄走。這時，一陣大浪撲來，鹹鹹的海水灌進我嘴裡，嗆得我咳嗽連連。可是我愈咳，吞下的海水就愈多，呼吸也愈喘，又喝進更多海水。冰冷的水衝進我鼻子裡，每次我張嘴渴求空氣，都換來更多海水，大口大口的鹽水。我能感覺到海潮在我腳下流動，好像想把我拖去某個地方，帶我一起走。我的身體不斷抵抗，雙手雙腿拚命掙扎，努力為我而戰，彷彿知道一些我不知道的事。不曉得溺水是不是這種感覺。不曉得我是不是快要淹死了。

茱莉亞／新娘

我和威爾已經從混亂的人群中脫身，來到懸崖邊拍婚紗照。風勢愈來愈強。我們一走出禮拜堂，賓客拋灑的五彩碎紙還來不及落到我們身上，就被大風捲到半空中，飛向廣闊的海洋。幸好我早上決定把頭髮放下來，不盤髮髻，所以髮型沒受到太大影響。我感覺到風在我身後蕩漾，婚紗裙擺隨之飄起，有如一條湧動的絲綢溪流。攝影師很喜歡這個效果。「妳戴著那頂皇冠——還有妳的膚色，看起來就像古老的蓋爾女王！」他放聲大喊。「我的蓋爾女王。」威爾揚起笑容，用嘴型無聲說。我微笑看著他。我的丈夫。

攝影師要求我們接吻；我把舌頭探進威爾嘴裡，他也用同樣的方式回應，直到攝影師有點慌了手腳，表示這些照片對正式的婚紗照來說可能太過「辛辣」，我們才停下來。

我們回到婚宴會場，在人群中穿梭來去。賓客紛紛轉頭看著我們，臉頰早已被酒精和暖意染得通紅。他們的目光讓我覺得好赤裸，彷彿早先的壓力全寫在臉上，攤開給眾人看。我不斷提醒自己摯愛的家人朋友聚在一起有多快樂，大家都玩得很盡興。再說婚禮很成功。我創造了一個話題，其他人會記住、會談論、會試著複製，只是失敗的機率很大，因為我的風格模仿不來。

地平線上烏雲密布，感覺快要變天了。許多女性緊壓著頭上的帽子，用大腿夾住裙子，歡快地尖聲細叫。我感覺到強風拽著婚紗，如吹動輕盈的面紙般掀起厚重的絲綢裙擺，呼嘯穿過皇冠頭飾的金屬輻條，似乎很想把它從我頭上扯下來，扔向大海。

我瞄了威爾一眼，想看他有沒有注意到天氣的變化。他被一群前來祝福的賓客團團包圍，舉止一如既往，充滿魅力。只是我覺得他好像有點分心，眼神不停跳過身旁的親朋好友，瞥向遠方，好像在找什麼人或是看什麼東西。

「怎麼了？」我牽起他的手。他的手戴著簡單的金色細繩手環，看起來不太一樣，感覺好陌生。

「那是——皮爾斯嗎？」他說。「跟強諾講話那個？」

我循著他的目光望過去。沒錯，《厄夜求生》的製作人皮爾斯．懷特利就在那裡歪著微禿的頭，認真聽強諾說話。

「對，是他，」我回答。「怎麼了嗎？」我知道一定有什麼事。威爾緊皺的眉頭說明了一切。我很少看到他出現這種略顯焦慮、心不在焉的表情。

「沒事，沒什麼，」他說。「我只是——嗯，有點為難。妳也知道，強諾被製作單位拒絕了。說真的，不曉得他們兩個誰比較尷尬。也許我該過去解圍，拯救其中一人。」

「他們都是成年人，我相信他們自有辦法應付。」我試著勸阻。

威爾似乎沒聽到我說的話。他鬆開我的手，兀自越過草坪朝他們走去，途中還果斷又不失禮貌地推開那些轉身打招呼、想和他攀談的人。

事情不太對勁。我看著他的背影，心裡好納悶。我原以為儀式結束，雙方許了重要的誓言後，那種躁動不安會就此消散，可是沒有，焦慮如病灶蜷伏在我的胃裡。我覺得有什麼邪惡的東西尾隨在後，那股惡意在我的視野邊緣潛行，永遠看不清。不可能，一定是我想太多了。我只是需要一點時間獨處，遠離混亂，好好冷靜一下。

我低著頭迅速來到人群外圍，邁著堅決的步伐從賓客身旁經過，不讓任何人攔下我。我走進城堡莊園廚房，裡面非常靜謐。我閉上眼睛，沉浸在黑暗中好一陣子，有種如釋重負的感覺。廚房中央的砧板上蓋著一大塊布，底下好像有東西，應該是餐點的食材吧。我拿了一個玻璃杯，喝了幾口冰冷的水，聽著牆上時鐘鎮定人心的滴答聲。我面對流理臺站著，小口小口啜著水，從一數到十，又從十數到一。**茱莉亞，妳真的很好笑，老是胡思亂想。**

就在這個時候，我突然察覺到周遭還有別人。我不知道這種直覺是從哪來的，也許是出於原始的本能吧。我立刻轉身，發現門口——

天哪。我倒抽一口氣，踉踉蹌蹌地後退，一顆心怦怦狂跳。門口站著一個手持大刀、身上血跡斑斑的男人。

「我的天啊。」我一邊用氣音說，一邊畏縮著想躲開那個人，努力不讓杯子滑落手中。我感受到體內腎上腺素飆升，一種純粹的恐懼……然後理性再度掌權。原來是佛萊迪，伊娃的先生。他拿著一把切肉刀，繫在腰間的圍裙沾滿血漬。

「對不起，」他尷尬地說。「我不是故意要嚇妳的。我在廚房切羊肉。這邊的桌子比供餐帳篷裡的好用。」

他好像想證明什麼似的掀開砧板上的布。只見下面躺著一塊塊羊肉，緋紅色的鮮肉閃著光澤，白色骨頭微微上翹。

我的心跳逐漸恢復正常。一想到剛才的害怕展露無遺，我就覺得好丟臉。「嗯，我相信餐點一定很美味，」我試著在語氣中加入一點權威感。「謝謝。」我小心不讓自己顯出匆促的神情，快步離開廚房。

我回到婚禮帳篷，發現氣氛變得不太一樣。人群中傳來好奇的低語。許多賓客紛紛轉頭望向大海。海面上似乎有什麼東西吸引他們的注意。

「怎麼了？」我伸長脖子想一探究竟，可是被人群擋住，看不清楚。聚集在我周圍的賓客愈來愈少，大家默默往海邊移動，試著搞清楚狀況。

大概是什麼海洋生物吧。伊娃說小島附近常有海豚出沒，偶爾還能看到鯨魚。要是真的出現鯨豚，場面一定很壯觀，還能替婚禮增添一點獨特的情調。不過，就前方人群的動靜來看似乎不是這麼回事。我以為大家會興奮地狂指大海，發出開心的尖叫和驚呼，但他們只是全神貫注盯著海面，沒發出什麼噪音。我心裡湧起一陣不安。感覺不是什麼好事。

我奮力穿過人群。大家你推我擠，彷彿在演唱會上搶占視野最好的位置。剛才身為新娘的我就像高高在上的女王，無論走到哪裡，賓客都會自動讓步；現在他們只專注於眼前的一切，看得渾然忘我。

「借過！讓我看看！」我放聲大喊。

大家終於退到旁邊，讓出一條路。我邁開大步向前。

海面上有東西。我瞇起眼睛，用手遮擋陽光，發現那好像是一顆黑色的頭，可能是海豹或其他海洋生物……不對，還不時冒出一隻白色的手。

水裡有人。從這裡很難辨識是誰。一定是其中一個賓客；從愛爾蘭本島游過來不是不可能。如果是強諾倒也不意外，可是他剛才還在和皮爾斯聊天，所以應該不是。或許是我們這群裡哪個愛出風頭的人吧，可能是其中一個招待也說不定。我再次細看，發現海上的身影並不是朝岸邊前進，而是面向大海。我恍然大悟。那個人不是在游泳，是——

「有人溺水了！」一個女人大叫。好像是漢娜的聲音。「好像被水流困住——快看！」

我擠過圍觀的賓客往前走，想看清楚一點，最後好不容易來到前方，視線清晰了不少。也許每個人內心深處都藏有奇怪的感知能力，就算只從遠遠的地方看到後腦勺，也能認出那是身邊最親近的人。

「奧莉薇亞！」我失聲大喊。「是奧莉薇亞！我的天哪，那是奧莉薇亞！」我想拔腿狂奔，裙擺卻卡在鞋跟下妨礙行動。我忽略絲綢撕裂的聲音，直接踢掉高跟鞋繼續跑，一路上雙腳不時陷入濕軟的泥濘，差點失去平衡。我平常根本沒在跑步，更別說穿著笨重的婚紗跑了。我的步伐慢到不可思議。謝天謝地，幸好威爾沒這個問題。他以閃電般的速度從我身旁飛奔而去，查理和其他人緊追在後。

我終於抵達海灘，花了點時間消化、釐清眼前的情況。漢娜跑到我旁邊，上氣不接下氣。查理和強諾站在水深及大腿的地方，費米、鄧肯和其他人則站在海邊。遠方一陣騷動，只見威爾抱著奧莉薇亞竄出水面。她掙扎著抵抗，雙手不斷在空中揮舞，雙腳也拚命亂踢，激起陣陣水花。威爾緊抓著她不放。她的黑髮變得又濕又滑，禮服呈半透明狀，皮膚看起來好蒼白，透著淡淡的青藍。

「她差點就淹死了，」強諾回到海灘時看起來心煩意亂。這是我第一次覺得他這個人很溫暖。「幸好我們及時發現。真是瘋了，看也知道這片海域不安全，隨時都有可能被海流捲走。」

威爾游上岸，放開奧莉薇亞。她立刻走到旁邊，站在那裡盯著大家。她的眼眸黝黑深邃，難以看透，身體在濕漉漉的禮服下幾近全裸，深色的乳頭、小小的肚臍，全都一覽無遺，看起來就像一隻野生動物，充滿原始氣息。

我轉向威爾，注意到他的臉和喉嚨都有傷，皮膚浮出紅色的抓痕。這一幕如開關啪地切換我的情緒。上一秒我還擔心她擔心得要命，現在只感受到一股太陽般熾熱、猛烈的怒火在體內燃燒。

「那個可惡的瘋婆娘。」我說。

「茱莉亞，」漢娜的口氣很溫柔，但沒有溫柔到能蓋過責難的語調。「妳知道嗎？我覺得奧莉薇亞的情況不太好。我……我想她可能需要幫助——」

「喔，拜託，漢娜，」我轉身看著她。「聽著，我知道妳很善良、很有母愛之類的，但奧莉薇亞不需要一個媽媽，她已經有了，而且——我告訴妳，她給她非常多關注，比我這輩子得到的還多。奧莉薇亞需要的不是幫助，而是他媽的振作起來，好好整理自己的人生。我不會讓她毀了我的婚禮。所以……妳別管了，好嗎？」

漢娜一步步往後退，差點絆倒。我隱約察覺到她的震驚和受傷。我剛才說的話確實越界了，但木已成舟，此刻的我一點也不在乎。我轉向奧莉薇亞。「妳到底在做什麼？」我對著她大吼。

奧莉薇亞只是茫然地望著我，什麼也沒說，看起來好像喝醉了。我衝上前抓住她的肩膀。她的皮膚摸起來好冰。我真的很想用力搖晃她，打她耳光，扯她的頭髮逼她回答。她的嘴一開一闔，重複了幾次，彷彿試著說話，卻發不出聲音。我盯著她，想弄清楚她在講什麼。她的眼神非常專注，充滿懇求。一陣戰慄從我頭頂竄至腳尖。有那麼一刻，我覺得她好像在努力傳送一條我無法破譯的訊息。是道歉嗎?還是一個解釋?

我還來不及叫她再說一次,媽媽就來了。「哦,我的女兒,我兩個寶貝女兒。」她把我們倆緊緊摟進骨瘦如柴的懷裡。我聞到一千零一夜淡香精下挾著刺鼻的汗臭,還有恐懼的氣味。當然,她真正要找的是奧莉薇亞,但我讓自己降服片刻,感受她的擁抱。

我回頭瞥了一眼。其他賓客也跟著來到沙灘。我能聽見他們細碎低語,嗅到人群中的激動情緒。我必須緩和氣氛,扭轉整個局面。

「還有人想游泳嗎?」我大喊。沒有人笑。沉默逐漸蔓延。大家似乎都在等待,想知道現在演出結束,他們該何去何從,又該表現出什麼樣的行為舉止。我不曉得該怎麼辦。我的劇本裡沒寫到這一段。我只能站在原地看著他們,感覺潮濕的沙子浸透婚紗裙擺。

謝天謝地,伊娃出現了。她穿著合身的海軍藍洋裝和楔形鞋走向人群,一派沉著鎮定。大家紛紛轉向她,彷彿感知到她的權威。

「各位,聽我說,」她高聲喊道。以一個嬌小文靜的女人而言,她的嗓音洪亮到不可思議。「請大家跟我來。婚宴即將開始。帳篷都準備好囉!」

強諾／伴郎

看看他。扮演英雄，把茱莉亞的妹妹從水裡救出來。媽的，這傢伙。他真的很懂怎麼裝模作樣，讓別人看到他想讓他們看到的一面。

沒有人比我更清楚威爾的真面目。我大概是這個世界上最了解他的人。我敢說就連茱莉亞也沒有我這麼懂，她或許一輩子都不會懂。威爾在她跟前總是戴上面具，換上光鮮亮麗的形象。但我幫他保守了很多祕密，因為那些是我們兩人的祕密。

他是個冷酷無情的混帳。我一直都知道，打從他在崔佛蘭偷了那些考卷後就知道了。我以為他的黑暗面不至於伸向我，畢竟我是他最好的朋友。

直到半小時前我都是這麼想。

「聽到你不想拍這個節目，我們都覺得很可惜，」皮爾斯說。「當然啦，威爾會吸引很多女性粉絲。他天生就很適合上電視，但他有時候太……奶油了。喔，這件事我們兩個知道就好，別告訴別人。男性觀眾似乎對他沒什麼好感。根據我們做的閱聽者市場調查，他們覺得他有點——呃，我記得有個人是說『有點蠢』。有些觀眾，尤其是男性，不喜歡長太帥的主持人。你可以平衡節目的調性，彌補這些缺點——」

「等等，」我急忙插嘴。「你們為什麼會認為我不想錄節目？」

皮爾斯看起來有點不耐煩，我猜他不喜歡在侃侃而談、聊到人口統計學時被打斷。他皺起眉頭，重複我說的話。

「我們為什麼會認為——」他猛然打住，搖搖頭。「哎，因為你從不來開會啊。」

「開什麼會？」我完全不知道他在說什麼。

「討論節目要怎麼做的會。威爾和他的經紀人有來，很遺憾地說你跟他談了很久，最後決定不加入，因為你對這一行沒興趣，覺得自己不是那種『適合電視圈的傢伙』。」

這四年來我不斷用這些說詞搪塞其他人，但從沒對威爾講過隻字片語，當時也沒有，更別說在什麼重要會議前談這些事。「我根本不曉得要開會，」我解釋。「我有收到一封電子郵件，上面說你們覺得我不適合。」

皮爾斯似乎花了點時間才明白我的意思。他的嘴無聲張合，像條魚啵啵啵啵，看起來有點蠢。「不可能啊。」他終於擠出這四個字。

「有可能，」我說。「真的，相信我。我非常肯定，因為我從來沒收過什麼開會通知。」

「但我們有寄電子郵件給——」

「我知道。可是你們沒有我的電子信箱對吧？都是透過威爾和他的經紀人。他們就是這樣搞。」

「呃……」我想皮爾斯赫然發覺自己挖了一個坑，把事情弄得愈來愈複雜。「好吧，」他繼續說，似乎覺得走到這個地步，乾脆全講出來算了。「他確實告訴我們你沒興趣，還說你花了很多時間釐清自己的想法，最後決定婉拒。真的很可惜，因為你和威爾就是我們一直想找的主持搭檔……粗獷硬漢配上奶油小生，肯定會在電視圈掀起一陣熱潮。」

再說下去也沒意義。皮爾斯的表情看起來似乎很想離開這裡，瞬間移動到別的地方。**老**

兄，我們在一座小島上，我差點說出口。**哪都去不了**。不過，他有這種感覺也是意料之中。我注意到他往我身後瞄了一眼，好像想找人來救他。

但我埋怨的對象不是他，是那個我視為至交的人。

說曹操曹操就到。威爾邁開大步朝我們走來，臉上掛著燦爛的笑容。雖然風很強，他看起來還是他媽的帥，一根頭髮都沒移位。「你們在聊什麼？」他湊過來，近到我能看見他前額的汗珠。威爾這傢伙幾乎從不流汗，即便在橄欖球場上衝撞，我也很少看到他汗流浹背。現在他居然滿頭大汗。

來不及了，老兄，我心想。**一切都太遲了**。

我大概摸清了他的套路。他真的很聰明，沒有一開始就把我排除在外。我們倆都很清楚我們小時候幹過哪些好事。我擁有的遠不及他，他有太多可失去了。所以他先歡迎我加入，《厄夜求生》是我的主意，若他立刻把我踢開，我可能會把那些祕密洩漏出去，讓大家知道讓我覺得自己是其中一員，再營造出製作單位拒絕我、都是別人不願用我的假象。完全不是他的錯。**抱歉，兄弟。很遺憾。我真的很想跟你一起主持節目**。

我記得自己很享受試鏡過程，談起熟悉的野外求生知識也很自然，一點也不彆扭。我覺得自己有很多東西可以分享，而且這些事別人也會想聽。如果他們要我背九九乘法表或聊政治，我絕對會搞砸；但攀岩和垂降等都是我在探險中心教過的技巧，所以我一開口就滔滔不絕，根本沒去想有攝影機在前面。

我他媽最不爽的是，威爾想必很得意，輕輕鬆鬆就達成目的。愚蠢的強諾……好騙得要命。我終於明白為什麼他最近這麼難約，為什麼我會覺得他在躲我、想把我推開，為什麼我得主動開口求他讓我當伴郎。他答應時一定是把這當成安慰獎，認為隨便敷衍過去就沒事了。不過，當伴郎只是一塊ＯＫ繃，無法彌補這些創口。從學生時代到現在，他一直在利用我。我的存在只是為了替他做那些見不得人的事，但他不想和我分享鎂光燈，反而還出賣我，在背後捅我一刀。

我灌了一大口威士忌。那個該死的混帳。我一定會想辦法弄你，以牙還牙。

漢娜／查理的女伴

奧莉薇亞是別人的妹妹、別人的女兒，也許我該聽茱莉亞的話別管閒事。但我做不到。其他賓客魚貫湧進婚禮帳篷，我卻往另一個方向走，朝城堡莊園前進。

「奧莉薇亞？」我一進門就放聲大喊。沒有回應。我的聲音在石牆間回響。此刻的莊園好安靜、好黑暗、好空蕩，很難相信這裡還有其他人。我知道奧莉薇亞的房間就在餐廳旁邊。我決定先找那裡。我敲敲門。

「奧莉薇亞？」

「嗯？」裡面傳來一個細小的聲音，我將之視為應允，推開房門。奧莉薇亞坐在床上，肩膀裹著一條毛巾。

「我很好，」她自顧自地說，沒有抬頭看我。「我得先換衣服，等等就會回婚禮帳篷。我很好。」第二次的「我很好」聽起來沒什麼說服力。

「妳看起來不太好。」我說。

她聳聳肩，不發一語。

「聽著，」我又說。「我知道這不關我的事。我們幾乎不認識對方。可是昨晚聊天的時候，我感覺妳似乎經歷過一些嚴重的創傷……我想，要裝出快樂的笑臉來掩飾痛苦一定很難吧。」

奧莉薇亞依舊保持緘默，沒有看我。

「我想問的是——」我說。「妳跑到海裡做什麼？」

奧莉薇亞又聳聳肩。「不知道，」她停頓了一下，接著再度開口，「我——這些讓我有點難以承受。婚禮，還有人群，說我一定很替茱莉亞開心，問我最近過得怎麼樣，大學生活如何……」她看著自己的手，聲音愈來愈小。我注意到她像小孩子一樣會咬指甲，撕裂的表皮露出粉紅色血肉，把她皮膚襯得更加蒼白。「我只是想逃離這一切。」

茱莉亞認為奧莉薇亞很愛演，落海事件不過是一場鬧劇，是她博取關注的手段。我覺得事實正好相反。她只是想默默消失而已。

「我可以跟妳說一件事嗎？」我問道。

她沒有拒絕，所以我繼續說。

「妳記不記得我昨晚提到我妹妹愛麗絲？」

「記得。」

「嗯，我……妳讓我想起她。希望妳不會介意我這麼說。我保證這絕對是讚美。她是我們家第一個上大學的人。她的中學會考成績很好，是優秀的學生裡面最優秀的。」

「我沒那麼聰明。」奧莉薇亞喃喃低語。

「是嗎？我覺得妳很聰明，只是不想表現出來而已。妳之前在艾克斯特大學攻讀英國文學耶，那個系很棒啊。」

她聳聳肩。

「愛麗絲想進入政治圈，」我說。「她知道自己一定要拿到很棒的成績，讓履歷無可挑剔。當然，她成功了，順利錄取英國頂尖學府。大一那年，她發現自己每篇論文都能輕鬆得第一，所以就放鬆了一下，交了第一個男友。她就這樣突然瘋狂愛上對方，我和我爸媽都覺得很不解。

愛麗絲回家過聖誕時把這傢伙的事全都告訴我。他們是在里爾舞社認識的，那是一個很優雅的高級社團，會在學期末辦豪華又時髦的舞會，所以她就加入了。我記得當時我心想，她對這段新戀情的投入程度不亞於課業。她告訴我，『他超帥又超有魅力，漢娜，大家都很喜歡他。我真不敢相信他居然會注意到我。』她還說他們上過床，要我發誓一定要幫她保密。他是她第一個男人。她告訴我，她覺得自己和對方一拍即合，感覺非常親密，她完全沒料到會有這種發展。但我記得她說這可能是荷爾蒙和社會文化價值觀作祟，讓她把這種年少輕狂的愛情理想化了。我美麗又聰明的妹妹試著用理性解釋自己的情感……完全就是愛麗絲會做的事。」

「可是後來她開始慢慢疏遠他。」我告訴奧莉薇亞。

「她厭倦了？」奧莉薇亞揚起眉毛。她似乎有點興趣了。

「應該吧。到了復活節假期，她就不像先前那樣老是把他掛在嘴邊。我問她怎麼了，她說她發現對方和她想的不一樣。她花了太多時間談戀愛，真的需要好好專心念書。她有篇論文拿了很低分，對她來說無疑是當頭棒喝。」

「天哪，」奧莉薇亞翻翻白眼。「她聽起來像個怪咖。」不過話一出口，她立刻意識到自己講了什麼。「對不起。」

「我也是這樣說她，」我揚起微笑。「不過愛麗絲就是這樣。總而言之，她打算好好處理，當面跟他談分手。」這也是愛麗絲的作風。

「他有接受嗎？」奧莉薇亞問。

「事情沒那麼順利，」我說。「他的反應很激烈，說他不會任由她羞辱。他會讓她付出代價。」我之所以記得這一段，是因為當時我很納悶，不曉得他會做什麼。只是分手而已，是要付出什麼樣的代價？

「她沒有告訴我對方做了什麼來逼她復合，」我說。「也沒有告訴爸媽。她覺得很羞愧。」

「但妳發現了？」

「對，後來發現的，」我說。「他拍了一段影片。」

愛麗絲的影片被上傳到學校的內部資源網。這段影片是在里爾舞會後拍的，拍攝當下有經過她同意。校方一發現馬上撤下影片，但消息早已傳遍整座校園，傷害已然造成，許多學生的電腦裡都有備份。後來影片被散布到 Facebook 上。被撤掉。又再度上傳。

「所以是……惡意散布私密影片來報復？」奧莉薇亞問道。

我點點頭。「現在是這麼說沒錯。但當時算是比較……妳知道，比較純樸的年代，不像現在會提醒民眾要小心。大家都知道，如果讓別人拍私密照片或影片，最後可能會外流，在網路上傳播。」

「大概吧，」奧莉薇亞說。「不過人很健忘，尤其是在那個當下。或是真的很喜歡一個人，對方又問能不能拍，很容易就會妥協。我猜全校都看到了？」

「對，」我回答。「最糟糕的是我們當時完全不知情。愛麗絲覺得很羞恥，沒有跟我們說。大概是怕會破壞我們對她的印象吧。她從小到大都很完美，當然啦，這不是我們愛她的原因。」

她甚至連我都瞞。現在想起來還是很痛。

「有些事真的很難告訴身邊最親近的人，」我繼續說。「那些你深愛的人。感覺很熟悉吧？」

奧莉薇亞點點頭。

「所以。我想讓妳知道，有什麼事都可以跟我說，好嗎？不要悶在心裡，講出來會比較好，就算覺得很可恥，覺得別人不會懂也一樣。我真的很希望愛麗絲當初能找我談談，聽聽不同的看法，或許能打破一些盲點。」

奧莉薇亞抬頭看我，又別開眼神，用幾近耳語的聲音說：「嗯。」

這時，一陣尖細的聲響從婚禮帳篷的方向傳來。「各位先生，各位女士，」是查理的聲音，想必是在履行司儀的職責。「婚宴即將開始，請就座。」

我沒時間把剩下的事告訴奧莉薇亞。也許這樣比較好。我沒有告訴她那件事對愛麗絲而言有如人生中巨大的汙點，像刺青一樣紋在她身上。我們沒有察覺到她有多脆弱、多受傷。她一直都很有能力，感覺一切盡在掌握之中。優秀的成績、參加運動校隊、考上大學、從不錯失良機……然而，成功的背後藏著糾結混亂的焦慮，我們完全看不見，發現的那一刻，為時已晚。她被這件事帶來的羞愧感壓垮。她意識到自己永遠無法實現夢想，踏入政壇。不光是因為她輟學，拿不到學位而已，網路上至今還有一段她替某個男人口交等不雅影片。這個痕跡，這個傷口，難以磨滅。

我沒有告訴奧莉薇亞，愛麗絲自校返家後兩個月，有天趁我練完籃網球、媽媽來接我時，自浴室的藥櫃拿了一瓶止痛藥和其他藥物，幾乎所有能拿的她都拿了。當時正值六月。十七年前的這個月，我美麗又聰明的妹妹自殺了。

伊娃／婚禮企劃師

剛才發生的事是我的錯，伴娘落海的事。我早該料到會這樣，而我也確實預見了。我知道那個女孩的狀態不太好，可能會有麻煩。今天早上我端早餐給她時就知道了。雖然她在儀式期間看起來很想轉身衝出去，卻還是努力保持冷靜。我試著時時留意她的情況，可是有太多事情要處理，有些賓客又很不可理喻，像瘋狗一樣，服務生不過一群是年紀稍長的青少年和放暑假的大學生，根本無法應付他們。

我只知道接下來婚宴會場一陣騷動，她在海中載浮載沉。看到她的瞬間，我突然被拉回記憶中那一天。當時的我束手無策，明明就注意到這些跡象卻選擇忽略，最後懊悔莫及。還有那些一再出現的夢境：水位不斷升高，我伸出雙手，彷彿自己能做些什麼……

幸好這次有救援的機會。我想起新郎，本日的救命英雄，濕淋淋地抱著她走上岸。要是我有適時多加留心，或許可以阻止憾事發生。我很氣自己居然這麼大意。我設法在賓客面前保持鎮定，披上專業精神的外衣，好不容易才把所有人帶進帳篷參加婚宴。即便我沒有控制好情緒，我也不太相信有人會察覺到不對勁。畢竟當個隱形人是我該做的事。

我需要佛萊迪。佛萊迪總能安撫我狂躁的心，讓我好過一點。

我找了一下，發現他在帳篷後方，於賓客視線範圍外的供餐區忙著擺盤，旁邊還有一小群工作人員幫忙。我要他跟我出來，好避開廚房助手好奇的目光。

「那個女孩差點溺死在海裡，」一想到這件事我就呼吸困難。我腦海中不斷播放剛才的畫面，各種可能的情節躍然眼前。彷彿我又回到那一天，只是那天沒有快樂的結局。「天哪，佛萊迪，她可能會溺死。都是我沒有好好注意。」歷史再度重演。都是我的錯。

「伊娃，」佛萊迪緊抓住我的肩膀。「她沒死。沒事了。」

「那是因為他救了她，」我說。「如果——」

「沒有如果。現在所有賓客都在帳篷裡，一切都會很完美，相信我。快回去做妳最擅長的事吧，」佛萊迪真的很會安慰我。「這只是一段小插曲，不然婚禮進行得很順利啊。」

「可是這跟我想的完全不一樣，」我說。「我沒想到會這麼難。一百多個人在島上到處閒晃，還有那群男的和昨晚那些討厭的遊戲，現在又出了這樁意外，那些往事……」

「就快結束了，」佛萊迪的語氣很堅定。「妳要做的就是熬過接下來幾個小時。」

我點點頭。他說得對。我需要好好控制自己。我不能崩潰。今天不行。

現在

婚禮當晚

現在他們可以清楚辨識眼前的人影。佛萊迪正以最快的速度朝他們走來，手裡還握著一支手電筒——就這樣。他愈走愈近，蒼白額頭上的汗水在火炬的照耀下閃閃發光。「你們快回帳篷吧，」他喘著氣大喊。「我們已經打電話報警了。」

「什麼？為什麼？」

「服務生變得清醒多了。她說她好像看到有人在漆黑的島上遊蕩。」

「我們應該聽他的，」安格斯在佛萊迪離開後大聲說。「回帳篷等警察來。繼續在外逗留太危險了。」

「不行，」費米喊道。「我們都走那麼遠了。」

「安格斯，你真以為他們馬上就會來啊？」鄧肯問道。「警察？在這種天氣？他媽的不可能。我們只能靠自己。」

「好吧，那就更有理由了，這樣很不安全——」

「還是不要妄下定論吧！」費米提高音量。

「什麼意思？」

「他只說她好像有看到什麼人。」

「要是她真的有，」安格斯說。「不就表示……」

「什麼？」

「如果有其他人牽涉其中，就表示這件事可能……可能不是意外。」

雖然安格斯沒有明說，但其他人都聽出他話語背後的含義。**謀殺**。

他們拿著火把，握得比先前更緊。「如果真是這樣，那這些是很好的武器。」鄧肯說。

「沒錯，」費米稍稍挺直肩膀。「我們對上那個人。四打一。」

「等等，有人看到彼得嗎？」安格斯突然問道。

「什麼？媽的，不會吧！」

「也許他跟那個佛萊迪一起回去了？」

「他沒有，費米，」安格斯回答。「而且他現在完全狀況外。該死——」

「彼得！」他們高聲呼喊。

「彼得，你在嗎？」沒有回答。

「天啊……我可不想像無頭蒼蠅一樣亂走找他，」鄧肯的聲音流露出一絲微弱卻真切的顫抖。「這也不是他第一次嗑茫，他可以照顧好自己。他會沒事的。」費米和安格斯覺得他是刻意加強篤定的語氣，實際上根本沒把握，但他們不打算質疑。他們也想這麼相信。

當天稍早

茱莉亞／新娘

伊娃好像在帳篷裡施了魔法，整個空間非常暖和，讓大家得以暫時避開冷冽的強風，稍作喘息。我可以透過入口看見燃燒的火炬斜倚在支架上搖閃不定，頂篷有時如波浪般溫柔起伏，有時驟然繃緊，努力抵禦外面的寒風，某種程度上反而提升了內部的舒適感。帳篷裡瀰漫著蠟燭的芬芳，賓客的臉龐被燭光染成玫瑰色，泛著健康與青春的紅暈（但真正的原因其實是整個下午都在刺骨的愛爾蘭海風中酣暢）。這就是我想要的婚禮。我環顧四周，看見許多人露出敬畏的神情，對會場布置讚嘆不已。可是……為什麼我覺得好空虛？

大家似乎已經將奧莉薇亞的瘋狂舉動拋諸腦後，彷彿那不是今天發生的事。他們不停斟酒，大口大口喝下肚……喧鬧聲愈來愈響，氣氛也愈來愈活躍，恢復到婚禮該有的模樣。但是我忘不了。我想起奧莉薇亞的表情，想起她試著說話時那種懇求的眼神，頸後的寒毛瞬間豎起，陣陣刺麻。

服務生收走髒盤，幾乎每個人都吃得盤底朝天。酒精讓賓客飢腸轆轆，佛萊迪又是個才華洋溢的大廚。我參加過無數場婚禮，吞過一堆嚼起來跟橡膠一樣的雞胸肉和學校餐廳那種軟爛無味的蔬菜；佛萊迪的羊排則如絲絨般在舌尖化開，鮮嫩柔軟，配菜馬鈴薯泥不僅滑順，又有迷迭香的香氣。太完美了。

致詞的時間到了。服務生用托盤端著伯蘭爵香檳在會場成扇形散開，準備敬酒。我的胃裡有股酸氣，一想到還要喝更多香檳，我就覺得有點想吐。為了迎合賓客歡快的氣氛，我已經喝了不少，有種奇怪的、無拘無束的感覺。烏雲在餐前酒會期間籠罩著地平線的景象一直在我腦海中盤旋，揮之不去。

叮叮叮！一陣用湯匙敲玻璃杯的聲音傳來。

帳篷裡喋喋不休的談話聲逐漸平息，順從的靜默隨之降臨。我感覺到大家的注意力轉向主桌，望著我們。時候到了。我重新調整臉上的表情，換上一種充滿喜悅的期待。

這時，帳篷裡的燈不停閃爍，突然熄滅。只剩下漸暗的天色與昏朦的暮光。

「真對不起，」伊娃在帳篷後方大喊。「是風的關係。電力有些不穩定。」

有人，我想應該是其中一名招待，發出一聲長長的狼嚎，其他人也跟著起鬨，聽起來帳篷裡似乎有一大群狼。他們都喝醉了，行為愈來愈失控。我真想大吼叫他們閉嘴。

「威爾，」我低聲說。「可以叫他們別鬧了嗎？」

「他們只會變本加厲，」他握住我的手，用安慰的語氣說。「我相信電等等就會來了。」

正當我覺得再也受不了，真的要怒吼的時候，燈光再度亮起。賓客大聲歡呼。

爸爸第一個站起來致詞。也許我應該在最後一刻不准他發言，以懲罰他稍早的行為。可是那樣很怪，況且我意識到整場婚禮的重點在於「表象」，只要我們能在過程看起來洋溢著滿滿的幸福、喜悅和歡騰，或許就能抑制檯面下洶湧的陰鬱與黑暗。我敢說大多數人都以為這場婚禮是我爸慷慨贊助。完全不是。

每個人都在問我為什麼選這座小島辦婚禮。我在社群媒體上發布動態，請大家「推薦我漂亮的婚禮場地」，我們會替獲選的地點做專題，登在《下載》雜誌上。伊娃回應了。我很喜歡她的計畫，非常實際，而且她似乎很積極、很渴望，遠勝過其他人，真的。但這並不是我們選擇安普拉島的原因。我之所以決定在這裡舉行婚禮，完全是因為小島風景優美，價格便宜。

因為親愛的爸爸。他高高在上，傲慢地切斷所有資源。也可能是瑟芙琳慫恿他的。沒人想得到吧？畢竟我花了三千英鎊訂製結婚蛋糕，送賓客刻著個人姓名的純銀餐巾環做為回禮，還擺上許多 Cloon Keen Atelier 高級香氛蠟燭，大概是他們工作室一年份的產量。但這些都是賓客對我的期待。我能付得起這些，辦一場充滿個人風格的婚禮，是因為如果選擇這裡，伊娃願意把價格砍半。她雖然外表俗氣又不起眼，頭腦倒是很精明。她就是這樣成為我們的婚禮企劃師。她知道我會在雜誌上介紹安普拉島，媒體輿論也會因為威爾注意到這個地方，增加曝光度。後續效益看好。

「我很榮幸能來到這裡，」爸爸說。「參加我寶貝女兒的婚禮。」

他的寶貝女兒。是喔。我覺得臉上的笑容變僵了。

爸爸舉起酒杯。他喝的是健力士啤酒。他一向忠於自己的根，堅持不喝香檳。我知道自己應該充滿愛意回望著他，但我對先前那段談話耿耿於懷，怒氣難消，根本沒辦法看他。

「不過茱莉亞從來都不是『我的』女兒，」爸爸此刻的口音是我多年來聽過最重的。只要他情緒高漲，或是喝了不少酒，口音就特別明顯。「她從小到大都很有主見，九歲就很清楚自己要什麼，就算我——」他意味深長地咳了一聲，「試著勸她也一樣。」賓客間響起一陣輕笑。「她一心一意追尋自己想要的一切，」他露出懊悔的笑容。「如果我要吹捧自己，可能會說她這方面很像我。但我和她不一樣，我沒有她那麼堅強。我假裝知道自己要什麼，其實我只是愛幹嘛就幹嘛而已。茱莉亞全然掌握自己的人生，要是有人敢妨礙她，絕對沒有好下場。我相信她所有員工都會同意這一點。」雜誌社那桌傳來一陣略帶緊張的笑聲。我對他們露出恬靜的微笑，放心，今天不會找你們麻煩。

「當然，我必須誠實地說，」爸爸再度開口。「我個人不是什麼婚姻模範。我的第一任和第五任妻子今晚都在這裡，要說我是再婚俱樂部的高級會員也不為過……雖然不是什麼好事啦。」不好笑。但還是有些賓客盡責地低聲竊笑。「今天稍早，我試著以慈父的角度給她一些忠告，茱莉亞就立刻指出這一點。」

慈父的忠告。哈，笑死人了。

「但我要說的是，這些年我學到幾件事，明白該如何修正錯誤。婚姻的關鍵就是在這個世界上找到你最了解的人，不是要你知道對方喝咖啡的習慣、喜歡哪部電影，或是第一隻寵物貓叫什麼名字，而是更深層的體悟。了解對方的靈魂。」他對瑟芙琳燦笑，瑟芙琳一副洋洋得意的樣子。

「除此之外，我覺得自己其實沒資格提出什麼建議。我沒有一直陪在妳身邊。不對，應該說幾乎從來沒有陪在妳身邊。我們父母倆都是。我想亞拉敏塔應該會同意我的看法。」

哇。我看向媽媽。她咬緊牙根，臉上的笑容大概和我的一樣緊繃。「第一任妻子」這個稱號一定讓她很不高興，她會覺得自己老了；再說她今天演「親切的新娘媽媽」演得很開心，突然被前夫點破自己怠忽母職，不氣到臉色鐵青才怪。

「因此，茱莉亞必須自己走出自己的路。她的人生有多精采，我想無須多言。雖然我不擅表達，但我真的很為妳驕傲，茱茱，我以妳的成就為榮。」我想起學校的頒獎典禮、畢業典禮，還有雜誌創刊發表會，我父親都沒出席。我有多少次渴望聽到這些話語，現在他終於說出口了，在我最氣他的時候。我的眼眶頓時盈滿了淚水，讓我措手不及。可惡。我從來不哭的。

爸爸轉向我。「我真的很愛妳……我聰明、複雜又強悍的女兒。」我眼中隱微的淚光化為淚珠滾滾流溢、滑落臉頰，而且還不是那種漂亮的哭法。天啊。我不得不用手掌根部輕壓眼下，又拿起餐巾努力止住淚水。我**到底**是怎麼了？

「重點是，」爸爸對大家說。「儘管茱莉亞獨立到不可思議，我還是喜歡自誇，說她是我的寶貝女兒。身為一個家長，無論你當爸媽當得有多爛、孩子有多叛逆……有些情感永遠無法逃避，保護的本能就是其中之一。」他又看著我。我得回望他才行。他臉上流露出真摯的溫柔。我的胸口隱隱作痛。

接著他轉向威爾。「威爾，你看起來是個……很棒的人，」是我想太多，還是他真的有特別強調「看起來」三個字？「不過，」爸爸咧嘴一笑。我知道那個表情，那是齜牙露齒而已，根本稱不上笑。「你最好好好照顧我女兒，別搞砸了。如果你做了什麼傷害我女兒的事——很簡單，」他舉起酒杯，默默敬酒。「我不會放過你。」

帳篷裡瀰漫著一股緊張的氣息，大家安靜不語。我勉強笑了一聲，雖然聽起來比較像啜泣，但感染力就如漣漪般往外擴散，其他賓客跟著笑起來，說不定還鬆了口氣，因為總算知道該做何反應。**哦，他是在開玩笑啦。**只是那不是玩笑。我知道，爸爸知道，從威爾的表情看來，我想他也知道。

奧莉薇亞／伴娘

茱莉亞的爸爸坐下來。茱莉亞看起來一團糟，不僅雙頰漲紅，臉上還爬滿淚痕。我看見她用餐巾擦眼淚。她，我同母異父的姊姊，雖然總是給人強硬的印象，但她的確有血有淚，能感受到深刻的情緒。說真的，剛才落海的事讓我很難受，覺得很對不起茱莉亞。我知道她不會相信，但我真的滿懷歉疚。我還是好冷，彷彿海水的寒意深深滲進皮膚、透入骨髓。我換上昨晚的洋裝，認為這樣惹惱茱莉亞的機率最小，但我真的好希望能穿平常穿的衣服。我雙手抱胸想讓身體保持溫暖，牙齒卻還是不停打顫。

威爾站起來呼喊幾聲，吹吹口哨。大家全都安靜下來，全神貫注地看著他。他就是有那種影響力。我想是因為他的外貌和架勢吧，總是充滿自信，掌控全場。

「謹代表我和我的新婚妻子，」他才講一句話，賓客就爆出一陣歡呼，許多人狂敲桌子跺腳，淹沒了他的聲音。他微笑環顧四周，直到喧嚷平息。「謹代表我和我的新婚妻子，非常感謝大家來參加我們的婚禮，」他說。「我知道茱莉亞會同意我的說法，那就是能和最深愛、最親密的家人好友一同慶祝，是件非常美好的事，」他轉向茱莉亞。「我覺得自己是全世界最幸運的男人。」

茱莉亞已經擦乾眼淚，抬起頭看著威爾，臉上的表情截然不同，徹底改變。她看起來快樂到無以復加，幸福的容光眩目到令人難以直視。威爾也對她露出燦爛的笑容。

「我的天哪，」我聽見隔壁桌有個女人低聲讚嘆。「他們倆未免太完美了。」

威爾看著大家，臉上堆滿笑意。「我真的是靠運氣，」他說。「我們初次相遇全是偶然。若沒有在正確的時間出現在正確的地方，我就不會遇見茱莉亞。她常說那是我們的『滑動門時刻』，在機緣巧合下做了對的選擇。」他舉起酒杯，「所以，敬好運。願大家都能創造出屬於自己的幸運，或是在機遇需要的時候……稍微幫忙一下。」

他眨眨眼。賓客哈哈大笑。

「首先，」他繼續說。「稱讚伴娘很美應該是傳統吧？我們只有一個伴娘，但我想大家應該都同意她漂亮到可以抵七個伴娘。敬奧莉薇亞！我的新妹妹。」所有賓客都轉過來對我舉杯致意，讓我難以承受。我盯著地板直到歡呼聲消失。威爾再度開口。

「接著我要敬我的新婚妻子，美麗又聰明的茱莉亞……」大家又開始瘋狂鼓譟。「少了妳，人生索然無味。少了妳，生命就沒有愛，也沒有喜悅。妳是我的隊友、我的伴侶，我們擁有同樣的靈魂。所以，請大家站起來，敬茱莉亞！」

周圍的人全都從座位上起身。「敬茱莉亞！」他們笑著複誦。大家都在對威爾微笑，特別是女性，她們的目光沒離開過他的臉。我知道她們在看什麼。威爾．史萊特，電視明星，我姊姊的丈夫，把我從海裡救起來的英雄。全能，全人。

「你們知道我和茱莉亞是怎麼認識的嗎？」威爾在大家坐下時問道。「是命運的安排。當時她在維多利亞與亞伯特博物館替《下載》雜誌舉辦派對。我只是跟一個朋友一起去。總之，我朋友不得不先行離開，留下我一個人。當時我還猶豫要不要回家，最後一時衝動決定返回會場。如果我沒這麼做，誰曉得會發生什麼事？我們還會遇見彼此嗎？所以——雖然茱莉亞有點工作狂的傾向，有時我都覺得這本雜誌是介入我們感情的第三者，但我也要感謝它讓我們走在一起。敬《下載》雜誌！」

賓客又站了起來。「敬《下載》雜誌！」他們像學舌鸚鵡一樣跟著說。

我一直到他們訂婚後才見到威爾，茱莉亞的未婚夫。她一直三緘其口，完全沒透露他的存在，彷彿要等他用婚戒把她套牢後才願意帶他回家，以免我們害他遲遲不敢行動。我這麼說可能有點過分，但茱莉亞有時實在很無情。我並不怪她，但媽媽就不一樣了。

茱莉亞一如往常，精心安排一切。先去媽媽家喝咖啡，待上半小時，大家再一起去河畔咖啡館吃午餐（茱莉亞說那是他們倆最喜歡的地方，她已經訂好位了）。她給我和媽媽的指示很明確：別搞砸了。

我真的不是故意要搞砸的。那是我第一次見到茱莉亞的未婚夫。他們兩人從門口走進來那一刻，我不得不衝到浴室嘔吐。我動彈不得，只能癱坐在馬桶旁的地板上，坐了好久好久，感覺像是有人揍了我的肚子一拳，讓我喘不過氣。

事情的經過我都看在眼裡，看得很清楚。他送我上計程車後又回到博物館，在那裡遇見我姊姊，派對上的美人，和他非常匹配。命運。我還記得初次見面時他對我說：「要是妳再大十歲，就是我理想中的女人。」我終於明白了。

過了一會，茱莉亞上樓找我。我想是因為她後面還有重要的行程吧。「奧莉薇亞，」她說。「我們得去吃午餐了。我當然很希望妳一起來，但如果妳不太舒服，嗯……也沒關係。」我聽得出來她的「沒關係」其實很有關係，但我現在還有其他事要擔心。

「我……我不能去，」我不知怎的勉強擠出聲音，隔著門回答。「我……生病了。」當下順著她的話講似乎是最簡單的方法，而且我也真的不太舒服。我的胃不停翻攪，彷彿吞下了什麼毒藥。

我事後重新思考，如果當時我有勇氣打開那扇門，面對面告訴她真相，而非靜靜等待和躲藏，直到為時已晚，會怎麼樣？

「喔，」她說。「好吧。真可惜妳不能來。」她聽起來一點也不覺得可惜。「奧莉薇亞，我不想把事情鬧大，所以姑且相信妳。或許妳真的病了。但我很希望能得到妳的支持。聽媽媽說妳這陣子不太好過，我很遺憾，可是我真的希望妳能試著替我開心，一次就好。」

我靠在浴室門上，努力保持呼吸。

他倒是很快就掩飾過去，沒什麼明顯的反應。他踏進媽媽家門，「第一次」見到我的時候，心頭或許掠過一絲震驚，只有我才會注意到那細微的情緒變化。眼皮抖動一下，下巴稍稍繃緊。就這樣。他隱藏得很好，舉止從容圓滑。

懂了吧？我沒辦法把他當成威爾。對我來說他永遠是史蒂芬。我在交友軟體上取假名時完全沒想到這點。我沒想到他可能也在說謊。

我決定出席他們的訂婚酒會，不想像之前那樣倉皇逃走、躲躲藏藏。我花了好幾個月的時間思忖、演練自己的反應，畢竟偷溜或嘔吐實在太慘、太可悲了。我又沒做錯什麼。這一次，我要和他當面對質。他才是那個必須對我和茱莉亞解釋的人，他才是那個應該感到很不舒服的人。他贏了第一回合。這次換我了。

只是他一開始就給我致命一擊。我抵達時，他拋來一個大大的笑容。「奧莉薇亞！」他說。「希望妳身體好多了。上次沒能好好認識一下真的好可惜。」

我驚愕到說不出話來。他當著我的面假裝我們從沒見過，我甚至開始懷疑自己，那真的是他嗎？但我心裡很清楚，百分之百確定，毫無疑問。近一點還可以看見他眼周的皮膚有同樣的皺紋，喉頭附近有兩顆痣，而且我清楚記得他在媽媽家初次見到我那一瞬間的反應。

他很明白自己在做什麼。他想讓我更難說出自己所見的真相，指望我可悲到不敢對茱莉亞戳破謊言，怕她不相信我說的話。

他想得沒錯。我就是這樣。

漢娜／查理的女伴

威爾剛才的致詞好怪，有種似曾相識的感覺。我沒辦法確切指出是哪裡不對勁，但周圍的人歡呼鼓掌時，我的胃裡湧起一陣不安。

「好啦，」我聽見同桌有人低聲說。「大家準備好迎接重頭戲了嗎？」

查理沒跟我同桌，而是坐在主桌，在茱莉亞左手邊。我想這個安排有其道理，畢竟我不屬於新郎新娘的朋友圈，但查理是。可是其他夫妻似乎都坐在一起。我腦中突然閃過一個想法，從早上到現在我幾乎沒見到查理，只有剛才在帳篷外喝酒時才談了幾句；那幾分鐘的感覺比我們沒見到面時更疏遠。我們之間的關係在短短二十四個小時內就出現裂隙，拉開一道鴻溝。

坐在我旁邊的賓客開始做民意調查，問大家覺得伴郎會致詞多久，甚至開了賭盤，每注五十鎊。我直接婉拒。他們還說我們這桌是「壞壞桌」。空氣中有種激動、狂躁的感覺。他們就像被禁足太久的孩子，終於重獲自由。過去一個多小時裡，我這桌的賓客每人至少喝了一瓶半的酒。坐在我旁邊的彼得講話快到讓我有點頭暈，可能是他鼻孔周圍那些白色粉末結晶的傑作。我只能努力克制自己，不要俯身用餐巾邊角幫他擦乾淨。

查理站起來，從威爾手中接過麥克風，繼續扮演司儀的角色。我仔細觀察他，想看看有沒有他喝太多的跡象。他的精神是不是有點委靡？走路有不穩嗎？

「現在，」他開口。許多人（我注意到特別是那群招待）立刻摀住耳朵，發出呻吟和尖叫聲嘲弄。查理漲紅了臉。我在心裡瑟縮了一下，替他覺得難為情。他又試了一次：「現在……請伴郎致詞。大家替強納森・布里格斯鼓鼓掌！」

「別太狠啊，強諾！」威爾用手圈住嘴巴大喊，皺眉苦笑，做出害怕的表情，逗得大家哈哈大笑。

我每次都覺得伴郎致詞讓人看不下去。承載著太多期待，無聊與冒犯往往只有一線之隔。當然啦，保持政治正確比試著炒熱氣氛好多了。但我覺得以強諾的個性來看，他完全不擔心會得罪人。

也許是我的想像，但他從查理手中接過麥克風時，身體似乎有些搖晃。查理在他旁邊看起來就像法官一樣清醒。強諾想繞到桌子前方，結果不小心絆了一下，差點摔倒。跟我同桌的賓客紛紛發出噓聲，嘻笑嘲罵。我旁邊的彼得把手指放進嘴裡吹了一聲口哨，震得我的耳膜響個不停。

強諾終於走出來站在大家面前，一副喝得爛醉的模樣。他靜靜站在那裡好幾秒鐘，才突然想起什麼似的意識到自己人在哪裡、打算做什麼。他輕敲幾下麥克風，帳篷周圍泛起一陣嗡嗡聲。

「快點啦，強諾！」有人大喊。「我們等到都變老了！」我這桌的賓客開始用拳頭猛敲桌子，用力跺腳。「致詞、致詞、致詞！致詞、致詞、致詞！」我手臂上的寒毛瞬間豎起，一陣刺癢，讓人想起昨晚遊戲時的部落節奏，那種威脅感。

強諾做了一個「冷靜、冷靜」的手勢，對著大家咧嘴一笑。他轉向威爾，清清嗓子，深呼吸。

「我和這傢伙認識很久了。向所有崔佛蘭校友致敬！」許多人大聲歡呼，尤其是那幾個招待。

「總而言之，」強諾揮揮手指向威爾，聲音愈來愈小。「看看這個傢伙。要恨他很容易，對吧？」他停頓了好久，可能有點太久，接著再度開口。「他擁有一切，外貌、魅力、事業、金錢，」他講這個幹嘛？「還有……」他對茱莉亞比個手勢。「女人。所以，事實上，現在仔細想想……我還真的很恨他。有人跟我一樣嗎？」

帳篷裡傳來陣陣笑聲。「說得好！」有人大聲附和。

強諾露齒而笑，眼裡閃著狂野危險的光芒。「如果有人不知道，我和威爾是同學，但那不是普通的學校，比較像……呃，不知道……像戰俘營與《蒼蠅王》的混合體——多謝你昨晚給我們的解答，查理小子！在那裡，重點不是要得到好成績，而是要生存下去。」

不曉得是不是我想多了，他講到「生存」時似乎刻意加重語氣，好像那是個專有名詞一樣。我記得他們昨晚席間提到的遊戲就叫「生存遊戲」。

「讓我來解釋一下，」強諾繼續說。「這些年來，我們都惹了不少麻煩，我指的是念崔佛蘭那段期間。有黑暗的時刻，也有精神崩潰的時刻。有時感覺就像我們對抗全世界，」他望向威爾。「對吧？」

威爾微笑點頭。

強諾的語氣有一點詭異。感覺遊走在危險邊緣，好像隨時都可能出現脫序的言行。我看了一下別桌，不曉得其他賓客是否也察覺到了。帳篷裡確實有些安靜，彷彿每個人都屏住了呼吸。

「這就是摯友的真諦，」強諾說。「總是在身邊支持你。」

我覺得自己好像在看一只玻璃杯在桌緣搖搖欲墜，卻無能為力，只能等待它墜落，砸得粉碎。我瞄了茱莉亞一眼，忍不住皺眉。她的嘴角繃得好緊，雙唇抿成一條細線，似乎在等這一切結束。

「再看看這個傢伙，」強諾比比自己。「一個又胖又懶的廢物，還穿著緊到不行的西裝。哦，對了，」他轉向威爾。「我不是跟你說我忘了帶西裝嗎？這背後有個小故事。」他轉過來面對我們。這群看戲的觀眾。

「呃，真相是這樣的——非常誠實的真相。從頭到尾完全沒有西裝。應該說……原本有一套西裝，可是後來沒了。一開始我還以為威爾會買伴郎的西裝。我不太懂這些拉哩拉雜的慣例，但我很確定伴娘的禮服是新娘準備的，對吧？」

他用詢問的眼神看著大家。沒有人回答。帳篷裡靜默無聲，就連我旁邊的彼得也不再上下抖動他的腿了。

「新娘不是會買嗎？」強諾追問。「這不是規矩嗎？你要別人穿上那套該死的西裝禮服，對方還沒得選。我的老友威爾還指定我買保羅・史密斯的高級西裝，比那套爛的都不行哦。」

他邁開大步在我們面前走來走去，愈講愈起勁，像個現場即興表演的喜劇演員。

「總之呢……我們站在店裡，我瞄到價格標籤，心想——我的媽啊，威爾也太大方了，那套西裝要八百英鎊欸。雖然是那種能讓你釣到妹上床的衣服，可是，八百英鎊？有沒有搞錯？還不如直接買春算了。我要一套八百英鎊的西裝幹嘛？又不是每隔兩週就要參加什麼上流社會的奢華盛宴。但是我又想，如果他希望我穿那套西裝，我也沒資格反對。」

我瞥了威爾一眼。他依舊掛著微笑，只是神情略微緊張。

「不過，」強諾說。「來到收銀機旁準備結帳時就尷尬了。威爾站在一旁什麼也沒說，我只好自己付錢，拚命祈禱信用卡刷過。結果還真的過了，講句老實話，真他媽奇蹟！威爾就那樣微笑站在那裡，好像是他買給我一樣，好像我應該轉身感謝他。」

「慘了，他是來真的。」彼得低聲咕噥。

「第二天，我就去把西裝退了。當然啦，我不會把這些事告訴威爾。你們看，我來之前就想好了整套說詞，假裝我把西裝放在家裡忘了帶。他們也不好要我一路回英格蘭拿吧？謝天謝地，幸好我住的地方很偏僻，其他人也沒辦法『好心地說』可以順道幫我拿，不然我就慘啦，哈哈！」

「他是想開玩笑嗎，還是……？」我對面的一個女人問道。

「一套西裝要八百英鎊，」強諾繼續說。「八百。只因為外套裡縫了某個傢伙的名字？我看我他媽得賣掉一個腎才買得起。說不定還得在街上賣身，」他擺出淫蕩的姿態，對幾個意興闌珊喝倒采的人撫摸自己的身體。「不過大家都知道，很少有人會對體毛濃密的三十幾歲胖子有興趣。」他放聲大笑。

有些人像接收到暗示似的和他一起笑。是那種原本屏住呼吸，現在鬆一口氣的笑。

「我的意思是，」強諾還沒說完。「他本來可以買西裝給我的。他又不是沒錢，對吧？喔，這都要感謝妳，親愛的茱莉亞。可是他很小氣。我當然是帶著滿滿的愛說的。」他用一種誇張的姿態模仿女性，假裝對威爾眨眨睫毛。

威爾臉上的笑容消失了。我根本不敢看茱莉亞的表情，也覺得不應該看；這就跟經過車禍現場會有種可怕的衝動想瞄一眼沒兩樣。

「不管怎樣，」強諾說。「無所謂。他問也沒問就把多的備用西裝借給我。很自以為是對吧？不過我得警告你，兄弟——」他伸伸懶腰，西裝外套上的鈕釦感覺快爆開了。「——它可能會變形，再也不是原來的樣子了。」他又轉身面對大家。「但死黨不就是這樣嗎？他們總是無條件支持你。威爾或許吝嗇，但我知道，這些年他一直陪在我身邊。」

他伸出一隻大手放在威爾肩上。威爾的身體微微前彎，彷彿強諾施力往下壓。「我知道，我真的知道，他絕不會在背後搞我。」他轉向威爾，湊上前，細看他的臉。「對吧，兄弟？」

威爾用手抹抹臉，擦掉強諾噴濺的口水。

接著是一段漫長又尷尬的沉默。強諾顯然是在等一個答案。「對，不會。當然不會。」威爾終於回答。

「很好，」強諾說。「太好了！因為，哈哈……我們一起經歷過很多事，我很了解你，老兄。那樣不太明智對吧？我們那段過去？你應該還記得吧？好久以前的事囉。」

他又轉向威爾。威爾的臉一片慘白。

「搞什麼啊，」同桌有人低聲說。「強諾到底在幹嘛？他有嗑什麼嗎？」

「對啊，」有人回答。「有夠扯。」

「你知道嗎？」強諾又說。「剛才我跟幾個招待聊了一下，我們覺得讓這場婚宴多點傳統也不錯，重溫往日時光。」他打手勢示意。「兄弟們？」

四名招待像收到信號似的站起來走向主桌，圍住坐著的威爾。

「你們是能幹嘛？」威爾用一種看似友善的方式聳聳肩。大家都笑了起來。我注意到威爾並沒有笑。

「遵循傳統啊，」強諾說。「這樣做才對嘛。來吧，兄弟，很好玩的！」

他們一把抓住威爾，不停地大笑歡呼。要是少了那些嬉鬧，看起來真的會惡意滿滿。強諾解開領帶綁在威爾頭上充當蒙眼布，遮住他的眼睛。一行人就這樣把他扛在肩上走出帳篷，踏進愈來愈黑的夜。

強諾／伴郎

我們來到耳語窟，把威爾拋落在地。洞裡腐爛的海藻和硫磺臭味像一記重拳打在臉上，要是他知道身上那套昂貴的西裝沾到濕沙，一定會很不爽。天色愈來愈暗，得瞇起眼睛才看得清楚；大海也比之前更加洶湧，可以聽見浪濤撞擊兩側岩石的聲音。在抬著他過來的路上，威爾一直在跟我們開玩笑：「你們最好別把我帶到什麼髒亂的地方，要是這套西裝染上什麼汙漬，茱莉亞一定會殺了我——」還有「我可以用一箱伯蘭爵香檳賄賂你們其中一個帶我回去嗎？」

大家都笑了。對他們來說，一切都很有趣，有點像過去在學校肆意胡鬧。他們在帳篷裡坐了一兩個小時，變得愈來愈醉，愈來愈躁動，特別是像彼得這種吸了白粉的人。我致詞前也在廁所裡跟幾個傢伙吸了一點，現在想想或許不是什麼好主意。因為嗑藥只會讓我更緊張，讓一切變得異常清晰。

其他人都很興奮能離開帳篷到外頭晃晃，有點像單身派對，幾個好兄弟聚在一起，宛如回到從前。此刻島上風聲咆哮，場面更加戲劇化。我們剛才不得不低頭抵禦強風，抬著威爾往前走，過程比平常更吃力。

耳語窟是個好地方，地點非常荒僻。如果崔佛蘭公學有這麼一個洞穴，一定會被當成生存遊戲的試膽地點。

威爾躺在卵石礫灘上，離海還有一點距離。不曉得這一帶的潮汐週期如何。我們依照崔佛蘭的傳統，用領帶把他的手腕和腳踝綁起來。

「好啦，兄弟們，」我說。「我們把他留在這裡吧。看看他能不能自行脫困，回到帳篷。」

「我們不是真的要把他丟在這裡，讓他自己想辦法掙脫吧？」鄧肯在我們爬出洞窟時低聲問我。

「沒有啦，」我回答。「如果他半小時內沒出現，我們就回來找他。」

「你們最好給我回來！」威爾大聲嚷嚷，依舊把這當成笑話看。「我還有婚禮要參加！」

我和其他四人一起往婚禮帳篷的方向走。「欸，你們先走，」我在經過城堡莊園時對他們說。「我要去撒泡尿。」

我看著他們走回帳篷，笑著互相推搡，擠來擠去。真希望我能像他們一樣。真希望過去那段日子對我來說只是有點有趣又無害的校園回憶，遊戲也只是遊戲。

等到他們離開視線後，我便轉身走回耳語窟。

「是誰？」威爾在我走近時大喊。他的聲音在洞穴裡迴盪，響起陣陣回音，聽起來好像有五個他在講話。

「是我，兄弟。」我說。

「強諾？」威爾氣憤低語。他已經設法坐起來，身體斜靠著岩壁。現在旁邊沒有其他人，他直接不演了。即便他的眼睛蒙住，我也看得出來他怒火中燒，下顎繃得很緊。「快替我鬆綁，把蒙眼布拿掉！我應該在婚宴會場才對——茱莉亞一定會氣炸。好了，你要開玩笑也開過了。但我告訴你，一點都不好笑。」

「對啊，不好笑，」我說。「我知道不好笑。我也沒在笑。角色互換後就沒那麼好玩了，對吧？我想你直到現在才明白。你在崔佛蘭從沒玩過生存遊戲。真厲害，連那都躲過了。」

我看見他在蒙眼的領帶後皺眉。「強諾，」他的語氣趨緩，變得溫和友善。「先是致詞，現在又搞這個……我想你可能嗑太多好東西了。說真的，兄弟——」

「我不是你兄弟，」我說。「我想你應該猜得到原因。」

我在致詞時刻意表現出爛醉的模樣，但其實我沒那麼醉，再加上古柯鹼增強了我的感知能力，我現在頭腦很清楚，好像有人打開我腦中一盞明亮的聚光燈一樣，很多東西突然亮了起來，變得再澄澈不過。

我不會再讓人把我當白痴耍。

「今天下午兩點左右前我還是你兄弟，」我告訴他。「但現在不是，再也不是了。」

「你在說什麼啊？」威爾的聲音聽起來有點沒自信。很好。你是該害怕。

方才致詞的時候，我注意到他一直盯著我，想知道我他媽到底在搞什麼，想知道我接下來會說什麼，擔心我在賓客面前掀他的底。真希望他嚇得屁滾尿流。真希望我致詞時火力全開，把所有祕密攤在陽光下。可是我退縮了，和多年前一樣。我本該去找老師，替那個打我們小報告的孩子說話，向他們坦承威爾和我幹了什麼好事。他們絕對無法置之不理，放過我們兩個。

可是當時我做不到，剛才致詞時也做不到。我是個該死的儒夫。

只能退而求其次。

「稍早我和皮爾斯聊了一下，我們的對話很有意思，」我說。「讓人學到很多。」

我看見威爾吞吞口水。「聽著，」他用那種男人對男人的理性語調小心翼翼地說，讓我更火大。「我不知道皮爾斯對你說了什麼，但是──」

「你在背後捅我一刀，」我說。「皮爾斯其實不需要講那麼多，我早就猜到了。對，我，愚蠢的強諾。你的手法應該要更謹慎一點。你就是想把我踢出你的生活，對吧？因為我只會拖累你，讓你想起自己曾經是什麼樣的人，做了什麼。」

「強諾，兄弟，我──」威爾臉孔扭曲，五官皺在一起。

「你和我，」我說。「本來應該是你和我，永遠互相支持。你是這麼說的，我們一起對抗世界。尤其在那件事情之後，還有我們對彼此的了解。我挺你，你挺我。我真的以為是這樣。」

「是這樣沒錯，強諾。你是我最好的──」

「我可以跟你說一件事嗎？」我打斷他。「關於推出威士忌品牌的事？」

「哦，當然，」威爾急忙回答。「地獄使者！」這次他倒記得很清楚。「你看，這就對啦！你的事業很成功，何必這麼怨恨──」

「不對，」我再度打岔。「那個品牌根本不存在。」

「你在說什麼？你送我們的那些酒……」

「是假貨，」我聳聳肩，只是他看不見我。「我只是把超市賣的單一麥芽威士忌倒進素面玻璃瓶裡，請我朋友艾倫設計標籤。」

「強諾，什麼──」

「為什麼會這麼慘呢？因為一開始我的確認為自己可以朝威士忌產業發展，所以才請艾倫幫我做樣品，看看整體的感覺。你知道現在要推出一個威士忌品牌有多難嗎？除非你是貝克漢，不然就是有錢的爸媽資助，或是認識重要人物、人脈很廣，但這些我都沒有，從來沒有。崔佛蘭那一票都很清楚。我也知道有些人在背後叫我流浪漢。可是我和你之間的友情……我以為很真實、很穩固。」

「強諾，兄弟，天哪──」威爾在礫灘上扭動，試著坐起來。我不會幫他的。

「就是這樣。哦，而且我不是離開探險中心去創立威士忌品牌喔。很可悲吧？精采的在後頭呢，聽好了……我被炒魷魚了，因為我在工作期間神智恍惚，像個青少年一樣。當時我在帶團隊合作課程，有個胖子垂降時我沒留意，放繩速度太快，害他摔斷腳踝。你知道我為什麼會神智恍惚嗎？」

「為什麼？」他戰戰兢兢地問道。

「因為我得呼麻才能勉強度日。因為只有這樣才能讓我忘卻一切。我覺得我的人生在多年前那一刻戛然而止，就像……就像從那之後沒什麼好事發生。離開崔佛蘭這麼久，我生活中唯一一件好事就是有機會主持電視節目，卻被你硬生生奪走。」我停頓一下，深呼吸，準備說出自己過了將近二十年才領悟到的事實。「但你不覺得是這樣，對吧？你不受往事影響，過去對你而言一點都不重要。你繼續掠取想要的一切，永遠不用付出代價。」

漢娜／查理的女伴

四名招待嘻嘻哈哈地衝進帳篷。彼得雙膝跪地滑過薄木地板，差點撞倒華麗的結婚蛋糕。我看見鄧肯跳上安格斯的背，用手臂緊緊鉗住他的脖子；安格斯的臉開始發紫，腳步搖搖晃晃，半笑半喘氣，接著費米突然撲到他們身上，三人就這樣亂七八糟地跌成一團。他們熱情高漲，大概是剛才那樣把威爾抬出帳篷，在眾目睽睽下玩這些花招讓他們精神亢奮吧。

「兄弟們，去酒吧！」鄧肯一躍而起，放聲咆哮。「狂歡時間到！」

許多賓客像接到指示般起身跟著他們，大家有說有笑。我坐在座位上沒動。大多數人似乎覺得強諾的致詞內容及隨後惡整新郎的橋段很精采，空氣中彌漫著刺激、興奮的氣息。我不能說我也有同感；雖然威爾臉上帶著笑意，卻被蒙上眼睛，用領帶捆綁手腳，整個過程藏著一種令人不安的氛調。我看看主桌，發現幾乎所有人都離席了，只剩下茱莉亞坐在那裡動也不動，一副若有所思的樣子。

這時，酒吧帳篷突然一陣騷動。許多人提高音量大喊。

「喂——別那麼激動！」

「你他媽到底有什麼毛病啊，老兄？」

「嘿，冷靜點——」

緊接著，一個耳熟的聲音傳來。是我老公，肯定不會錯。天哪。我立刻站起來匆匆走向酒吧。一群人像操場上的孩子熱切地聚在那圍觀。我加緊腳步，以最快的速度擠到前面。

第一眼我只瞥見查理蹲踞在地，後來才意識到他高舉拳頭，半跨坐在另一個男人身上。是鄧肯。

「有種再說一遍！」查理大吼。

我一時愣住，呆呆盯著他看。我的先生，地理老師，兩個孩子的爸，一個平常性情溫和又好脾氣的人。我已經很久沒看到他這一面了。我回過神，知道自己必須採取行動。「查理！」我衝上前大喊。他飛快轉頭，有好幾秒他只是看著我，對我眨眼，彷彿認不出眼前的人是誰。他滿臉通紅，身體因為腎上腺素不停顫抖。我能聞到他呼出的酒氣。「查理，你到底在做什麼？」

這句話似乎讓他的腦袋瞬間清醒，稍稍恢復理智。謝天謝地，他踉蹌起身，沒有大吵大鬧。鄧肯爬起來拉拉襯衫，低聲咕噥了幾句。查理跟在我後面，大家紛紛散開讓我們過去。我能感受到其他賓客無聲的目光。此刻我內心的恐懼已然消逝，只剩下難堪和羞愧。

「到底怎麼回事？」我們回到主帳篷，在最近的餐桌邊坐下。「查理，你是怎麼了？」

「我受夠了，」他喃喃地說，咬字有些含糊，唇齒間苦澀的酒味在在顯示他有多醉。「他在眾人面前大聊單身派對的事。我受夠了。」

「查理，單身派對上發生了什麼事？」

他發出一聲長長的呻吟，用手摀住臉。

「告訴我，」我繼續追問。「到底有多糟？很嚴重嗎？」

查理頹然垂下肩膀，似乎決定放棄抵抗，說出實情。他深呼吸，停頓了很久，最後終於開口。

「我們從斯德哥爾摩坐了大概兩小時的渡輪來到群島地區，在其中一座島上紮營，非常……妳知道，就是搭帳篷生火，勇闖荒野冒險之類。有人買了一些牛排，我們就在餘火上烤肉。我除了威爾外誰也不認識，但他們感覺滿好相處的。」

他開始侃侃而談，酒精讓他卸下心防，話也多了起來。他告訴我，那群人都是崔佛蘭的同學，所以大多時間都在講無聊的校園回憶；他只能微笑坐在那裡，假裝很感興趣的樣子。他不想喝太多酒，結果就被他們戲謔了一番。有個人，他記得應該是彼得，拿了一些蘑菇給大家。

「你吃啦，查理？迷幻蘑菇？」我差點笑出來。聽起來一點也不像是我心目中安全意識強烈又理智的他。我反而才是那個勇於嘗試新事物的人，十幾歲就在曼徹斯特夜店嗑過幾次藥了。

「喔，對啊，」查理皺起臉。「大家都有吃。在那種情況下和那群傢伙在一起……不可能拒絕吧？我沒念那間貴族學校就已經是異類了。」

我很想對他說，可是你三十四歲了耶。如果班的朋友要他做他不想做的事，你會怎麼教他？我突然想起昨晚在眾人的鼓譟中喝下那杯有硬幣的香檳；儘管我不想，也知道自己不必這麼做，我還是喝了。「也是。你真的吃了迷幻蘑菇喔？」我看著眼前這個人，我的先生，副校長，在學校推行嚴格的零容忍政策，禁止毒品進入校園。「我的天啊，」我忍不住失聲笑出來。「要是家長會知道不曉得會怎麼說！」

查理告訴我，他們划著獨木舟前往另一座島。大家光著身子跳進水裡，不停用激將法要查理游到第三座小島（旅途中他們很常這樣互相挑戰，玩大冒險之類）；可是他游回來後發現他們都走了，把他一個人丟在那裡，連獨木舟也一起牽走。

「我沒衣服穿。雖然當時是春天，但那邊是他媽的北極圈欸，漢娜，晚上冷得要命。我在島上待了好幾個小時他們才來找我。當時迷幻蘑菇的效果逐漸消退，我全身凍僵，以為自己會失溫……我真的以為我會死在那裡。他們發現我的時候，我——」

「怎麼了？」

「我在哭。我躺在地上，像孩子一樣抽泣。」

他露出羞愧的表情，似乎快哭出來了。我好心疼，很想像抱班那樣給他一個擁抱，但我不知道這麼做好不好。我懂一群男人參加單身派對多少會做點蠢事，不過聽查理的描述感覺他們好像在針對他、故意找他麻煩。這樣不對吧？

「他們真的……太過分了，」我說。「就像霸凌一樣。不對，那就是霸凌。」

查理神情恍惚地盯著空氣，感覺心不在焉。我猜不透他的想法。我一直有種自以為是的傲慢，覺得對枕邊人瞭若指掌。我們在一起很多年，然而踏上這個陌生之地短短不到二十四小時就戳破了這個假象，推翻了我的「自以為」。我們搭船渡海時我就感覺到了。查理似乎變得愈來愈陌生，單身派對的事再次證實這一點。他對我有所隱瞞；我懷疑這段可怕的經歷或許以某種複雜、無形的方式改變了他。事實上，我認為此刻的查理完全不像查理，或應該說不像我認識的那個他。這個地方影響了他，也影響了我們。

「全都是他的主意，」查理開口。「我很確定。」

「誰？鄧肯嗎？」

「不，他很白痴，只是個追隨者。威爾才是元凶，完全看得出來。還有強諾。其他人只是聽命行事。」

我無法想像威爾教唆其他人那麼做。男人的單身派對通常都是其他參與者說了算，不是新郎。嗯，我完全可以想見強諾在幕後主使，特別是看到剛才的惡作劇之後。他身上有一絲瘋狂的氣息，不是惡意的那種，而是可能會無意間鬧得太過頭。鄧肯就更不用說了。總之不會是威爾。我猜查理是因為不喜歡威爾，才把事情怪到他頭上。

「妳不相信我，對吧？」查理沉下臉。「妳不認為是威爾幹的。」

「嗯……說實話，我不覺得是他，因為——」

「因為妳想跟他上床？」他怒聲咆哮。「是啊，妳以為我沒注意到嗎？我看到妳昨晚看他的眼神了，漢娜，還有妳講到他的語氣，」他開始尖聲模仿，「噢威爾，跟我說你凍傷那集的事；噢，你好有男子氣概……」

他的語調意外充滿攻擊性，讓我下意識往後退避。查理已經很久沒喝醉了，我都忘了酒醉後的他轉變有多大。但我會有這種反應，也是因為他的話語藏了一點真相。想到我對威爾的態度，我心裡就閃過一絲內疚，只是這股愧歉很快就轉為憤怒。

「查理，」我生氣地低聲說。「你……你怎麼能這樣跟我說話？你知道你有多無禮、多討人厭嗎？那是因為他做了點舉動想讓我覺得自己受歡迎——比你做的多太多了。」

我腦海中浮現他昨晚和茱莉亞調情的畫面，還有他沒跟那群男人喝酒，反而不曉得跑去哪裡，直到凌晨才偷偷溜進房間。

「事實上，」我拉高音量。「你根本就站不住腳。昨晚你和茱莉亞在那邊打情罵俏。

她每次都表現得好像可以隨意擺布你，而你也甘願順從她。你知道我看在眼裡有什麼感受嗎？」我啞著嗓子說。「你知道嗎？」整日下來的孤寂和壓力讓我濕了眼眶，內心夾雜著憤懣與悲傷。

查理似乎明白了。他張嘴想說話，我卻搖頭阻止。

「你和她發生過關係吧？」我之前一直不想知道答案，現在終於有勇氣問這個問題。

查理把臉埋進掌心裡，停頓了很久。

「只有一次，」他的聲音從指間傳來。「不過是很久很久以前的事了，真的……」

「什麼時候？那是什麼時候的事？你們十幾歲的時候嗎？」

他抬起頭，張開嘴，好像想說些什麼，然後又闔上嘴巴。他的表情。我的天哪。不是他們年輕的時候。我的胃好像被揍了一拳。我非知道不可。「是後來的事？」我又問。

他嘆了口氣，點點頭。

我的喉嚨愈來愈緊，好不容易才擠出這句話：「是……是我們交往的時候嗎？」

查理彎下身，再次抱頭，發出一聲又長又低沉的呻吟。「漢娜，對不起。但那不代表什麼，真的，只是一時犯蠢。當時妳……那是，嗯，是我們很久沒性生活的時候。是——」

「我生了班之後。」我突然一陣反胃。他還沒說我就知道了。這就是我要的確證。

「妳知道……」他終於開口。「我們經歷了一段難熬的日子。當時妳……嗯……妳的情緒一直很低落，我不知道該怎麼辦，不曉得要怎麼幫妳——」

「你是說在我得了產後憂鬱症的時候？在我等剖腹傷口癒合的時候？天啊，查理——」

「我真的很抱歉，」他剛才那種惡聲惡氣不復存在，我想他應該徹底清醒了。「真的很對不起，漢娜。那時候茱莉亞剛和她當時的男友分手，下班後我們就約去喝一杯……我喝太多了。事後我們倆都覺得這樣很糟糕，絕不能再發生了。**那真的不代表什麼**。我的意思是，我根本就記不得，完全沒印象。漢娜，拜託妳看著我。」

我沒辦法看他。我也不會看他。

現實殘酷到我幾乎無法思考，腦中一片混亂。我震驚到不能自己，彷彿還無法意識、感知到所有傷害和衝擊。現在可以從另一個可怕的角度來解釋那些調情與親密肢體接觸了。我想起自己感覺茱莉亞故意排擠我的時候——她是想把查理圈為禁臠，獨自占有。

那個婊子。

「一直以來，」我說。「一直以來你都說你們只是朋友，一點調情沒什麼特別的意思，她就像你妹妹一樣……那都是他媽的謊話。我不知道你們倆昨晚在幹嘛，也不想知道。可是……你怎麼能這樣對我？」

「漢娜——」他伸出一隻手，試探性地碰觸我的手腕。

「不要——別碰我。」我飛快抽手，從座位上站起來。「你醜態畢露，令人難堪，」我說。「不管他們在單身派對上做了什麼，都無法為你剛才的行為開脫。對，他們那樣是很糟糕，但並沒有對你造成什麼永久傷害吧？拜託，你已經是成年人了，也是一個父親……」我差點加上「一個丈夫」，但我說不出口。「你有應盡的責任和義務。你知道嗎？老是要照顧你、幫你擦屁股真的很煩。我不想管了。你自己的爛攤子自己收。」我轉過身，大步離開。

強諾／伴郎

「強諾，」威爾乾笑幾聲。洞窟岩壁也響起笑音，回傳給我們。「我真的不知道你在說什麼。太在意過去對你沒好處。你必須放下，展開新的生活。」

嗯，大概吧，但我做不到。好像有一部分的我永遠困在那一刻。我很努力想遺忘，但這些陰影牢牢纏住我的心，怎麼也擺脫不了。從那之後，我的生活猶如一灘死水無足稱道，什麼也沒發生。我真的不懂威爾怎麼有辦法繼續正常度日，完全不回頭看一眼。

「大家都說那場悲劇是意外。」我說，「才不是。是我們害的，威爾。都是我們的錯。」

「我剛剛在打掃宿舍，」邊緣仔在我們練完橄欖球回來後說。是我要他整理房間的，因為我已經想不出事情讓他做了。「結果找到這個。」他用指尖捏著幾張紙，彷彿那些紙會燙手似的。那是一疊中學會考試卷。

他看著威爾，表情就像是有人死了一樣。我想對他來說確實如此。他心目中的英雄已經死了。

「放回去。」威爾平靜地說。

「你不該拿這些考卷，」邊緣仔說。我認為這句話展露了他的勇氣，畢竟在他眼前的我們比他高兩倍。每次想起這件事我都覺得他很勇敢，而且非常正派，但我盡量不去翻這段回憶。「這——這是作弊。」他搖搖頭。

「你真的有夠白痴，」離開宿舍後，威爾轉向我。「你明知道考卷藏在那裡，幹嘛還叫他整理房間？」考卷是他偷的，不是我。但我現在知道，假如當年事跡敗露，他一定會要我背黑鍋。

我想起他當時對我咧嘴，露出不是笑容的笑容。「你知道嗎?我想今晚要玩生存遊戲了。」他說。

「你無法忍受，」我對威爾說。「因為你知道那件事如果傳出去，你一定會被退學。你向來很看重自己的名聲，一直都是。你想要什麼就一定要到手，要是有人敢妨礙你就完了。連我也不例外。」

「強諾，」威爾用冷靜理性的口吻說。「你喝多了。你不知道自己在說什麼。如果這是我們的錯，我們怎麼可能逃過制裁呢？」

當天晚上只有我和威爾兩人動手。邊緣仔住的是四人房，其中兩個男孩身體不舒服，睡得很熟，對我們來說是好事。我們偷偷摸摸進去，有人似乎翻了一下身，但我們手腳很快，我覺得自己就像刺客，真他媽酷斃了，好刺激、好好玩。其實我當下沒有真的在思考，只是腎上腺素在我體內湧動而已。我在威爾替他綁上蒙眼布的同時將橄欖球襪塞進他嘴裡，這樣他要是出聲也只是微弱的悶哼。抬他出去很輕鬆。他一點都不重。

他掙扎了一下，但不像有些人尿褲子。我說過了，他非常勇敢。

我原以為我們要去樹林，可是威爾卻往懸崖的方向走。我一頭霧水地看著他。有那麼一刻，可怕的一刻，感覺他似乎想把邊緣仔丟下懸崖。「海崖小徑。」他用嘴形無聲地說。「喔，好。」我鬆了一口氣。我們花了好長一段時間才爬下小徑。每走一步，腳下的白堊石就跟著碎裂，還不時打滑，即使岩坡上釘了扶手也沒辦法抓，因為我們抬著邊緣仔。他動也不動，不再掙扎。我還記得自己擔心他無法呼吸，打算把他嘴裡的襪子拿出來，但威爾搖搖頭說：「他可以用鼻子呼吸。」我好像就是在那時開始後悔，覺得不太對勁。我暗暗罵自己蠢。我們其他人也玩過這個遊戲，不是都挺過來了嗎？我和威爾抬著他繼續前進。

最後我們來到海邊，坐在潮濕的沙灘上。我不懂我們幹嘛把這件事弄得這麼複雜。一旦他拿下蒙眼布，就算沒戴眼鏡，也看得出來自己在哪裡。沙灘離學校不遠，任何人都爬得上海崖小徑，尤其是孩子。我們這些男生三不五時就會下來到海邊玩。我轉念一想，或許威爾是想讓他輕鬆一點，不要太過刁難，畢竟他幫我們做了這麼多事，擦球鞋、打掃宿舍等等。這樣很公平。

「你心裡有數，威爾，」我胸膛深處傳來一陣細微的噪音，是痛苦的聲響。我覺得自己可能快哭出來了。「我們本該為自己做的一切付出代價。」

我記得威爾拿出鞋帶指著海崖小徑盡頭。只是橄欖球鞋鞋帶，沒什麼特別的。

「把他綁起來吧。」他說。

威爾要我把邊緣仔綁在小路盡頭的扶手上。我很會打繩結之類的東西。當時我還覺得他只是被綁在那裡而已，很簡單嘛，沒什麼；後來我才明白那個結讓這場遊戲徹底變調。他得像脫逃大師胡迪尼那樣掙脫綑綁，這個環節最花時間。

然後我們就離開了。

「拜託，強諾，」威爾說。「他們說那是一場可怕的意外，你也聽到啦。」

「你明知道不是——」

「不，事實就是這樣。沒有其他說法。」

我記得第二天醒來從宿舍窗戶望出去，看見大海，才發覺事態嚴重，不敢相信我們幹了什麼蠢事。漲潮了。

「威爾，威爾——」我著急地說。「我覺得他不太可能自己鬆綁。海潮……我完全沒想到這個。天啊，他可能——」我當下以為我會吐出來。

「閉嘴，強諾，」威爾喝斥。「什麼事都沒發生，好嗎？我們要先套好招，不然就麻煩大了，懂吧？」

眼下的一切讓人難以置信。我想回去睡一覺，希望醒來後發現只是一場噩夢。這麼可怕的事，就因為幾張偷來的考卷……感覺好不真實。

「好了，你同意嗎？」威爾說。「我們昨晚在房間睡覺，什麼都不知道。」

他的思緒跳得好快。我都還沒想到要告訴別人。我想我們必須坦承一切才對。這種事不可能瞞一輩子。

可是我不會、也不敢有意見。他的表情嚇到我了，原本澄淨的眼眸也變了一個樣，只剩下深沉的黑，晦暗無光。我緩緩點頭。我猜我當時沒想到這麼做代表什麼，也沒想到後來這個選擇會毀掉我的人生。

「大聲說出來。」威爾要求。

「同意。」我用沙啞的聲音說。

他死了。沒有掙脫綑綁。那是一樁悲劇、一場意外。校方在事發一週後的朝會上這樣告訴大家。學校管理員發現的時候，他已經被海水沖到很遠的地方，沿著沙灘漂流。那些繩結最後還是鬆開了，只是來不及救他。不管怎樣，綑綁的地方終究會留下痕跡。不過當地的警察局長是威爾父親的朋友，他們常在他的書房裡喝酒聊天。我想那應該幫了不少忙吧。

＊＊＊

「我記得他爸媽來學校處理後事，」我對威爾說。「他媽媽的表情似乎想跟著他一起死。」我從宿舍樓上看到她下車，抬起頭往上望。我立刻顫抖著離開窗前，避開她的視線。

我蹲下來與威爾齊身，緊緊抓住他的肩膀。即便蒙著布，我也要他看著我的眼睛。「我們殺了他，威爾。我們殺了那個男孩。」

威爾奮力掙扎，胡亂揮舞綁住的雙手。他的指甲掠過我的脖子，在領口不斷撓刮，留下刺痛的痕跡。我單手將他壓在岩壁上。

「強諾，」威爾大口喘氣。「你最好控制一下，他媽的給我閉嘴！」我知道自己惹毛他了。他很少罵髒話的。大概是因為那樣不符合金童的形象吧。

「你知道吧？」我問他。「你一定知道，對不對？」

「知道什麼？我聽不懂你在說什麼。拜託，強諾——替我鬆綁。我已經被綁很久了。」

「你知道會漲潮嗎？」

「我不知道你在說什麼。強諾——你講的話完全沒道理。昨晚我就注意到了，兄弟，剛才的致詞也是。你一直在酗酒。是不是有身心方面的困擾？聽著，我是你朋友，有很多管道可以取得協助。我可以幫你。拜託你不要再胡思亂想了。」

我撥開散落在眼前的髮絲。雖然天氣很冷，我依舊感覺得到汗水沿著手指流下來。「我很蠢，我知道，我向來都是比較遲鈍的那個。當然這不是藉口，是我把他綁起來的，對，你叫我綁我就照做，但我當下沒想到會漲潮，直到隔天早上才意識到這一點，那時已經來不及了。」

「強諾！」威爾氣急敗壞地低吼，好像很怕有人會來。

這反而讓我想提高音量。「這些年我一直在思考這件事，」我說。「我不想懷疑你，總覺得對啊，威爾有時是很混帳，但我們不都是這樣嗎？唯有如此，才能在學校生存下去。」

我們也因而成了畜生。

我想起那個男孩。他就是最好的例子。如果不夠狠，如果太善良、太誠實、不懂遊戲規則，只有死路一條。

「但我又想，」我繼續說。「威爾沒那麼壞，他不會故意殺人，不會因為幾張偷來的考卷就置人於死地，就算可能會被退學也一樣。」

「我沒有殺他，」威爾駁斥。「沒有人殺他。殺他的是大海，或是那場遊戲，不是我們。他沒逃走不是我們的錯。」

「是啦，」我說。「對，這些年我都是這樣告訴自己，一而再，再而三地用你編造的故事自我洗腦。都是遊戲害的。可是，威爾，我們就是那場遊戲。他把我們當成朋友。他信任我們。」

「強諾，」威爾往前傾。他現在真的生氣了。「你他媽給我克制一點。我不會因為你對過去有所悔恨，因為你的生活一團糟、沒什麼可失去的，就讓你拉我陪葬。像他那樣的人根本無法在現實世界中生存。弱肉強食，他是個弱者。就算我們沒動手，他也注定活不下去。」

因為他的死，校方決定提前結束該學期。大家都把注意力轉向即將到來的暑假，彷彿這孩子從未存在。我想在其他學生眼裡，他只是個菜鳥新生，一個不曾聽過的名字，根本無足輕重。

只有一個人例外。有個學生跑去打小報告。我很確定是邊緣仔的朋友，那個胖胖的男生。他說他看到我們溜進宿舍房間把邊緣仔綁起來。就這樣。威爾的爸爸是校長沒錯，但他也是個爛人，大多時候言行都很混帳，對威爾尤其如此。不過這件事他站在威爾這邊，也站在我這邊。

我們彼此相挺。

這些年來，我們始終維繫這段友誼，互相扶持。過往的黑暗回憶、我們做的一切，把我們牢牢綁在一起。我以為他也和我一樣覺得我們需要彼此，但電視節目那件事說明了他其實一直想擺脫我，斬斷我們之間的關係。我是個大麻煩，他想跟我保持距離。難怪他聽到我說要當伴郎時看起來很不自在。

「強諾，想想我老爸，」威爾說。「你很清楚他是什麼樣的人，所以我才會不顧一切想拿高分。我非這麼做不可。要是他知道我偷了那些考卷，一定會殺了我。我只是想嚇嚇那個孩子——」

「少在那邊打悲情牌，」我說。「你知道你逃過多少次了嗎？你目空一切，橫行無阻，就因為你長得帥，很會說服別人相信你是好人？」他的自哀自憐讓我的怒火更旺。「我要把這件事說出來。我再也受不了了。我要把真相告訴大家——」

「你不敢，」威爾的嗓音變得又低又冷。「你會毀了我們和你自己的人生。」

「哈！」我說。「我的人生早就毀了。那天早上你叫我閉嘴的那一刻起，我的世界逐漸分崩離析。要不是為了你，我才不會保持沉默。自從那個男孩死後我每天都在煩惱，覺得應該把真相告訴別人。你呢？喔，不對，那件事完全沒影響到你，對吧？你一如往常地過日子，不必承擔任何後果。你知道嗎？我想你該付出一些代價了。在我看來那是一種解脫。我要做的只是我多年前該做的事。」

就在這個時候，洞穴裡突然傳來一個女人的聲音。「哈囉？」

我們倆瞬間僵在原地。

「威爾？」是婚禮企劃師。「你在嗎？」她的身影出現在岩壁轉角。「哦，你好，強諾。」

威爾，我是來找你的，其他招待說他們把你留在這了。」雖然我們在一個陰暗寬闊的洞穴裡，其中一人還被綁住手腳、蒙著眼睛倒在地上，她的語氣依舊鎮靜，而且非常專業。「已經快半個小時了，所以茱莉亞要我過來……呃，救你。我先提醒你，她沒有……」她似乎在想要怎麼說比較婉轉。「她沒有表面上看起來那麼高興……樂團也已經準備好了。」

她站在那裡像個老師一樣看著我替威爾鬆綁，把他扶起來。我們跟著她走出洞窟。我忍不住想，不曉得她有沒有聽到或看到什麼？要是她沒有出現打斷我們，我會怎麼做？

伊娃／婚禮企劃師

帳篷裡的慶祝活動進入另外一個層次。賓客把香檳喝得一滴不剩，開始追求更帶勁的東西。許多人擠在臨時酒吧前喝著雞尾酒和小杯烈酒。夜色挾著一股自由的氛圍，讓大家飄飄欲仙。

我走進城堡莊園洗手間更換擦手巾，發現地板和板岩磚洗手臺周圍散落著細細的白色粉末。我完全不意外，剛才我有注意到幾個賓客回到帳篷時鬼鬼祟祟地擦鼻子。除此之外，這群人表現得很好，行為也很檢點。他們衣著得體，帶著禮物長途跋涉來到這座小島，參加了一場儀式，聆聽親友致詞，表情和言行都很恰當。然而，他們是一群暫時卸下責任的成人，就像沒有父母在場監督的孩子一樣，現在這段時間歸他們所有。新郎新娘還沒開始跳第一支舞，他們就已經擠到前面蓄勢待發，準備攻占舞池。

大約一個小時前，我回到城堡莊園，聽見樓上傳來奇怪的聲響。當然，莊園其他空間已暫時封鎖，不過方法就那幾樣，喝醉的人總能找到門路去想去的地方。我上樓推開新人房的門查看，發現趴在床邊的不是那對幸福的新婚夫妻，而是另一對男女。我的打擾讓他們措手不及，只能慌忙遮掩自己。她臉頰漲紅，飛快拉下裙擺；他則拿高頂禮帽遮住勃起的下體。過沒多久，我看見他們一臉沒事地回到婚禮帳篷，各自走向不同的角落。讓我特別感興趣的是，他們倆似乎都戴著婚戒，而我正好跟茱莉亞一樣記得座位表——夫妻都會面對面坐在同一桌。

不過他們看起來一點也不擔心我，真的。他們早已拋下看到我闖進房間時那種恐慌，安心地咯咯輕笑，知道我不會洩漏他們的祕密。再說我也沒特別驚訝。這種情況我見多了。婚禮上經常出現這類極端的行為。許多婚宴會場邊緣都藏了不少詭祕的事。我聽見那些背地私語、惡毒言論與蜚短流長，也聽見了伴郎在洞穴裡說的幾句話。

這就是婚禮企劃的重點。只要賓客願意配合，記得遵守一定的界線，我就能打造出完美的一天。如果他們沒把規矩放在心上，釀成惡果，影響可能會持續超過二十四小時。沒有人能控制這種餘波。

茱莉亞／新娘

樂團開始演奏。威爾牽起我的手踏上薄木地板。他回到帳篷時看起來有點蓬頭垢面。我意識到自己緊握住他的手，用力到會痛的程度；我在心裡要自己放鬆一點，但那群招待和剛才那場愚蠢的惡作劇打亂了婚宴，讓我怒不可遏。賓客瞪大雙眼，緋紅的臉上淌著汗水，露出牙齒嘶聲吶喊，不停歡呼。他們喝醉了，而且不止喝醉。他們傾身向前擠過來，空間突然變得好小好窄，近到我能聞到他們身上的氣味。香水、古龍水、香檳與健力士啤酒的酸味和酵母味、體味，以及呼吸間酸澀的酒氣。我微笑看著大家，因為我本該如此。我使勁微笑，笑到耳朵下方隱隱作痛，下顎感覺像一條拉到極限的橡皮筋。

希望我有給大家一種「新娘很開心」的印象。我喝了很多酒，但酒精除了讓我變得更警戒、更緊張外，沒什麼明顯的效果。強諾致詞結束後，我內心的不安就愈來愈沉。我環顧四周，其他人都玩得很盡興，感覺拋開一切束縛，徹底解放。對他們來說，失控的致詞可能只是一段小插曲，一件有趣的軼事。

威爾和我在舞池裡迴旋，一下向左，一下向右。他牽著我轉出去，再轉回他懷裡。賓客對這些優美的舞步大為激賞。婚前舞蹈課過時到不行，所以我們沒去上，但威爾是個天生的好舞者，只是他剛才踩到我的裙擺幾次，我不得不在絆倒前將絲綢從他腳下拽開。這不像他，太不優雅了。似乎有什麼事讓他心煩意亂。

「剛才到底是怎樣啊？」我在他把我拉近胸前時湊到他鬢旁低語，看起來就像在他耳邊輕聲說了一句甜言。

「哦，男生嘛，就是這樣，」威爾說。「老愛幹些蠢事瞎鬧。大概是單身派對的餘孽吧。」他笑了一下，可是看起來不太像他。剛才回到帳篷後，他一杯接一杯灌了兩大杯酒。「強諾只是想開個玩笑。」他聳聳肩。

「昨晚的海藻也是小玩笑，」我說。「而且還不怎麼好笑。現在又搞這齣？他的致詞——他是什麼意思？過去到底怎麼了？還有互相保密……保什麼密？」

「唔，我不知道，茱莉亞，」威爾回答。「強諾只是在胡鬧。沒事。」

我們繞著舞池慢慢轉一圈。一張張笑容滿面的臉映入眼簾，大家熱烈拍手。

「聽起來不像沒事，」我說。「感覺很有事。威爾，你是不是有什麼把柄在他手上？」

「天哪，茱莉亞，」他的語氣很尖銳。「我已經說了沒事。別問了。算我求妳。」

我睜大眼睛望著他。比起他講的話，他的語調和緊攫住我的反應更讓我吃驚。這些行為似乎就是最強而有力的證明。不管有什麼事，絕對不是沒事。

「你弄痛我了。」我用力把手臂從他手裡抽出來。

他馬上就後悔了。「茱莉亞——聽著，對不起，」他的聲音與剛才迥然不同，言談間的敵意瞬即消失。「我不是故意對妳發脾氣。今天真的太累了……很美好，但也很漫長。原諒我好嗎？」他給我一個微笑。自從那晚我在博物館看到這個笑容以來就一直難以抗拒，然而這一刻，他的笑似乎不如往常那般有魔力，反倒讓我更加不安。他變臉的速度就像戴上面具一樣，快到不可思議。

「我們現在是夫妻了，」我說。「有什麼事都可以彼此分享傾訴、信任對方。」

威爾舉起手臂讓我轉出去，再旋回來。周遭賓客紛紛為我們的舞姿喝采。

我們倆再次面對面。「聽著，」他深吸一口氣。「強諾很執迷於他口中那件發生在我們學生時代的事，甚至開始幻想些有的沒的。他已經走火入魔了。這些年來我一直為他感到難過，這就是我做錯的地方。我覺得自己應該要迎合他，因為他的人生不像我這麼順遂。他很嫉妒我和我們擁有的一切。他認為我虧欠他。」

「喔，拜託，」我差點翻白眼。「你是能欠他什麼?他才是那個死巴著你不放的人吧。」

他沒有回應，反而在歌曲接近高潮時將我拉進懷裡。人群中響起一陣歡呼，卻又突然淡出我的感官，聽起來好遙遠。「到此為止，」威爾對著我的頭髮低聲地呢喃，語氣非常堅定。「今晚過後，我就會把他踢出我的生活——我們的生活。我保證。我受夠了。相信我，我會解決的。」

漢娜／查理的女伴

我閒步走進舞池帳篷。謝天謝地，第一支舞結束了。圍觀的賓客蜂擁上前，占據了舞池。其實我不太確定自己來這裡幹嘛，可能是想分散注意力，暫時忘卻腦中翻騰的思緒吧。查理和茱莉亞。想到就覺得痛。

帳篷裡溢散著軀體的溫熱，感覺好像所有賓客都擠在這裡。樂團歌手對著麥克風說：「各位，準備好跳舞了嗎？」

緊湊的節奏隨之響起。四把小提琴同聲飆樂，譜出活潑狂野的踢踏舞曲。大家紛紛端出自己的獨門舞步，開始跳起愛爾蘭吉格舞；許多人醉醺醺地搖頭晃腦，在舞池間恣意喧鬧。我看見威爾一把抓住奧莉薇亞，將她帶出人群，「換新郎和伴娘跳舞了！」他們飛快走向舞池，可是步伐看起來不太協調，很奇怪，好像一人在反抗另外一人。奧莉薇亞一臉被困住的模樣，感覺不太對勁。我不禁停下來思考。剛才威爾致詞時也是這樣，有種古怪的熟悉感。到底是什麼啊？我試著集中注意力，仔細摸索回憶。

有了，維多利亞與亞伯特博物館。我腦海中閃過昨晚的聊天內容，她說她帶史蒂芬去參加茱莉亞辦的派對。剎那間，整個世界倏然靜止，時間就此停滯。

太離譜了。不可能。說不通啊。一定只是詭異的巧合。

「嘿，」有個人在我從他身邊擠過時叫住我。「急什麼啊？」

「啊，」我往他的方向匆匆瞥了一眼。「對不起。我只是……有點分心。」

「這樣啊，說不定跳舞能幫上忙。」他咧嘴一笑。我定睛細看，發現對方是個很有魅力的傢伙，不僅身材高挑，髮色墨黑，笑起來臉頰上還有個酒窩。我還來不及回答，他就抓住我的手，溫柔地把我拉進舞池裡。我沒拒絕。

「我稍早有看到妳，」他在音樂聲中喊道。「妳自己一個人坐在禮拜堂。當時我就想認識**妳**了。」他又露出那種陽光的笑容。我懂了。他以為我單身，自己來參加婚禮。他大概沒跟到查理在酒吧發飆那一幕。

「路易斯。」他指指自己的胸口大聲說。

「漢娜。」

也許我該跟他說我是和我老公一起來的。但我現在不想去想查理。我在這名陌生男子眼中看見一個新的、漂亮的我，一個神祕又充滿吸引力的女人，而非我認知中那個衣著俗氣、假裝單身的人妻。我決定什麼都不說，開始和他一起隨著音樂節奏擺動。我默許他拉近距離，兩人四目交會。或許我也有主動貼近他一點吧，近到我能聞到他身上的汗味，不過那種是乾淨的汗水，味道很舒服。我的胃顫了一下，激起些微渴望。

現在

婚禮當晚

外頭還有其他人。這個想法讓他們動不動就被陰影嚇到，畏畏縮縮地躲避黑暗中似有若無的形體。那些輪廓隱約逼近，赫然聳現眼前，直到他們定睛一看才發現那不過是視覺與光影的把戲。他們緊挨著彼此慢步前進，深怕又失去一個夥伴。彼得依舊不見蹤影。

他們感受到一種灼人的目光，彷彿四周有陌生的眼睛盯著他們看。他們覺得自己似乎變得更笨拙、更顯眼。他們跌跌撞撞走過崎嶇的地面，被隱藏的石楠叢絆倒，一路上盡量不去想彼得。他們得先顧好自己，沒有多餘的力氣擔心別人。三名招待不時互相呼喊，確認彼此的安全，聲音中帶著異乎尋常的關懷，猶如另一道劃破暗夜的光。「還好嗎，安格斯？」「還好——你呢，費米？」這樣的舉動有助於他們繼續前進，忘記逐漸加深的恐懼。

「天啊，那是什麼？」費米舉著火把揮過，畫出大大的弧度。一個幾乎與成年男性同高的蒼白形體在火光照耀下跳出陰影，矗立在眼前，旁邊還有幾個類似的形狀，只是有些比較矮小。

「這裡是墓園。」安格斯語氣平緩地說。他們凝視著那些凱爾特十字架；一排排日漸碎蝕的墓碑看起來有如一支詭異、沉默的大軍。

「嚇死我了，」鄧肯喊道。「我還以為是人。」十字架頂端的圓體和纖細筆直的底座簡單勾勒出人形。有那麼一瞬，他們真的以為那些石碑是人；就連此刻輕手輕腳離開時也很難擺脫那種感受，彷彿有許多哨兵用責備的眼神監視著他們。

他們往另一個方向走了一段時間。

「你們聽見了嗎？」安格斯問道。「我們好像離海太近了。」

他們停下腳步，隱約察覺到海水就在不遠處沖擊岩岬，激起陣陣浪花，腳下的地面也隨之震動。

「好，我想想，」費米思考了一下。「墓園在我們後面，海在這裡。所以我們應該要走……那邊。」

他們再次啟程，逐漸遠離海浪拍打的聲響。

「嘿——那邊有東西——」

他們立刻駐足，停在原地。

「安格斯，你說什麼？」

「我說那邊有東西。你們看。」

他們鼓起勇氣伸出火把，準備迎接恐怖的景象。火光在地上晃動搖顫，不久便落在堅硬的金屬上，反射出點點微光。他們有些訝異，卻也鬆了一口氣。

「那是——那是什麼？」

三人之中最勇敢的費米邁步上前，撿起那個金屬物，接著轉身用手遮擋眼周避開光線，把它舉起來，好讓大家看個清楚。儘管物體本身完全變形，金屬扭曲斷裂，他們仍一眼就看出那是什麼。是一頂金色的皇冠。

當天稍早

奧莉薇亞／伴娘

我在帳篷裡四處遊蕩，於桌間穿梭，拿起別人喝剩的半滿酒杯咕嘟下肚。我想盡量喝得愈醉愈好。

威爾抓住我跳那支舞後，我盡可能以最快的速度逃開，一心一意只想擺脫他。我覺得很想吐，離他那麼近，感覺他的身體貼著我，想起我和他做的事……他逼我做的一切……我們之間那些黑暗懾人的祕密。他好像覺得這樣很過癮，能從中得到快感似的。最後他在我耳邊低聲說：「妳剛才搞出的那場鬧劇……那是最後一次，知道嗎？到此為止。聽見沒有？到此為止。」

似乎沒有人注意到我逐桌掃光大家喝剩的飲料。大多數人都爛醉如泥，離開餐桌跑去跳舞，把舞池擠得水泄不通。一群三十好幾的人在那裡搔首弄姿、耳鬢廝磨，彷彿是到某個二十一世紀初的爛夜店聽嘻哈天王五角的歌跳舞，而非身處荒島上的帳篷，旁邊還有幾個人在拉小提琴。

以前的我可能會覺得很有趣。我可以想像自己看著眼前尷尬的畫面訕笑，傳訊息給朋友實況轉播。

幾名服務生在會場邊緣徘徊，於帳篷角落看著大家。有些人與我年紀相仿，甚至比我年輕。看得出來他們很討厭我們。老實說我一點也不意外，因為我也很討厭這群賓客，尤其是男人。今晚我不知道被威爾和茱莉亞所謂的「朋友」碰過多少次肩膀、腰部和屁股。這些傢伙在妻子或女友的視線外抓我的手，偷偷撫摸、揉捏、摟抱我的身體，好像我是一塊刀俎上的肉。我真的受夠了。

剛才又有個傢伙偷摸我，我立刻轉身狠狠瞪他一眼。他連忙高舉雙手後退幾步，睜大眼睛，一臉愚蠢的無辜樣。要是再發生一次，我可能真的會抓狂。

我又喝了幾杯，嘴裡充滿酸腐的酒氣，濁臭難聞。我得再多喝一點，直到不在乎那種小事，直到失去味覺、麻痺感官為止。

就在這個時候，表妹貝絲跑過來把我拉進舞池帳篷。自從去年阿姨生日聚會後我就沒見過貝絲了，只有稍早在禮拜堂外寒暄而已。她的妝很濃，但依舊難掩稚氣；圓圓的臉、膨潤的肌膚、大大的眼睛，完全看得出來她還只是個孩子。我很想叫她擦掉口紅和眼線，在安全的童年裡待久一點。

我搖搖晃晃地踏進舞池，大家在我身邊盡情擺動、互相推擠；頃刻間，整座帳篷開始旋轉，彷彿我喝下去的酒精一口氣全湧上腦門，然後我就跌倒了。可能是被別人的腳絆倒，也可能是被我腳上那雙蠢笨的高跟鞋絆倒。我重摔在地，聽見一聲響亮的「砰！」過了好一陣子才有感覺。我想我撞到頭了。

我聽見貝絲的聲音透過悶熱混濁的空氣傳來。她在跟附近的人說話。「我想她真的喝醉了，天哪。」

「去找茱莉亞，」有人說。「或是她媽媽。」

「沒看到茱莉亞啊。」

「嘿，妳看，威爾來了。」

「威爾，她喝醉了。可以請你幫忙一下嗎？我不曉得該怎麼辦——」

他笑著走向我。「哎，奧莉薇亞。怎麼搞的？」他伸出手。「來吧，我扶妳起來。」

「不用，」我撥開他的手。「滾開。」

「快點，」威爾的聲音好親切、好溫柔。我感覺到他把我抬起來；此時掙扎似乎也沒什麼意義了。「我帶妳出去透透氣。」他摟住我的肩膀。

「放開我！」我拚命扭動，想甩掉他的手。

我聽見圍觀的人群正在竊竊私語著。他們一定是在說我很難搞、說我很瘋，丟臉丟到家了。

＊＊＊

我們走到帳篷外，強風迎面而來，差點把我吹倒。「這邊，」威爾說。「這裡比較隱蔽。」我頓時覺得好累好倦，醉到無法反抗，只能任由他帶著我繞到帳篷另一邊，朝海濱走去。我能看到遠方的本島燈光閃爍，針尖般的細小光點灑在夜幕上，時而清晰，時而模糊，就像我在水面下看到的一樣。

長久以來第一次，周圍沒有別人，只有我們。我和他。

茱莉亞／新娘

我的新婚丈夫好像失蹤了。「有人看到威爾嗎？」我詢問其他賓客。他們聳聳肩，搖搖頭。我覺得自己失去了對他們的掌控權。他們顯然忘了今天是來參加我的婚禮，我的大日子。先前他們還像朝臣晉見女王般帶著祝福與讚美前來，圍著我轉來轉去，煩到我快受不了，現在卻對我漠不關心。我猜他們大概想抓緊機會好好享樂，暫時拋開讓人喘不過氣的育兒與工作壓力，重溫二十多歲或大學時代那種自由自在。今晚是屬於他們的時刻，他們要好好和老友敘舊，跟舊情人調情。我是可以發脾氣，但這麼做沒意義。我還有更重要的事要煩惱。威爾。

找愈久，我的心就愈不安。

「我有看到他，」一個聲音傳來。是我的小表妹貝絲。「他跟奧莉薇亞在一起。她有點小醉。」

「哦，對，奧莉薇亞！」另一個表親插話。「他們往帳篷入口走了。他覺得應該帶她出去透透氣。」

奧莉薇亞，又在大家面前出洋相。我快步走出帳篷，卻沒看到他們的身影，只有一群人在入口抽菸閒聊。是我的大學同學。他們轉向我，七嘴八舌地說了一些賓客會說的話，什麼我看起來真的好美，儀式真的好浪漫——我連忙打斷他們。

「你們有看到奧莉薇亞或威爾嗎？」

他們大略指指帳篷另一邊面海的地方。威爾和奧莉薇亞為什麼要去那裡？已經開始變天了，而且天色已黑，月光也黯淡到無法照亮大地。

我繞到另外一側，強風在我和帳篷周圍尖聲呼嘯。想到她剛才差點淹死，我的胃就跳了一下，充滿憂懼。奧莉薇亞應該不會做什麼傻事吧？

終於，我透過帳篷主燈光瞥見兩個模糊的輪廓朝海邊走去。一種無以名狀的直覺阻止我呼喊他們的名字。我發現威爾和奧莉薇亞靠得很近，兩人的身影在幾近漆黑的夜中模糊在一起。我心裡突然掠過一個可怕的念頭……不，他們一定是在說話。可是沒道理啊。我印象中好像沒見過他們兩個聊天，頂多禮貌性交談而已。我的意思是，他們只見過一次面，根本不熟，但眼前的他們似乎有很多話可以聊。他們到底在聊什麼？為什麼要大老遠跑來這裡，避開其他人的視線？

我開始像個竊賊悄然無聲地往前走，踏進愈來愈黑的夜。

奧莉薇亞／伴娘

「我要跟她說，」我好不容易才擠出這幾個字，但我已經下定決心了。「我要……我要把我們的事告訴她！」我想起漢娜剛才說的話。**不要悶在心裡，講出來會比較好，就算覺得很可恥，覺得別人不會懂也一樣**。

他突然用手摀住我的嘴，讓我嚇了一跳。我能嗅到他身上的古龍水香。我還記得當時完事後發現皮膚上沾著這層香氣，覺得聞起來好舒服、好成熟，如今只讓我作嘔。

「喔不，奧莉薇亞，」威爾的語調依舊溫柔，近乎和善，反而讓氣氛更加詭譎。「我覺得妳不會。妳知道為什麼嗎？因為這樣會毀了妳姊姊的幸福。今天是她的大喜之日，妳這個小傻瓜。茱莉亞對妳來說很特別，妳不會這樣對她。再說又有什麼意義呢？我又不可能跟妳在一起。」

帳篷另一邊爆出嘰嘰喳喳的喧鬧。他可能擔心被人看到，立刻把手從我嘴上拿開。

「我知道！」我生氣地說。「我不是這個意思……我也不想要那樣。」

他揚起眉毛，露出懷疑的表情。「那妳想要什麼，奧莉薇亞？」

我不想再這麼難受了，我心想。我想擺脫這個無時無刻纏著我的可怕祕密。但我沒回答。「我明白了，」他再度開口。「妳想罵我，對我發飆。我承認自己處理得不甚完美，我應該好好跟妳分手才對。我應該更坦白一點。我真的沒想過要傷害任何人。奧莉薇亞，妳願意聽聽我真實的想法嗎？」

他好像在等我回應，所以我點點頭。

「我覺得妳如果真的想告訴茱莉亞，妳早就做了。」

我搖搖頭。可是他說得沒錯。我有那麼多時間行動，有那麼多機會向茱莉亞坦承一切。我有好幾次清晨醒來躺在床上，想著該怎麼把真相告訴她，或許找她一起吃午餐，喝杯咖啡聊聊，但我從未付諸實行。我太過怯懦，反而一直躲著她，就像想盡辦法不去婚紗店試穿伴娘禮服一樣。躲起來假裝沒這件事簡單多了。

我曾想過假如我是茱莉亞或媽媽，我會怎麼做。也許會在初次見面或訂婚酒會上當著眾人的面大吵大鬧，讓他難堪吧。可惜我不像她們兩個那麼堅強，那麼有自信。所以我決定寫匿名紙條。我把信列印出來，丟進茱莉亞的信箱裡：

威爾・史萊特跟妳想的不一樣。

他是個愛說謊的騙子。別嫁給他。

我以為這樣至少會讓她開始質疑威爾，重新思考結婚的決定。我想在她心裡埋下一點疑慮的種子。我現在終於明白自己的行為有多可悲。說不定茱莉亞根本看不懂；說不定威爾先攔截了，或是被夾在一堆廣告傳單裡扔進垃圾桶。就算她真的看到、明白上面的含義，我也應該知道茱莉亞不會為了一張來路不明的紙條煩惱。她不是那種愛擔憂的人。

「妳不想毀了妳姊姊的人生吧？」威爾又說。「妳不會這樣對她的。」

這倒是真的。雖然有時我很討厭茱莉亞，但我對她的愛更深。她永遠是我的姊姊；真相會毀了我們姊妹倆之間的一切。

威爾對他的說詞很有信心，言語間充滿說服力。我腦中的觀點逐漸瓦解。他說得沒錯，他沒有騙人，只是沒說實話而已。我似乎無法堅守自己的情緒與感受，只能任憑熊熊燃燒的怒火慢慢熄滅，留下更糟糕的東西。一種空洞和虛無。

下一秒，我突然想起茱莉亞。她在禮拜堂裡帶著微笑站在他身旁，對他的真面目一無所知。從來沒有人能愚弄茱莉亞……他卻玩弄她的感情，把她耍得團團轉。我無法為自己抱不平，卻能為茱莉亞感到憤怒。

「我還留著你的訊息，」我告訴他。「我可以拿給她看。」這是我僅存的一點籌碼，握有的最後一絲權力。我舉起手機湊到他面前，強調自己的決心。我早該預見接下來的景況，可是他剛才講話的聲音那麼柔、那麼輕，我不知怎的毫無防備。他突然緊抓住我懸在半空中的手腕，另一隻手鉗住我另外一隻手，一下子就把我的手機搶走了。我還沒搞清楚他想做什麼，他就用力將手機丟向遠方漆黑的大海。撲通！海面冒出一個微小的、東西落水的聲響。

「我有備份——」只是我不曉得怎麼叫出備份。

「哦，是嗎？」他冷笑道。「妳就這麼想搞砸別人的人生啊，奧莉薇亞？妳應該知道我手機裡有一些照片——」

「閉嘴！」一想到茱莉亞和其他人可能看到那些照片，我就……

他拍那些照片的當下，我覺得很不舒服，但他很懂得怎麼要求，不斷在我擺姿勢時說我有多漂亮、多性感，讓他慾火難耐。我擔心拒絕會讓我看起來像個拘謹的小女孩；而且他完全沒入鏡，他的臉、他的聲音都沒有。我突然意識到他大可聲稱是我自己拍了那些照片和影片傳給他。他可以否認一切。

他的臉離我好近。有那麼一刻，我還以為他要吻我。儘管我討厭自己出現這種想法，內心卻有點希望他這麼做。一部分的我還是很渴望他。這種反應讓我覺得噁心。

他仍抓著我另一隻手腕。很痛。我叫了一聲，試著掙脫，但他只是牢牢攫住我，手指深深陷進我的肉裡。他很有力，比我強壯多了。我想起他稍早抱著我從水裡上岸，在眾人面前扮演英雄，想起我的小剃刀。可是剃刀遠在帳篷某處，躺在珠珠包裡。

威爾猛地把我拉向前。我絆了一下，一隻鞋子應聲掉落。我這才發現我們離懸崖不遠。他拉著我逼近崖邊，浩瀚的大海在月光下如墨般黑亮。可是……他不會這麼做，對吧？

現在

婚禮當晚

鄧肯和安格斯盯著費米手上那頂變形的金色皇冠。在暴風雨中黝黑的泥濘裡居然出現這種東西，未免太奇怪了。他們花了點時間才想起之前在哪看過這頂皇冠。

「是茱莉亞的頭飾。」安格斯說。

「媽的，」費米說。「還真的是欸。」

三人默默心想，究竟是何等激烈的暴力行為才能讓金屬扭曲成這樣？

「你們有看到她的表情嗎？」安格斯問道。「茱莉亞？就在切蛋糕前？她看起來氣炸了，或是……好像嚇到之類，很驚恐的樣子。」

「她有在帳篷裡嗎？」費米說。「燈亮了之後？」

安格斯畏縮了一下。「你該不會認為……認為她出事了吧？」

「該死。」鄧肯嘶聲咒罵。

「我沒這麼說，」費米解釋。「我只是問一下——你們有看到她嗎？」

他們安靜了良久。

「我不記得——」

「嗯，鄧肯，我也沒印象。」

他們環視周遭深沉的黑暗，睜大雙眼留意任何風吹草動，豎起耳朵細聽各種微小聲音，不敢喘一口氣。

「天哪，你們看，那邊還有東西。」安格斯彎腰拾起那個物品，手在火光中不停顫抖；只是這一次，沒有人嘲笑他的恐懼。他們三個都很害怕。

那是一隻鞋，一隻灰色絲質尖頭高跟鞋，繫帶上還有個珠寶扣。

幾個小時前

漢娜／查理的女伴

路易斯這傢伙很會跳舞。樂團挑起了大家的情緒，舞池陷入狂熱，許多賓客在我們周圍盡情擺動，搖搖晃晃地穿越人群，迫使我們靠得更近。我想到自己一整天下來的緊張、壓力和孤單，對此，查理要負最大的責任。不過我現在不想去想他，他真的讓我太生氣、太傷心了；再說，我上一次耽溺於音樂是什麼時候？上一次恣意跳舞是什麼時候？上一次覺得自己被人渴望、充滿魅力又是什麼時候？感覺那部分的我好像隨著人生推移逐漸失散，遺落在某處。我要在這幾個小時裡好好享受她的回歸。我雙手高舉過頭，跟著節奏扭腰擺臀，隨興甩動頭髮，感受髮絲拂過裸露的肩膀。我察覺到路易斯的目光停在我身上。我十幾歲就在曼徹斯特夜店流連，聽著最新的伊比薩島舞曲狂歡，練了這麼多年，舞技自然沒話說。我都忘了跳舞有多令人興奮，那種肢體協調感有多美，彷彿自我與身體合一。我從路易斯讚許的表情就看得出來自己有多厲害。他不是和我眼神交會，就是在我舞動時打量我的身軀。

音樂漸漸趨緩，轉為慢歌。路易斯把我拉近，輕輕摟著我的腰。我能透過他的襯衫感受到他的心跳與胸口的溫熱，我能聞到他身上的味道，他的唇離我只有幾公分遠。我開始意識到我們的身體彼此觸碰摩挲，他的下體硬挺地頂著我。

我稍稍拉開距離，試著隔出幾公分的空間。我得讓頭腦清醒一下才行。「嘿，」我的聲音流露出一絲顫抖。「我要去喝一杯。」

「好啊，」他回答。「好主意！」

其實我沒有想找他一起去。我覺得自己需要一點時間獨處，但又沒那個力氣解釋，於是便和他一同前往酒吧帳篷。

「你跟威爾是怎麼認識的？」我在音樂聲中大喊。

「什麼？」他湊近一點想聽清楚，耳廓擦過我的唇。

我又重複一次剛才的問題。「你也是崔佛蘭的嗎？」

「哦，妳說學校啊？」他說。「不，我們都念愛丁堡大學，橄欖球校隊的。」

「嘿，路易斯，」吧檯旁有個人在我們走近時舉手打招呼，給他一個擁抱。「快來陪我這個孤單的傢伙喝一杯！我和艾奧娜在舞池裡走散了，大概要結束後才會看到她。」他注意到我在旁邊。「嗨，妳好啊，很高興認識妳。多謝妳陪我兄弟。妳知道嗎，他在禮拜堂就注意到妳囉——」

「閉嘴，」路易斯臉紅了。「對啦，我們剛才跳了一支舞。」

「我叫漢娜。」我的聲音有點卡住，不懂自己在這裡幹嘛。

「我是傑瑟羅，」路易斯的朋友說。「漢娜，妳想喝什麼？」

「呃……」我猶豫不決，認為應該理智一點，畢竟今天已經喝很多了；接著我想到查理，還有他和茱莉亞的事。我決定把自己灌得更醉，重溫在舞池間短暫感受到的自由。「一杯烈酒，」我轉向酒保。是歐文，稍早認識的其中一位年輕調酒師。「呃……龍舌蘭好了。」我不想浪費時間。

「讚喔，」傑瑟羅揚起眉毛。「算我一個。路易斯？」

歐文倒了三小杯龍舌蘭酒。我們一飲而盡。「我的媽啊！」路易斯砰地放下酒杯，眼眶泛著淚光。但我完全沒感覺。搞不好我那杯是水也說不定。

「再來一輪。」我說。

「我喜歡她，」傑瑟羅對路易斯笑笑。「但我的肝就不知道了。」

「妳真的太酷了。」路易斯看著我，臉上堆滿笑容。

我們又喝了一杯。

「妳不是愛丁堡的學生吧？」傑瑟羅瞇起眼睛看著我。「不然像妳這種派對女孩，我一定會記得。」

「我不是，」又是那個地方。光是提到校名就讓我清醒了不少。「我——」

「我們倆都是，」傑瑟羅伸出手臂摟住路易斯的脖子。「我們生命中最美好的時光，對吧，路易斯？我到現在還是很懷念大學生活，也很想念打橄欖球。」他指著扁塌的鼻梁，顯然以前斷過。

「我還掉了一顆牙。」路易斯說。

「我記得！」傑瑟羅大笑，接著轉向我，「當然啦，威爾從沒受過傷，一點擦傷也沒有。那傢伙打的是邊鋒，帥哥的位置，所以他才帥成這樣，帥到沒天理。」

「每次賽後出去玩，他都會變成最爛的阻擋球員，完全無法掩護別人得分，」路易斯說。

「你可能本來在跟某個女孩調情，結果威爾走過來問你要不要再喝一輪，就把她們的心勾走了。」

「他的命中率高得誇張，」傑瑟羅點頭附和。「他就是為了認識美女才加入里爾舞社啊。不過花花公子也是有專情的時候。你還記得那個跟他分手的女生嗎？」

「喔，對，」路易斯說。「我差點忘了。你說那個北方女孩對吧？很聰明的那個？」

天哪。感覺恐懼逐漸降臨，我卻只能站在這呆看一切。

「對啊，」傑瑟羅說。「跟妳一樣。」他向我眨眨眼。「而且他被甩後有報復對方。記得嗎，路易斯？」

「呃，不太記得……」路易斯瞇起眼睛。「印象中她好像輟學了吧？她提分手的時候，威爾又氣又難過。我總覺得她對他來說有點太聰明了。」

我胃裡的不適感愈來愈重。

「那段在學校瘋傳的影片啊，記得嗎？」傑瑟羅說。

「喔喔喔——」路易斯瞪大眼睛。「對，當然記得！那真的是……太狂了。」

「我猜那段影片可能上傳到成人網站了，」傑瑟羅說。「收在經典老片區之類。不曉得她現在過得怎麼樣，知道影片在外流傳有什麼感覺。」

「嘿，妳沒事吧？」路易斯突然看著我問道。「天啊——」他伸手搭著我的手臂。「妳整個人發白欸。是剛才那杯嗆到了嗎？」他同情地皺起臉。

我推開他，跌跌撞撞地離開吧檯。我得出去透透氣。我幾乎是一踏出帳篷就立刻跪倒在地，大吐特吐，像發燒一樣渾身顫抖。我隱約感覺到幾個賓客站在入口喃喃低語，言談間滿是震驚與厭惡，不時冒出銀鈴般的笑聲。外面似乎變天了，風勢愈來愈猛，不停拉扯我的頭髮、刺痛我的眼睛，讓我忍不住泛淚。

我又吐了。和暈船不同的是，我並沒有覺得比較舒服。這種噁心感永遠無法緩解。剛才聽到的事如毒藥般深深滲進我體內，顛覆了我的世界。

現在

婚禮當晚

「這是誰的鞋子？」安格斯顫抖著舉起那隻鞋。

「很眼熟，」費米回答。「但我想不起來在哪看過——一切感覺好遙遠，好像很久以前的事了。」今天的確很超現實。此刻的他們只能感知到深沉的夜、狂烈的暴風雨，以及內心湧動的恐懼。

「我們要帶著它嗎？」安格斯又問。「這可能……可能是什麼線索。」

「不，把它放回去，」費米說。「我們不該碰它。老實說那頂皇冠也是。」

「為什麼？」安格斯滿臉疑惑。

「為什麼？你這個白痴，」鄧肯厲聲喝道。「這些搞不好是證據欸！」

「嘿，」安格斯在他們放下鞋子準備往前走時說。「風——風停了。」

他說得沒錯。暴風雨不知怎的驟然停歇，他們絲毫沒注意到周遭的轉變。風雨肆虐後留下一種詭異的寂靜，讓他們不禁渴盼方才惡劣的天氣。空氣靜到恍若凝滯，就像屏住呼吸一樣，只是暫時、虛假的表象。他們可以聽見自己沙啞短淺的呼吸聲，底下掩藏著害怕。

三人急忙查看四周，焦慮地掃視如天鵝絨般的夜，找尋可能的動靜與威脅，最後終於看到了什麼。城堡莊園隱約矗立在遠方，漆黑的窗戶映射出微弱的光芒。

「等等，」費米停下腳步，其他兩人瞬間僵在原地。「那邊——」他開口。「那邊好像有東西。」

「該不會又是一隻該死的鞋吧，」鄧肯大喊。「這是怎樣？灰姑娘喔？還是糖果屋丟麵包屑？」費米和安格斯不認為他真的想開玩笑。他們都聽得出來他的語氣流露出一絲緊張和驚懼。

「不對，」費米說。「那不是鞋子。」

他的聲音裡有種情緒，讓他們一點都**不想**看，只求離那個東西愈遠愈好。不過他們還是強迫自己，看著費米舉起火炬慢慢畫出一個弧。微弱的火光逐漸染過地面。

那裡的確有什麼，只是這次不是物品，而是一個人。他們透過光照，看見地上出現一具長長的軀體，內心的恐懼愈來愈沉。那個身影俯臥在地，模樣恐怖，絕對是人沒錯，而且距離城堡莊園很近，就在外緣乾地過渡到泥煤田那一帶。屍體的衣擺在風中窸窣飄動，加上搖曳的火光，讓人有種焦躁感。感官的把戲在這種情況下格外詭誕，令人毛骨悚然。

他們三個不想、也不敢相信那些衣物下真的有人。一個剛才還在帳篷裡有說有笑，和他們一同慶祝婚禮的人。

稍早

伊娃／婚禮企劃師

我和幾位服務生極盡小心地將四層大蛋糕移至帳篷中央。賓客很快就會聚在這裡，圍著蛋糕，見證新人切下第一刀。感覺和在禮拜堂舉行的儀式一樣神聖。

佛萊迪拿著蛋糕刀從供餐區走出來。「妳沒事吧？」他皺起眉頭，仔細看著我。

「沒事，」我想我臉上一定寫滿了緊張。「只是覺得有點累。」

「嗯，」佛萊迪點點頭，明白我的感受。「很快就會結束了。」他把刀遞給我，放在蛋糕旁邊。這把刀非常漂亮，鑄工精緻，有細長的鋒刃與優雅的珍珠母貝刀柄。「記得提醒他們小心點。輕輕一劃就可能皮開肉綻。新娘還特別要求把刀磨利——真是瘋了，這樣的刀應該用來切肉才對，拿來切蛋糕就像切奶油一樣容易。」

茱莉亞／新娘

威爾和奧莉薇亞在懸崖邊說的話我都聽見了。應該說，至少聽到的部分足以讓我一窺事實的輪廓。有些話語被狂風吹走，我不得不靠近一點才聽得清楚。我原以為他們會往我這邊瞄，發現我在偷聽，但顯然他們倆一心投入這場對質，沒有察覺到我的存在。起先我還聽不懂他們在吵什麼。

「我要把我們的事告訴她！」奧莉薇亞大喊。一開始我還拒絕理解。不可能，我連想都不敢想——

我腦海中突然閃過奧莉薇亞從海裡上岸後的畫面。她當時欲言又止，似乎有什麼話想告訴我。

接著威爾的聲音變了。我看見他用手摀住她的嘴，抓住她的手臂；他的行為比他的言辭更讓我震驚。眼前這名男子是我先生，也是一個我幾乎不認識的人。

我躲在陰影處望著他們，注意到兩人的肢體語言彷彿熟識彼此，清楚說明了一切。

他們走向崖邊那一刻，醜陋的真相開始拼湊起來，呈現在我眼前。

我第一個反應不是生氣，而是震懾，那種撼動自我存在的衝擊，彷彿一切分崩離析。現在我的感覺不一樣了。

他羞辱我，把我當傻瓜耍。我能感受到憤怒於血管裡奔流，在體內綻放，這種熟悉帶給我一絲安慰，淹沒了其他情緒。

我扯掉頭上的金色皇冠，扔在地上，使盡全力踩踏，直到它變成扭曲的破銅爛鐵。這還不夠。

奧莉薇亞／伴娘

「威爾！」是茱莉亞的聲音。一道略帶藍色的亮光緊隨而至，那是她手機的手電筒。我們彷彿被聚光燈逮個正著，兩人僵在原地動也不動。威爾立刻鬆開我的手，好像被我灼傷一樣，快步退到旁邊。

我從茱莉亞喊他的聲音中聽不出端倪。她的語調非常中性，可能有點不耐煩。不曉得她看到了多少？更重要的是，聽到了多少？應該不可能一字不漏地全聽見吧？否則以我對她的認識，我和威爾早就躺在懸崖底部了。

「你們兩個到底跑來這裡幹嘛？」茱莉亞問道。「威爾，大家都在找你，還有奧莉薇亞——聽說妳摔倒了？」她走向我。我覺得她變得不太一樣……對，她頭上那頂金色皇冠不見了，但好像還有別的什麼，我說不上來。

「她在舞池裡醉倒了，」威爾再度變回平常那個充滿魅力的他。「我想說帶她出來透透氣比較好。」

「喔，謝謝你照顧她，」茱莉亞說。「快進來吧，我們要切蛋糕了。」

現在

婚禮當晚

三名招待小心翼翼地走向那具軀體。

那人倒下的地方離乾地有點遠，泥沼已經匯聚在邊緣，細心且充滿愛意地將屍體包圍起來，這樣要是那人突然奇蹟般甦醒，掙扎著站起來，也會比想像中更困難。對方可能會拚命扭動想抬起手、抽出腳，發現自己被濕濘的黑色大地緊緊摟在懷裡。

泥沼以前就吞噬過其他屍體。裂開大嘴，從頭到腳吞下，深深嚥進地底。不過這是很久以前的事。它已經餓了好一段時間了。

他們慢慢靠近，用火光掃過不同的身體部位。只見那人雙腿叉開，姿勢難看，頭部靠著地面，一對看不見的空洞眼眸在光線中閃閃發亮，而且嘴唇半張，微微露出舌頭，不知怎的有點淫穢，胸骨處還染著暗紅色血漬。

「喔天哪，」費米喊道。「天哪，媽的……是威爾。」

這是新郎第一次這麼醜陋，毫無俊美帥氣可言。他的五官扭曲成一張痛苦的面具，混濁的雙眼瞪得老大，舌頭無力地垂在嘴邊。

「我的媽啊。」安格斯忍不住乾嘔。鄧肯嗚咽了一聲。他們從沒見過他為任何人事物激動啜泣。「兄弟，別鬧了，快點。起來！給我起來！」他蹲下身用力搖晃屍體，威爾的頭左右甩動，有如一場恐怖的默劇。「住手！」安格斯抓住鄧肯大喊。「快住手！」

他們再三確認，看了又看。費米說得沒錯。是威爾。可是……**不可能**，怎麼會是威爾，他們這一幫的靈魂人物，完美到無人能敵，大家都很喜歡他……

他們三人悲慟欲絕，震驚到無法言語，只是專注望著死去的好友，完全放鬆了警戒。沒有人注意到幾公尺外出現另一個活生生的身影，在黑暗中慢慢走向他們。

稍早

威爾／新郎

我和茱莉亞一起走回帳篷，留奧莉薇亞獨自在後。發現我們離懸崖邊那麼近，我腦中瞬間閃過一個瘋狂的念頭。大家應該不會太驚訝，畢竟她剛才就想跳海自殺，或者說看起來想自殺。再加上目前狂風大作，很適合混淆視聽。

但那不是我。我是個好人，不是殺人凶手。

然而情況的確有點失控。我得好好應對，解決這些麻煩才行。

我當然不可能把奧莉薇亞的事告訴茱莉亞。當時去她媽媽家拜訪時沒說，現在更不能說。無謂地傷害茱莉亞沒意義。至於我和奧莉薇亞——那只是一時的吸引和激情，根本不是認真的。我們的關係打從一開始就奠基於謊言，我說了謊，她也說了謊。事實上，我們初次約會時正是那種偽裝與矯飾讓我想和她玩玩。她試著扮演別人、謊報年紀，假裝自己成熟世故，那種不安全感讓我想腐蝕她，帶她墮落，就像我大學時代的女友一樣。她是個好女孩，認真勤奮、冰雪聰明，從一間爛高中畢業，總認為自己不夠優秀，沒資格念這麼好的大學。

相反的，我在派對上遇見茱莉亞的感覺完全不一樣，就像天意、命中注定。我馬上就知道我們倆要是在一起一定很棒，不止外表看起來登對，各方面也很契合，非常相配。我，一個前途看好的電視圈新星；她，一個有能力有抱負的雜誌出版人。我要的是一個旗鼓相當、充滿自信又有野心的伴侶，一個像我這樣的人。我們在一起所向無敵。這是不爭的事實。

奧莉薇亞應該會乖乖閉上嘴巴。我早就知道了。她太常自我懷疑，覺得沒有人會相信她。不過……也許是我太疑神疑鬼，感覺她來到這裡後就變了。在島上，所有人事物都變得不太一樣，彷彿小島刻意這麼做，我們被帶到這裡是有原因的。我知道聽起來很扯。我想大概是一下子有這麼多人出現在同一個地方的關係。過去與現今彼此雜揉、交織為一體。我通常都很謹慎，但我得承認自己這次沒想清楚，沒考慮到讓這些人湊在一起會怎麼樣，有什麼後果。

好，我想奧莉薇亞這邊沒事了。但我一回到帳篷就得先對付強諾，絕不能讓他口無遮攔地對別人亂講話。我可能太低估他了。我原以為把他留在身邊就近看管會比較安全，可是茱莉亞在我不知情的情況下邀請了皮爾斯，沒錯，問題就出在**這裡**。如果她沒這麼做，強諾就不會知道節目的事，我們之間一切如常。他應該很清楚自己不適合上電視吧？老實說他講得很好，他就是個會扯我後腿的大麻煩。酗酒、呼麻，還有那該死的記憶力，他在記者面前肯定會變得神經兮兮，不小心說溜嘴。他很明白自己是個問題人物，我真的不懂他幹嘛那麼生氣。不管怎樣，他很危險。他知道的太多，能說的也太多。我很確定沒有人會相信他口中那個二十年前的荒唐故事，但我不會冒這個險。況且，他有威脅的地方不僅如此。剛才在洞穴裡我被蒙住眼睛，不曉得他打算做什麼，幸好伊娃及時出現，否則誰知道會發生什麼事。

這一次，我一定會有所防備。

漢娜／查理的女伴

我試著像傑瑟羅和路易斯那樣理性看待這件事。會不會有那麼萬分之一的可能，一切不過是巧合？我努力聽從理智的聲音，想像一下若是查理遇見類似的情況，我會說什麼？我會告訴他：「你喝醉了，所以思緒很混亂。好好睡一覺，明天早上再想吧。」

然而實際上，我不需要仔細反思也知道答案。我感覺得出來。每個細節都對得天衣無縫，不可能是巧合。

當然，愛麗絲的影片是匿名發布的，只是當時我們沉浸在悲痛裡，沒有想到要詢問她的朋友，也許他們能幫我們揪出罪魁禍首。後來我還發誓，要是有機會報復那個毀掉我妹妹的人生、結束她生命的人，我一定會讓他受盡苦楚。天哪……一想到我喜歡他，昨晚還夢到他……憤怒挾著膽汁湧上喉嚨，漫進我嘴裡。這簡直是二次羞辱。我居然被那股摧毀愛麗絲的吸引力迷得神魂顛倒。

我想威爾在彩排晚宴上說的話。**我們是不是在訂婚酒會上見過？那我可能是在茱莉亞的照片上看過妳吧。**妳看起來很眼熟。他認出我時其實不是認出我，而是愛麗絲。

我回到帳篷，平靜的外表下暗潮洶湧、怒火翻騰，情緒強烈到連我自己都怕。害死我妹妹的人如今過得多采多姿，用虛假的魅力、與生俱來的帥氣外貌和特權開創了一番事業，而比他聰明上百萬倍的愛麗絲——我靈巧慧黠的妹妹——卻再也沒機會活出屬於自己的人生。

許多賓客擠在我周圍，醉醺醺地搖來晃去，笨手笨腳。我沒辦法越過人牆看到前方，也沒辦法從縫隙間鑽過去。最後我決定用力硬擠，一路上不時聽見有人小聲驚呼，轉頭看著我。

燈好像又快要熄了。一定是風的關係。燈光在我穿過人群時閃個不停，忽明忽滅。黃昏時分還能藉著暮色看清一切，但晚上要是少了電燈，會場幾乎漆黑一片，伸手不見五指。餐桌上那些小蠟燭根本沒用。到處移動的模糊人影讓場面變得更加混亂。有人尖聲叫喊、咯咯輕笑，有人直接撞上來。我覺得自己好像被困在鬼屋裡，只想大聲尖叫。

我不斷使勁握緊又鬆開拳頭，感覺指甲刺破了掌心的肉。

這不像我。感覺好像被什麼東西附身了。

燈光再度亮起。大家熱烈歡呼。

「各位，切蛋糕的時間到了。」查理的聲音透過麥克風放大，在帳篷間迴盪。我的眼神越過前方擁擠的人群，凝視著手拿麥克風的查理。這是我第一次覺得自己離他好遙遠。

外層雪白的結婚蛋糕點綴著晶瑩剔透的糖花與糖葉，閃耀著美麗的光芒。威爾和茱莉亞站在蛋糕旁準備就緒，姿態自若從容，看起來就像結婚蛋糕上那兩個完美的小雕像。穿著優雅西裝的他頂著一頭金髮，身材高挺精實；穿著白色婚紗的她髮色墨黑，曲線凹凸有致。我這輩子從來沒真正恨過任何人，就連聽說愛麗絲男友做了那些惡事也沒有，因為當時缺乏一個具體的對象讓我投射這些情緒。然而現在，我恨他，扎扎實實地**恨**他。他就站在那裡，對著上百支手機和閃光燈燦笑。我默默地往前靠近。

新人親友團聚集在他們周圍。四名招待咧嘴一笑，拍拍威爾的背……我忍不住想，他們之中有誰瞥見他的真本性嗎？他們難道一點都不在乎？還有查理，一副斯文得體、儀態端正的模樣；我很確定那些都是表象，他只是看起來很清醒而已。茱莉亞和威爾的父母站在一旁，臉上掛著驕傲的微笑。然後是奧莉薇亞，表情依舊寫滿痛苦。

我又走近一點。我不知道該怎麼處理內心的感覺，情緒如電流般在我血管中飛竄，發出細碎的劈啪聲。我看著我的手，發現手指不停地顫抖，讓我既興奮又害怕。我有種感覺，要是此時立刻試驗一下，會發現原來自己握有某種嶄新、反常的力量。

伊娃往前一步，將蛋糕刀遞給威爾和茱莉亞。那是一把大刀，刀刃細長鋒利，刀柄是珍珠母貝製成，似乎是想隱藏它的尖銳，增添一點柔和感，好像在說：這是一把婚禮蛋糕刀，就這樣，一點也不可怕。

威爾握住茱莉亞的手。茱莉亞對大家微笑，整齊的貝齒閃爍著晶亮。

我再度靠近，就快到最前面了。

她握著刀柄，指關節微微泛白，他把手放在她手上，兩人一起切下第一刀。蛋糕被利刃劃開，露出深紅色糕體。威爾和茱莉亞對著周圍的手機鏡頭不斷微笑、微笑、微笑。刀子就放在桌上，鋒刃閃閃發光。就在那裡。觸手可及。

就在這個時候，茱莉亞俯身抓起一大把蛋糕，一邊對著鏡頭微笑，一邊飛快將蛋糕砸到威爾臉上，力道之大宛如一記重拳，一個耳光。威爾踉蹌地退了幾步，在一片狼藉中目瞪口呆地看著她，一塊塊海綿蛋糕和糖霜掉落下來，沾在他那套完美無瑕的西裝上。茱莉亞的表情很微妙，看不透她的感受。

震驚與沉默籠罩著整座帳篷，大家都在等著看接下來會發生什麼事。只見威爾把手按在胸前，無聲地做了一個「被擊中了」的動作，咧嘴一笑。「我最好去清理一下。」他說。

在場賓客爆出一陣歡呼、尖聲笑鬧，瞬間把剛才那奇怪的一幕拋諸腦後。這都是儀式的橋段啦。

但我注意到茱莉亞沒有笑。

威爾踏出帳篷，往城堡莊園的方向走。大家又開始說笑閒聊。我大概是唯一轉身看著他離開的人。

樂團繼續演奏。許多人湧向舞池。我彷彿腳生了根似的站在原地動也不動。

下一秒，燈光驟然熄滅。

奧莉薇亞／伴娘

他說對了。事已至此，我不可能把真相告訴茱莉亞。

我想到他不但用話術扭曲事實，顛倒黑白，讓我覺得一切都是我的錯，還故意讓我感到羞愧，利用這種情緒來操弄我。自從我看到他和茱莉亞一起走進媽媽家門後，羞愧感就一直纏繞心頭。他讓我覺得自己好渺小、沒有人愛、醜陋、蠢笨、一文不值。他讓我討厭我自己。這個可怕的祕密撕裂了我與他人甚至是家人之間的關係。尤其是家人。

我想起他剛才在懸崖邊抓住我的手臂。要是茱莉亞沒出現，不曉得會發生什麼事。假如她看到這一幕，一切都會有所不同。可是她沒有，我也錯過了時機。如果現在揭露實情，沒有人會相信我，說不定還會大加責怪。我做不到。我不夠勇敢。

但我其實是可以做點什麼的。

下一秒，燈光驟然熄滅。

茱莉亞／新娘

砸蛋糕不夠，感覺很可悲，沒什麼殺傷力。他讓我非常失望，無可挽回，和我其他家人一個樣。我為他卸下心防，推倒所有謹慎堆築、保護自己的高牆，甚至在他面前展現出脆弱的一面。

剛才我們握著手一起切蛋糕，他對我露出微笑。一想到那雙手曾在我妹妹身上撫摸游移……天啊，太噁心了。他跟我上床時是不是想著她？他是不是覺得我太笨猜不到？一定是這樣。沒錯，我完全被蒙在鼓裡。這讓整件事變得更糟，簡直是天大的侮辱。

很好。他低估了我的能耐。

怒火在我心底蔓延，蓋過了震驚與悲傷。我能感覺到憤恨在我肋骨下爆炸，吞噬了其他情緒。這種感受幾近解脫。

下一秒，燈光驟然熄滅。

強諾／伴郎

我在黑暗的小島上遊蕩。外頭颳起大風，有好多奇形怪影從夜色中冒出來，我只能舉起手奮力擊退它們。最可怕的是，我又看見那張臉，就是我昨晚在房間裡看到的面孔。那副大眼鏡，還有我們把他抬走前幾個小時，他在宿舍露出的最後一抹表情。死在我們手裡的那個男孩。我和威爾都是凶手，但只有我的人生因為這件事徹底毀滅。

我有種超然的疏離感，彷彿與現實世界脫節。彼得剛才像在發飯後薄荷糖似的拿了點好東西給我，終於發揮藥效了。

威爾，那個混帳。臉上掛著該死的笑容走進帳篷，好像什麼事都沒發生，什麼都沒影響到他。我剛才應該要趁機在洞窟裡幹掉他才對。

我想走回婚禮帳篷。我能看見閃爍的燈光，可是帳篷似乎跳來跳去，忽近忽遠，一直出現在不同的地方……我能聽見人群喧鬧，帆布在風中拍動，還有音樂——

下一秒，燈光驟然熄滅。

伊娃／婚禮企劃師

燈光驟然熄滅。許多賓客嚇得失聲尖叫。

「別擔心，」我大喊。「是發電機的問題，因為風的關係又跳電了。請大家待在帳篷裡，電再過幾分鐘就會來了。」

威爾／新郎

我踏進莊園城堡，到浴室清理身上的蛋糕。走回來一點也不輕鬆，就算能跟著建築物的燈光也一樣，因為島上風勢實在太強，我有好幾次差點被吹離小路。不過，能有點個人時間和空間來理清思緒是件好事。天哪，我的頭髮沾滿糖霜，就連鼻子上也有。茱莉亞是來真的。太丟臉了。被砸中後我抬起頭，看見爸爸望著我，臉上出現常有的表情。像是球隊公布大賽先發陣容，我卻不在其中；沒申請上牛津或劍橋大學，還有中學會考成績差點滿分，他都是這種臉，失望中夾雜著一種冷酷無情的滿足感，彷彿一再證明他對我的看法非常正確。儘管我一直聽從他的教誨，努力讓自己變得更好、實現自我追求的目標，儘管我一路走來取得這麼多成就，我從未見過他為我感到驕傲。一次也沒有。

至於茱莉亞拿起蛋糕時的神色……媽的。她該不會知道什麼了吧？但又能知道什麼呢？也許她還在氣費米他們把我抬走，硬生生打斷婚宴吧。一定是這樣，沒別的可能。如果有需要，相信我可以說服她。

事情不該是這樣。一切突然變得好脆弱，彷彿隨時可能崩塌瓦解。我得回帳篷好好處理才行。要從哪裡開始呢？

我抬起頭，看著鏡中的自己。感謝上帝賜給我這張臉孔。過去幾個小時的壓力完全沒在五官間留下任何痕跡。我光憑外貌就能贏得他人的愛和信任，這就是為什麼我知道自己終會戰勝像強諾這樣的人。我擦去嘴角邊最後一小塊蛋糕屑，順順頭髮，揚起一抹微笑。

下一秒，燈光驟然熄滅。

現在

婚禮當晚

他們蹲在旁邊看著冰冷的遺體。普通的日常生活現在感覺起來好遙遠。身為外科醫生的費米俯身貼近威爾口鼻，想聽聽看他有沒有呼吸。然而一切都是徒勞。就算在颯颯的風聲中聽得見任何細微的聲響，他睜開的渾濁眼珠、張大的嘴，和胸前的緋紅色血跡就是最清楚的證明。他已經死了。

他們凝神專注於眼前僵直的屍體，沒注意到周圍還有別人，也沒瞥見黑暗中有個身影逐步逼近。他自幽晦處隱現，踏進火光裡，就像從古老《舊約聖經》走出來的可怕人物，宛若復仇的化身。他們第一時間甚至認不出對方是誰，只看見一汪鮮血。

他猶如浸泡在血裡，襯衫前襟染上大片腥紅，白色衣服徹底變成紅色；不僅雙手手掌到手腕都沾滿汙血，脖子上也濺著血點，下顎還巴著血塊，好像一直在飲血一樣。

他們嚇得說不出話來，驚恐地盯著這個人。

他低聲抽泣，舉起雙手。一道金屬光芒閃過眼前。這是他們注意到的第二件事。一把刀。若有時間細想，他們或許認得出這把有著美麗的珍珠母貝刀柄、細長優雅的刀刃，不久前才用來切結婚蛋糕。

費米是第一個打破沉默的人。「強諾，」他小心謹慎，一字一字地慢慢說。「強諾——沒事了，兄弟。把刀放下。」

稍早

威爾／新郎

媽的。又跳電了。我摸索西裝胸前口袋拿出手機，踏進夜色，點開手電筒。外頭颳起陣陣狂風，我必須低頭俯身抵擋風勢才有辦法前進。可惡，我真的很討厭頭髮被風吹亂，只是這不太符合《厄夜求生》的形象設定，所以我從沒大聲承認過。

我抬起頭確認方向，發現前方有手電筒的亮光，似乎有人朝我走來。由於光線強烈，我看不見對方，但對方看得見我。

「誰在那裡？」我問道。過沒多久，我便認出眼前的身影。

認出她的身影。

「喔，」我鬆了一口氣。「是妳啊。」

「你好，威爾，」伊娃說。「蛋糕都清乾淨了？」

「對，差不多。發生什麼事了？」

「又跳電了，」她回答。「真的很抱歉。都是突然變天的關係。氣象預報沒說會這麼嚴重。我們的發電機無法負荷。照理說電早該來了……我要去檢查一下。那個——可以請你幫我嗎？」

老實說我真的不想。我得趕快回帳篷解決那些麻煩事。有一個妻子要安撫，還有一個伴娘和一個伴郎要……處理。但沒燈照明也沒辦法做什麼，所以還是幫吧。「沒問題，」我殷勤地說。「正如我今天早上說的，我很樂意幫忙。」

「謝謝。你人真好。在小路那邊。」她帶我沿著小路繞到城堡莊園後面。這裡吹不到風。接下來，奇怪的事發生了。周圍並沒有發電機的蹤影，她卻轉過身面對我，用手電筒照我的眼睛。「有點亮，」我笑著舉起手遮擋。「感覺好像被審問之類的。」

「哦，是嗎？」她說。

但她沒有放下手電筒。

「拜託，伊娃——」我有點惱火，但仍盡量保持禮貌。「光線直射我的眼睛，我什麼都看不到。」

「我們時間不多，」她說。「得速戰速決。」

「妳說什麼？」這真的太怪了，我有種被人求歡的感覺。她是很迷人沒錯，今早我在帳篷就注意到了，尤其是她很低調，試圖掩藏自己的美，反倒讓她更有吸引力。我說過了，我向來喜歡女人那種無知與不安全感。她為何要跟佛萊迪這種肥仔在一起誰也說不準。只是我現在手邊有太多事要忙，沒心情陪她玩。

「我只是有些事想告訴你，」她說。「你今天早上提到時我就該講了，但我認為那樣不太明智。昨晚床上的海藻是我放的。」

「海藻？」我盯著燈光，想搞清楚她到底在說什麼。「不對，不可能，一定是其中一個招待，因為那是——」

「你們以前在崔佛蘭做的事，惡整學弟。對，我都知道。我對崔佛蘭瞭若指掌，要說知道太多也不為過，真的。」

「知道什麼……？我不懂——」我的心跳開始加速，但我說不上來為什麼。

「我在網路上找你找了好久，」她說。「畢竟威爾．史萊特是很常見的名字，後來《厄夜求生》開播，你就在那裡，在電視上。佛萊迪一下子就認出來了。我們每集都有看，你還真是一點都沒變。」

「什麼——？」

「這就是為什麼我要這麼努力把你帶來這裡的原因，」她繼續說。「為什麼我願意給你太太誇張的折扣來換取在雜誌上曝光的機會。我原以為她會起疑，但她沒有，難怪你們倆這麼配。她就跟你一樣為所欲為，覺得全世界都該順她的意。她一定知道我們不可能從中獲利。不過我還是有得到些什麼，所以無所謂。」

「得到什麼？」我慢慢後退想離她遠一點。情況突然變得不太對勁，有點可疑。這時，我的右腳踩上一灘潮濕軟爛的泥，地面開始下陷。我們就站在泥沼的邊緣。感覺她早就計畫好了。

「我只是想和你談談，」她說。「僅此而已。我想不到還有什麼更好的方法。」

「什麼——好歹不要在颳著大風而且一片漆黑的地方吧？」

「事實上，我覺得這樣很完美。威爾，你還記得一個叫達西的男孩嗎？他也是崔佛蘭公學的學生？」

「達西？」手電筒的光亮到我無法思考。「不，不記得。達西。那是男生的名字嗎？」

「姓馬隆？我想你們在學校只會用姓氏。」

仔細想想，我對這個名字確實有印象。可是……不可能。絕對不可能——

「邊緣仔總記得了吧？」她說。「馬隆……邊緣仔。你們不都是這樣叫他嗎？他寫的每封信我都留著，一起帶來這座小島。我今天早上才又讀了一遍。你知道嗎，他在信上有提到你，你和強諾，他的『朋友』。我明知道你們之間的友誼不太對勁，卻什麼都沒做。這是我要背負的責任與苦難。他的墳墓就在這裡，我們擁有最多快樂回憶的地方。當然，裡面什麼也沒有。我爸媽沒有屍體可以埋葬，你很清楚為什麼。」

「我——我不明白。」

接著我突然想起一張照片，一名十幾歲的少女在白色沙灘上，我和強諾經常拿來取笑他的那張。他火辣的姊姊。**不可能——**

「我沒時間解釋一切，」她說。「我很希望有，我希望能有機會和你好好談談。我只想聊聊而已，真的，想知道你為什麼要這麼做，所以我才處心積慮說服你們來小島舉行婚禮。我有很多事想問你。他最後有沒有很害怕？你有想過要救他嗎？佛萊迪說你們溜進宿舍時感覺很興奮，好像只是一場玩笑一樣。」

「佛萊迪？」

「對，佛萊迪，我想你們以前叫他大胖呆吧。他是那天晚上房間裡唯一醒著的男孩。他以為你是要來抓他玩生存遊戲，所以才躲進被窩裝睡。你們帶走達西時他沒吭聲；為此，他自責了一輩子，從沒原諒過自己。我跟他說那不是他的錯，帶走達西的是你們兩個，其中最可惡的是你。至少你的朋友強諾很懊悔，對他的所作所為感到抱歉。」

「伊娃，」我盡可能小心地說。「我不懂。我不知道……不知道妳在說什麼。」

「只是——我大概不需要問那些問題了。我知道答案。稍早去洞窟找你們時就知道了。不過我現在多了其他問題。比方說，你為什麼要偷考卷？這真的足以成為殺人動機，讓你奪走一個男孩的生命嗎？就因為他發現了？」

「不好意思，伊娃，我真的該回帳篷了。」

「不行。」她說。

「不行？」我笑了出來。「什麼叫不行？」我搬出自己最迷人又極具說服力的語調。「聽著，妳講的話完全沒證據，因為根本沒那些事。我很遺憾妳失去了家人。我不知道妳有什麼目的，但無論妳怎麼說都沒用，最後只會變成羅生門，大家各說各話。我想我們都很清楚大家會相信誰。根據警方紀錄，這只是一場悲慘的意外事故。」

「我就知道你會這麼說，」她開口。「我在洞穴裡無意間聽見你們的對話，我知道你不會承認，也不覺得愧歉。那天晚上，你奪走了我的一切。我母親從此只剩一具軀殼，跟死了沒兩樣。幾年後，我父親也因為悲傷過度心臟病發，就這樣離開人世。」

我默默對自己喊話，我不怕她，她拿我沒辦法。我還有更重要的問題要處理，假如沒解決，後果不堪設想。她不過是個痛苦又困惑的女人罷了——

霎時間，我瞥見她手裡似乎握著什麼，沒有拿手電筒的那隻手。那是金屬閃爍的微光。

現在

強諾／伴郎

我救不了他。

我不該把刀子拔出來，那樣只會讓他出更多血。我現在知道了。費米、安格斯和鄧肯認出我的時候，我只想好好說明事情始末，但他們就是不聽，反而像拿武器一樣高舉燃燒的火把，彷彿我是一頭野獸。他們衝著我尖聲高喊、大吼大叫，要我把刀放下。我的腦袋充斥著許多嘈雜的噪音，亂成一團，一個字也說不出來。我沒辦法讓他們明白不是我幹的。我無法解釋。

無法解釋我吃了彼得給的藥，在暴風雨中四處遊蕩。

無法解釋燈光為什麼突然熄滅。

無法解釋我是怎麼發現威爾躺在黑暗裡，彎下腰，看見那把刀像從他體內長出來似的插在他胸口，插得好深好深，看不見一點刀刃。那時我才意識到，儘管他做了那些事我還是很愛他，他永遠是我兄弟。我抱著他放聲痛哭。

他們三人像圍捕野獸一樣將我圈在原地，直到警方搭船抵達小島。我從他們的眼神看得出來他們很怕我，他們從來沒有把我當成自己人。

警察來了。他們逮捕我，替我戴上手銬，準備帶我回本島。我會因為殺害我最好的朋友在英格蘭受審。

沒錯，我是想過。我在岩窟裡有動過這個念頭，想撿起手邊的石塊殺了威爾。有那麼一刻，我真的想了結他的生命。我覺得那是最好也最簡單的選擇。

可是我沒有。我很清楚。雖然我嗑了彼得給我的藥後有點恍惚，只剩下模糊的記憶碎片，其中還有幾段空白，但我知道自己沒有殺人。我當時根本不在帳篷裡，怎麼可能拿得到那把刀？但警方似乎不覺得有問題。

反正我不是殺人凶手。

不對，我是。多年前那個孩子。最後是我把他綁起來的。雖然提議的是威爾，但我也照做了。這不是用來脫罪的藉口。總不能說我太笨太遲鈍，所以沒考慮到後果吧？

我想起婚禮前一天晚上看到的異象。那個東西、那個身影，蹲踞在房間裡。不過把這件事講出來沒什麼意義。想像一下，「喔，不是我，可能是那個被我們害死的男孩幹的，是他變成鬼魂，用一把該死的蛋糕刀殺了威爾——對，我婚禮前一天晚上有在我房間看到他。」聽起來沒什麼說服力吧？再說，那些影像可能只是我的幻想。這也不無道理。因為就某種意義而言，這個男孩已經住在我腦海裡很多年了。

我想到自己即將入獄，關進狹小的牢房。然而仔細想想，自從那天早上大海漲潮後我就一直住在心牢裡，禁錮至今。也許正義抓到我，要我為過去的惡行付出代價。但我真的沒有殺我最好的朋友。凶手另有其人。

伊娃／婚禮企劃師

我舉起刀。我跟佛萊迪說我只是想把威爾帶來這裡和他談談。是真的，至少一開始是這樣。也許在洞窟裡無意間聽到的話改變了我的想法。他毫無悔意。一個晚上毀了四個人的人生。用一條有罪的生命來補償一個無辜的靈魂，聽起來很公平。我希望他能在手電筒的光束下看見銳利的刀鋒。有那麼一刻，我想讓這樣完美又高不可攀的他感受一下達西那晚孤零零地躺在沙灘上等待潮水來襲，被大海吞沒的片刻。那種無助和害怕。我要這個男人經歷有生以來最深、最沉的恐懼。我拿著手電筒，光線直射他瞪大的眼睛。

接著往他心口刺了一刀。為了我弟弟。

我願意行過地獄。

後記

幾個小時後

奧莉薇亞／伴娘

暴風雨終於停了。愛爾蘭警察已經抵達小島。大家聽從警方指揮聚集在帳篷裡，他們向我們解釋出了什麼事、發現了什麼、找到什麼人。我們只知道有人被逮捕，但不知道是誰。

一百五十個人居然能這麼安靜，幾乎沒發出什麼噪音，真的很不可思議。賓客圍坐在餐桌旁低聲交談；有些人披著鋁箔毯保暖，抵禦寒冷的衝擊，毯子隨動作發出的窸窣聲壓過了喃喃的說話聲。

我什麼也沒說。自從離開懸崖邊後，我就沒再跟別人講過話。我覺得所有聲音、所有言語都被偷走了。

這幾個月我滿腦子只想著他。現在他死了。我一點也不開心。至少我是這麼認為。我還在消化震驚的情緒。

動手的不是我，但**有**可能是我。我想起剛才看他和茱莉亞一起切蛋糕的感覺。一看到那把刀……我心裡就起了這個念頭。雖然只有短短幾秒，但我的確有這麼想，也感受到那股衝動，強烈到一部分的我甚至開始懷疑會不會真的是我殺了他，只是不知怎的失去這段記憶。

我努力避開大家的目光，不跟任何人眼神接觸，以免他們從我的表情讀出什麼。

就在這個時候，有人伸手搭上我赤裸的肩，讓我嚇了一跳。我連忙抬起頭。是茱莉亞。她在婚紗外披了一條鋁箔毯，看起來就像既有的服裝造型，一件戰士女王披風。她緊抓著我的肩頭，雙眼閃閃發亮，嘴巴抿成一條細細的線，看不見嘴唇。

「我知道，」她輕聲說。「關於他——還有妳。」

天哪。我掙扎了那麼久，苦苦思索到底要不要告訴她，她還是自己發現了。她一定很恨我。我看得出來。我知道一旦茱莉亞下定決心，無論我說什麼、做什麼，都無法改變她的想法。

接著，我瞥見她的面孔出現一絲變化。我從沒見過她有這種表情。

「如果我知道……」我看見她的嘴唇開闔，無聲的話語比說出口的言辭更多。「如果我……」她驟然停頓，將嘴邊的話嚥下去，接著閉上眼睛好一段時間。她再次睜開雙眼，只見她眼中盈滿淚水，對我伸出手；我立刻站起來，她給了我一個擁抱。我感覺到她的身體開始顫抖，內心不由得一陣緊張。她在哭，哭得很大聲，抽噎中夾雜著憤怒。我想不起來茱莉亞上次哭是什麼時候，也想不起來我們上次這樣擁抱是什麼時候。說不定這是我們姊妹倆第一次相擁。我們之間一直有種距離感，然而這一刻，那道隔閡瞬間消弭，彷彿在這充滿驚愕與創傷的夜裡只有我們兩人。我和我姊姊。

翌日

漢娜／查理的女伴

我和查理坐著渡船，準備返回本島。大多數賓客比我們早離開，男女方家人則留在島上處理後續。我回頭眺望那座島嶼。天氣已然放晴，海面上泛著點點陽光，但小島上空仍籠罩著一片烏雲，如一頭黑色巨獸蜷伏在那裡，等待下一頓飽餐。我轉過身，別開眼神。

這次我幾乎沒暈船。與昨晚發現威爾害死我妹妹所感受到的那種深刻入骨、痛徹靈魂的反胃感相比，這點不適算不了什麼。

不到四十八小時前，我還在渡船上緊抓住查理，即便我身體不舒服，我們倆還是笑得好開心。回憶扎得我胸口隱隱作痛。

我和查理沒講什麼話，也沒看對方一眼。我猜我們倆都各懷心事，沉浸在自己的思緒裡吧。我想起我們在事發前最後一次對話，就算我想談，現在也沒力氣談。我覺得身心瀕臨崩潰，疲憊不堪，甚至沒辦法整理腦中的想法，釐清自己的感受。不光是因為昨晚沒睡而已。

我們一到家就得面對現實、面對一切，看看能否在週末前修復那些破裂損壞的事物。很多東西都壞了。

不過，有片遺失的拼圖從那些破碎的殘骸中完好現身，讓我得以一窺真相。我不覺得這是了結或解脫，因為傷口永遠不會癒合。我很氣自己再也沒辦法和他當面對質，但我找到了答案，解開愛麗絲死後一直壓在我心裡的謎團。殺了威爾的人也算是為我妹妹報仇了。我只覺得可惜，沒有機會親手把刀刺進他身體裡。

致謝

謝謝我的編輯琴姆・楊（Kim Young）和夏綠蒂・布拉賓（Charlotte Brabbin）付出極大的心力聯手催生這本書，妳們的名字絕對要放在第一位。多虧妳們的鞭策與鼓舞，我才能交出最好的作品。謝謝妳們信任我，無論什麼類型的書都願意放手讓我自由創作。這點真的難能可貴，也別具意義。

謝謝我有趣又傑出的經紀人凱瑟・桑默海斯（Cath Summerhayes），妳是我見過最認真、最勤奮的人（還有上面那兩位），總是抓緊每個機會向大家介紹我和我的書。感謝妳一路陪伴至今，和我一起走過美好的旅程！

凱特・艾爾頓（Kate Elton）和查理・瑞德曼（Charlie Redmayne），謝謝你們一直以來對我和作品的信任與支持。

路克・史彼德（Luke Speed），了不起的電影經紀人與貼心暖男。感謝你洞察一切的遠見和智慧。

珍・哈洛（Jen Harlow），謝謝妳總是賣力工作，而且心靈手巧、充滿創意，不僅是作家所能希冀最可愛、最活潑、最有熱忱的公關，更是超棒的旅伴！

艾比・索特（Abbie Salter），感謝妳的行銷奇招，妳的創造力與創新力每次都讓我驚嘆不已，等不及想看看妳為本書施展的魔法了。

感謝才華洋溢的伊茲・柯伯恩（Izzy Coburn），我們兩個斯林頓女孩合作無間，能跟妳一起共事的感覺真好！

派翠莎・麥維（Patricia McVeigh），謝謝妳在愛爾蘭大力宣傳我的作品。翡翠島上還有更多冒險等著我們呢！

克萊兒・沃德（Claire Ward），我真的很佩服妳能設計出這麼棒的封面，不僅漂亮簡練，更精準提萃、傳達本書的精髓。妳真的是個獨具慧眼、富含想像力的人。

感謝菲奧諾拉・巴瑞特（Fionnuala Barrett）抓住每個角色的聲音和靈魂（甚至比我更了解），完美詮釋本書，也謝謝妳和妳的家人檢查我的愛爾蘭語！

感謝哈潑柯林斯出版社（HaperCollins）夢幻團隊：羅傑・卡札雷（Roger Cazalet）、葛蕾絲・丹特（Grace Dent）、愛麗絲・戈默（Alice Gomer）、戴蒙・格林（Damon Greeney）、夏綠蒂・克羅斯（Charlotte Cross）、蘿拉・戴利（Laura Daley）和克里夫・韋伯（Cliff Webb）。

謝謝凱蒂・麥高文（Katie McGowan）和卡倫・莫里森（Callum Mollison）跑遍世界各地，替我的書找到落腳處！

希拉・克勞利（Sheila Crowley），非常感謝妳的支持。妳真的超棒。

感謝賽拉・愛德華茲（Silé Edwards）和安娜・威格林（Anna Weguelin）的努力，讓我這個有時雜亂無章的作家不致失控。謝謝，妳們辛苦了。

謝謝水石書店（Waterstones）的熱情推薦及美麗的店內陳列設計。在此特別感謝蘇格蘭的採購經理安琪・克勞福（Angie Crawford）撥出時間帶我暢遊蘇格蘭，妳的慷慨和支持我都感念在心。

感謝所有獨立書店舉辦各式各樣的活動，將我的書送到讀者手上；感謝熱愛文字的他們創造出許多引人入勝的友善空間，讓愛書人得以盡情探索書中的世界。

謝謝萊恩・塔布里迪（Ryan Tubridy）抽空閱讀本書，還說了這麼多好話。

非常感謝所有讀過這本書、喜歡這本書的讀者，無論是透過 Netgalley 購買電子書，還是在網路或實體書店買紙本書，我都銘感五內。我很喜歡收到你們的訊息，你們的回饋帶給我無與倫比的喜悅。為此，我萬分感激。

另外我還要向我的父母獻上感謝。謝謝你們的愛，謝謝你們以我為榮，在我需要時悉心照拂，從小就鼓勵我追隨心之所向，做自己喜歡做的事。

感謝凱特（Kate）和麥克斯（Max）、羅比（Robbie）和夏綠蒂（Charlotte）的鼓勵，你們的存在讓生活充滿樂趣。

莉茲（Liz）、彼特（Pete）、唐姆（Dom）、珍（Jen）、安娜（Anna）、伊芙（Eve）、賽巴（Seb）和丹（Dan），感謝你們熱情分享書訊，捎來滿滿的愛和支持，還有美麗的手繪卡片！

感謝愛爾蘭和英格蘭的親戚，佛利家和艾倫家，特別是溫蒂（Wendy）、大歐（Big O）、威爾（Will）、奧利佛（Oliver）、莉絲（Lizzy）、弗雷迪（Freddy）、喬治（George）、馬丁（Martin）、傑琪（Jakie）、潔絲（Jess）、麥克（Mike）、查理（Charlie）、丁奇（Tinky）、霍華（Howard）、珍（Jane）、伊涅絲（Inez）、伊莎貝爾（Isabel）、保羅（Paul）、伊娜（Ina）、連恩（Liam）、菲利普（Phillip）、珍妮佛（Jennifer）、查爾斯（Charles）、艾琳（Aileen）和伊凡（Eavan）（以上無特別排序）。

最後我要感謝艾爾（Al），你永遠是我第一個讀者。感謝你付出的一切，不斷給我支持與鼓勵，甚至願意開整整六小時的車來找我討論，分享新的想法。謝謝你犧牲週末細讀我的初稿，點出情節漏洞，救我脫離絕望的深淵。沒有你，這本書不可能完成。

高寶書版集團
gobooks.com.tw

TN 288
賓客名單
The Guest List
作　　者　露西・佛利（Lucy Foley）
譯　　者　郭庭瑄
主　　編　吳珮旻
責任編輯　蔡玟俞
封面設計　高郁雯
內頁排版　賴姵均
企　　劃　何嘉雯

發 行 人　朱凱蕾
出　　版　英屬維京群島商高寶國際有限公司台灣分公司
　　　　　Global Group Holdings, Ltd.
地　　址　台北市內湖區洲子街88號3樓
網　　址　gobooks.com.tw
電　　話　(02) 27992788
電　　郵　readers@gobooks.com.tw（讀者服務部）
傳　　真　出版部　(02) 27990909　行銷部 (02) 27993088
郵政劃撥　19394552
戶　　名　英屬維京群島商高寶國際有限公司台灣分公司
發　　行　希代多媒體書版股份有限公司/Printed in Taiwan
初　　版　2022年04月

國家圖書館出版品預行編目(CIP)資料

賓客名單 / 露西・佛利(Lucy Foley)著 ; 郭庭瑄譯.
-- 初版. -- 臺北市 : 英屬維京群島商高寶國際有限公司臺灣分公司, 2022.04
面； 公分. -- (文學新象 ; TN 288)

譯自 : The guest list

ISBN 978-986-506-364-1(平裝)

873.57　　111001978